光棍節之宅女穿越找真愛
鳳隱
王妃躲貓貓
卷一
金大 著
晴空

Contents

目錄

【作者序】

一個因旅行產生靈感，最後卻鮮活生動的故事

構思這篇文的時候，我正好同朋友組團去西安看兵馬俑，當時腦子裡只有一個很朦朧的輪廓，想寫一個女主角意外重生，在經歷了種種事情後，又一次陰錯陽差還魂的故事，而故事分別發生在一對雙胞胎兄弟身上。

朋友覺得很有趣，鼓勵我繼續構思下去，在那之後我沒有立即動筆，而是同朋友一起遊歷了開封、洛陽，還沿途見了幾位朋友，大家一起快樂地聚餐，說著各自的生活，談論彼此看的書、寫的文，還特意跑去開封吃了洛陽有名的水席，本以為水席只是一個叫法，沒想到一道道菜品端上來後，才發現原來每一道菜都是跟水有淵源的。

在旅途中，我又把腦中構思的故事加深了一層，隨著劇情越來越豐富，我發現就連自己也對這個故事著迷了，因為頭腦裡的東西越來越多，我怕會忘記那些浮現的靈感，便特意找了小本子把頭腦中的構思小心翼翼地記下來，以致於朋友最後會發現我偶爾會在火車上靜靜地坐一會兒，然後很快地埋頭寫一些段落句子。

在那之後沒多久，我們乘火車到了西安，先是在西安的小吃一條街品嘗了有名的褲帶麵、羊肉泡饃、麻醬涼皮、小炒泡饃，雖然被叫做小吃，可端上來的飯量一點都不小，隨隨便便一份都可以吃得飽飽的，最讓我印象深刻的應該是當地的石榴汁，喝到嘴裡一點都不酸澀，以前完全沒想過石榴也可以榨出這樣甘甜的果汁，顏色更是鮮亮得好像放了染料。

西安除了聞名世界的兵馬俑外，還有充滿傳奇的華清池和傳說中秦始皇的秦陵地宮。華清池因為年代久遠，又遭受過戰火，以前的建築早已經蕩然無存，能留下的也只有唐明皇與楊貴妃的愛情故事，粗略遊覽過後，我們便啟程去了秦陵地宮。

等到秦陵地宮的時候，雖然景色很美，天藍藍的，花草很茂盛，可總感覺夏日的秦陵地宮颳的風都帶絲涼意，尤其是在人少的地方，總有一種陰惻惻的感覺，在朋友紛紛拍照的時候，我便總有些擔心，生怕會照到什麼不得了的東西。

稍事休息一晚後，便是作為重頭戲的兵馬俑了，等一切都收拾妥當，我們一行人才出發，本以為避開週末，人潮會少一點，抵達後卻發現依然是人潮洶湧。

不過所有的擁擠疲倦、長途奔波都是值得的，看到幾千年前的兵馬俑，威武成排地站立著，而且融合導覽員的講解，那些原本站立的兵馬俑都栩栩如生了起來，聽著導覽員的講解，原來一號坑的發現，是緣於一九七四年三月，西楊村一年一度的打井工程，俑坑中最多的是武士俑，平均身高一百八十公分，最高的一百九十公分以上，除了士兵外，還有戰馬戰車，秦俑大部分手執青銅兵器，有弓、弩、箭鏃、鈹、矛、戈、殳、劍、彎刀和鉞，如果讓我認的話，我完全認不全，可在導覽員的講解下，所有的細節都清楚明白了，讓人連連驚歎古人在幾千年前便已具有的智慧和規模化生產。

秦俑的臉型、身材、表情、眉毛、眼睛和年齡都有不同之處，據說這些兵馬俑都是仿造當時人的樣貌體格做出的，我忍不住想幾千年前的古人似乎同現代人也沒什麼樣貌上的區別，唯一讓我覺著意外的便是這些兵馬俑的身高都很高，一點都不遜色於現代人。唯一可惜的便是兵馬俑大部分是採用陶冶燒製的方法製成，先用陶模做出初胎，再覆蓋一層細泥進行加工刻畫加彩，所以在出土的時候，兵馬俑都有鮮豔和諧的彩繪，甚至在發掘過程中陶俑的局部還會保留著鮮豔的顏色，但是出土後由於被氧化，顏色不到十秒鐘便瞬間消盡，化作白灰，所有我們現在能看到的只是殘留的彩繪痕跡，如果能看到漂亮的彩繪，應該會更栩栩如生吧⊙﹏⊙

大約是看到了傳說中的兵馬俑，被裡面的各色武器軍士的樣子所感染，等回到家動筆創作的時候，不知不覺我便在文中融入了很多戰爭的場面，因為女主角是現代的女孩子，在寫戰鬥場面的時候，我忍不住想像一個現代的女孩子，在那樣的場景下又會發揮什麼樣的作用？我還特意去拜訪了學理工科的朋友，不管是冶煉的技術，還是現代人能在古代做到哪些技術，都一一做了探討，甚至被朋友稱為走火入魔，不過所有的努力都是值得的，甚至很多樂趣也來源於此。

以往寫作的過程中總會遇到一些這樣那樣的問題，可這篇文卻很特別，寫作的時候完全沒有停頓感，所有的劇情都好像是活著的，不像是我在創作，而是文內的人好像活了一樣，他們有了自己的故事，有了自己要做的事情，而我只是需要把那些東西寫下來而已。

也因為女主角身分的兩次轉換充滿了戲劇性，所以寫的時候一點不覺得枯燥，唯一讓我為難的便是皇帝哥哥的深情，總讓我有一種很對不起他的感覺，明明他對女主角的感情一點都不弱於弟弟。

在這裡我要謝謝大家的支持，這是我在臺灣上市的第一部作品，希望得到更多的支持鼓勵，也希望能夠寫出更多更感人的作品來回饋大家。

金大

於二〇一五年夏

楔子

年僅十六歲的永康帝面無表情，看著懷中女子，

「朕的千古大業，不用假他人之手。」

話畢，年輕的永康帝卻沒有放開懷中女子，反倒更用力地將她抱在懷中。

暴雨剛歇，樹上的雨珠還劈里啪啦往下掉著。

昨夜的那場殺戮叛亂已經過去。

此時雨過天晴，地上血跡未乾，那些剛剛參加過慘烈戰鬥的獲勝將士們臉上並無喜色，鴉雀無聲地望著自家新君。

年僅十六歲的永康帝面無表情，初登大寶，一切還在未知中。

今後的日子只怕還有無數惡仗要打，此時他卻全然不顧，只抱著一息尚存，卻已經沒有意識的身體，沉默不語。

就在這時，謀士張道士面露疑色，上前道：「陛下，貧道行走修煉這些年，此女乃生平僅見，看她面相似乎不是短命之相，生死只怕還有懸疑，想來陛下與此女緣分不淺，將來定能助陛下成就千古大業。」

永康帝神色漠然，看著懷中女子，「朕的千古大業，不用假他人之手。」

話畢，年輕的永康帝卻沒有放開懷中女子，反倒更用力地將她抱在懷中。

京城林府。

看著鏡中全然陌生的自己，林慧娘嘆了口氣。

人生有時候就是這麼「給力」，吳曉曉好不容易順利找到工作，原本正躊躇滿志地準備展開全新生活呢，沒想到在山裡騎自行車時不慎跌落山谷，就莫名其妙連人帶車穿越了，她稀里糊塗救了一名少年後重傷昏迷，接著靈魂又轉世重生，成了什麼林府的嫡長女林慧娘。

在她思考的當口，小丫鬟已經端了藥走到床前，一看到藥碗，林慧娘便覺得嗓子直冒苦水。

自從到了這個世界後，她每天的任務就是喝這種苦得讓人受不了的藥湯，幸好這些藥也不是白喝的，她的身體倒是越來越輕快了。

而且在調養身體的這段時間裡，她已經漸漸摸清楚這家的情況，知道這是一戶家境殷實的商戶人家，家裡人口簡單，僅有林老爺、王姨娘，還有三女一子。

她是家裡的嫡長女，看樣子還是很得寵的，至少她醒過來後，就一直被好吃好喝地照顧著。

剛喝完藥，林慧娘就聽見身邊的奶娘說道：「二姑娘還以為這是天大的喜事呢，不過是給人當妾罷了。」

怕林慧娘喝的藥太苦，奶娘忙殷勤地揀了一塊蜜餞給她。

屋內的丫鬟也趁機跟著說道：「可不是，被人討去當妾，還真以為是什麼長臉的事兒，再者我聽說那個李長史今年都要四十的人了，也不知道二姑娘在美什麼，還真以為自己攀上了高枝。」

林慧娘嘴裡含著蜜餞，知道她房裡的奶娘丫鬟又在說府裡的二姑娘的婚事。

畢竟穿越過來的時間短，她對古代的婚事也不懂，只知道林家的二姑娘被送去王府，給王府裡的長史當小老婆。

就因為這個，二姑娘的生母——王姨娘都變得飛揚跋扈起來，惹得她身邊的奶娘丫鬟有些瞧不過去，成日在她身邊說這些事兒。

林慧娘忍不住想，一個王府打工的人都是這種待遇的話，這要是王爺親自開口要人，估計林老爺都可以直接躺平了送過去。

不過想歸想，林慧娘也沒太往心裡去，她穿過來的時候，那個林麗娘已經被送去王府，這事兒自然也就算是掀過去了。

【第一章】

陰錯陽差初相識

「王爺，您還記得在水邊救過您的那位綠衣女子嗎？當時那個女人看您受傷了還給您吃藥……」

「誰教妳這樣討本王開心的？」

「沒人教我，我是真的救過你，當時你才這麼高，在水邊……」

「花招耍多了會招人煩，來伺候我就寢。」

可就有這麼倒楣的事兒，原本以為要風平浪靜的時候，還偏偏出了事兒。

那天林慧娘正跟著林家大小一起吃飯。

王姨娘照舊是得意洋洋，現在她女兒嫁給了王爺的長史，她自然水漲船高，覺得自己可以抖起來了。

吃飯的時候，王姨娘便不時露出手上的寶石戒指，裝模作樣地說道：「我家麗娘也不知道能不能吃慣王府的飯，欸，她也沒戴慣過珠翠，也不知道長史給她的壓不壓頭。」

倒是林老爺最近正煩心，自從二姑娘林麗娘送去後，他便忐忑不安，林府就算家境殷實，可那王府的長史可不是個好相與的，再來全天下的人有誰不知道晉王府就是個淫窟魔洞，那晉王更是荒唐得驚天動地，下面的人也有樣學樣，沒有一個是好伺候的，林麗娘這次送過去伺候那個長史官，還不知道是喜是憂呢。

這個時候聽見王姨娘聒噪，林老爺便瞪了王姨娘一眼，低聲喝道：「閉嘴！」

王姨娘見林老爺不高興了，這才收斂一些，一時間眾人默默進食，只是飯畢，林慧娘正想起身回房，忽然聽到院內有小廝飛奔過來，氣喘吁吁地喊道：「老爺出大事了！二姑娘被退回來了！」

那話如晴天霹靂般打在眾人頭上，林慧娘還沒反應過來呢，倒是林老爺手裡的筷子率先掉到了地上。

王姨娘更是驚得打翻了飯碗，急匆匆站起身，朝那小廝喊道：「你這個作死的！我家姑娘如何會被人退回來？她可是長史官親自挑中的。」

小廝滿頭大汗，氣息不勻地道：「王姨娘不知，那長史說送錯人了。」

林慧娘聽得直納悶，這種竟還有送回來的，而且怎麼會送錯人呢？

倒是王姨娘唬地一跳，這都送過去七八天了，林麗娘好好的一個姑娘家，這個時候再給退回來，以後還怎麼嫁人啊，王姨娘心疼地直拍腿喊道：「那如何當時不退，這個時候怎麼好再退回來！」

小廝的臉跟苦瓜一樣，「王姨娘不知，就這樣李長史還在生氣呢，說咱們尋了他的晦氣，讓他不自在了，如今二姑娘已經被送到二門上，送去的兩個丫鬟，李長史倒是看著順眼留下了。」

王姨娘聽了這話，也管不了許多，立時便往二門衝，林老爺也是臉色慘白，忙領著眾人都往二門趕去。

一時間亂乎乎的，林慧娘也跟著過去了。

等到了二門上，眾人就見林麗娘早已經下了轎子。

林慧娘還是頭次見到林麗娘，之前只聽說家裡的二姑娘長得最妖嬈漂亮，這個時候見到林麗娘哭哭啼啼衣衫不整的樣子，連林慧娘都納悶，這樣一位我見猶憐的美人，怎麼會有男人狠心把她送回來呢？

倒是王姨娘一見到麗娘這樣，直衝過去抱住她，王姨娘知道林麗娘這樣回來，多半是已經被人糟踐過了，當下就痛哭出聲道：「畜生啊畜生！」

林老爺也頓足捶胸，知道好好的一個女兒算是送到淫窩裡被毀了。

可事到如今也沒有辦法，晉王府裡的狗都比人尊貴，他們這種人家就算家境再富裕，可在晉王府面前連個屁都不是，就算被欺負了，也只能忍氣吞聲。

林老爺只得讓丫鬟扶著麗娘回屋，一時間二門處鬧哄哄，丫鬟婆子亂作一團。

只是麗娘還沒來得及往府內走，二門處又有了亂子。

此時又來了兩個捕快，那兩個捕快氣勢洶洶，也不寒暄，直接走到林老爺面前，拱手道：「林老爺，我們奉命過來拿你，李長史官說你家販賣假貨，貨不對板，請跟我們到衙門走一趟。」

王姨娘原本要扶著女兒麗娘進屋的，聽到這話，直接罵了出來：「那長史也太欺負人了，我家女兒都被折騰成這樣了，他還要怎麼樣啊，畜生啊，難道我女兒被糟蹋得不夠，他還要糟踐我家老爺？」

捕快如何會理這種潑婦，直接要拉著林老爺走。

林慧娘在旁邊也嚇了一跳，她雖然是穿越過來的，還沒經過事兒，可也知道這是林家要倒楣啊。

見對方真要拿林老爺，她忙上前學著文謅謅的話問道：「捕快大哥，有話好講，我家是守法商人，從不敢弄虛作假的，長史官如此難為我家到底是為何事？求大哥說個明白，我家也能知錯方改。」

捕快這才停下來打量她一番，見她清秀可人，便猜測林慧娘多半便是長史看上的那位，聽說當初長史是在遊湖的時候，偶然看到了林家的一家老小，這個林慧娘要論相貌頂多是清秀可人，可架不住她五官長得福氣，一看就是個旺夫的面相。

估計是討了李長史的心頭好，這才找人給林家說要他們一個女兒過去做妾。

偏偏倒楣催的林家不開眼，以為李長史指名要長得好的那個，一定就是指長得最漂亮的那個，陰錯陽差地就送錯人了。

問題是晉王府裡有好人嗎？

那個李長史見送錯人後，居然也不客氣，照睡不誤，一連睡了幾天後，才又找了他們衙門的人過來接著要人，明顯是要一網打盡林府的大小姑娘。

也因為是在幫人做這種下三濫的事兒，那兩名捕快也有點於心不忍，便實話相告：「長史官說你家送錯人了，誤了他的吉時，讓你家趕緊再把人送過去，都是街坊鄰居的，我們也不想難為你們，只是上司吩咐下來，我們也只能奉命行事。」

林老爺一聽這話真是要死的心都有了，他有三個女兒，三女芸娘身量尚未長成，麗娘是送錯的，那要的就一準是慧娘了。

麗娘倒還罷了，畢竟麗娘一聽說要給長史做妾，連帶著麗娘的親娘王姨娘都跟天上掉了餡餅一樣。

可是林慧娘就不一樣了，一則林慧娘是家裡的嫡長女，他一直視若掌上明珠，二則林慧娘身體不好，這要送到晉王府那魔窟裡，估計慧娘都熬不過冬的。

林老爺急得同捕快商議：「我們小門小戶的，怎麼敢得罪王爺身邊的長史，實在是弄錯了，既然如此，那我採買幾個絕色丫鬟送給長史官賠罪，再或者我拿出家財奉與長史，保我家人平安如何？」

捕快聽後反倒笑了，「林老爺，現如今你怎麼糊塗了，晉王府的長史官，就連知府老爺都要看他臉色，你的家財他如何看在眼裡，更何況你能買到什麼絕色丫鬟？」

林老爺無言以對，知道這是李長史鐵了心要挨個兒地糟踐自己家的女兒，他看著捕快，老淚縱橫道：「那總要讓我準備準備，我只有這一個嫡長女，想著她能風光出嫁，如今這般，也不能太委屈她，總要給我幾天準備。」

捕快面露猶豫，想了一想，也知道林家實在倒楣，也是怪可憐的，便回道：「我們是當差的，實在做不了主，今天天晚了，要不你明日送過去，大家也都方便。」

林老爺也不好再說什麼，忙千恩萬謝地把捕快送走，等回來時，院內場景蕭瑟，各人臉色苦楚，王姨娘早攙著麗娘回房避臊去了。

院裡就些丫鬟婆子，其他的嫡子女兒也都被身邊的奶娘帶了回去，林老爺也是無可奈何，事到如今只有寬慰林慧娘，可偏偏又張不開嘴。

倒是林慧娘還在發呆中，她壓根沒想到如此天殘地缺的事兒會發生在自己身上，好好的麗娘送回來，怎麼又要換了她去？

而且人是可以隨便亂換的嗎？

等她懵懵懂懂地回到房裡的時候，奶娘抱著她便哭了起來，嘴裡喊著：「我苦命的孩子啊，那晉王府是人去的地方嗎？聽說晉王爺連母蚊子都不放過，皇帝選定的妃子都要拿來睡一睡，那下面的人更是有樣學樣，欺男霸女無惡不作，東街的小哥都能被拉過去幾天幾夜才放回來，麗娘回來都站不住了，我家慧娘可怎麼辦啊！」

幾個房裡的丫鬟知道自己多半是要被陪送過去，頓時大聲哭泣，早些年聽聞到的那些八卦傳聞，此時一一想了起來，什麼酒池肉林、荒淫無度。

一時間晉王府裡的傳聞消息越說越多，再有麗娘被玩慘的事傳得滿院子直飛。

林慧娘都有種要被送進妓院的感覺，她做夢也沒想到王府可以黑暗成勾欄院，這樣素質的皇家居然沒亡國，也是奇蹟。

悲悲戚戚地哭了一陣，丫鬟奶娘也都倦了，可明日不管願意不願意都要把人送過去，那些丫鬟婆子又都各自強撐著給慧娘打理行裝。

慧娘也不知道要帶什麼，倒是奶娘看她神情委頓，忙好言勸道：「姑娘，但凡有個什麼，也要寬心，這種事兒過去就過去了，只盼著有個出頭相見的日子，妳只管好好伺候，不管那些是人是鬼，要是能夠生下一男半女將來也有個依靠，那長史再不是人，也是朝廷命官，又是晉王府裡的，興許就是姑娘的好去處。」

奶娘說完又帶著丫鬟們收拾了大半夜，給慧娘收拾出幾個箱籠，到了第二日，直接把林慧娘打扮妥當，送到轎子裡。

林老爺傷心得一夜沒睡，到了這個時候也強撐著來了。

林慧娘也是一晚都沒睡，總覺著發生在自己身上的事很不真實，再說她是做了好人好事穿越的，就算不賞她個帥哥，也起碼要生活平順、幸福美滿吧？

沒道理轉眼間就要被送到那種倒楣地方吧？

不過事到如今，也沒有別的辦法，林慧娘慘白著臉正說要走呢，倒是又有捕快過來，直接傳話道：「那邊說了，既然一個也是送，兩個也是送，之前的那個，也一併送過去吧，姐妹兩人也有個照應。」

這話一出，林慧娘都為對方的三觀[1]扛不住了，這種人把他們林家當什麼了，還想她們姐妹一起伺候著啊？

那邊的王姨娘也得到了信兒，免不了又是哭哭啼啼的，王姨娘原本還想給麗娘換身衣服準備一些東西，可是林老爺早已經心灰意冷，知道這都是肉包子打狗一去不回的，索性也就長袖一揮道：「收拾那些做什麼，直接就這樣去了乾淨。」

這下又有下人抬了小轎過來，丫頭婆子扶著全身打顫、差點暈過去的麗娘上轎，林慧娘見她這樣也嘆了口氣，姐妹兩人終於是一前一後出了大門。

林慧娘也不知道王府該是什麼樣子，她坐在轎子裡晃晃悠悠地過了很久，才感覺轎子慢慢停了下來。

只是停下後，外面的人卻沒有讓她下轎，她心裡納悶，偷偷掀起轎簾往外看了看，就見她此時已經在一處寬寬的長街上。

街道冷冷清清，地上是青色的石板，她的轎子很靠邊。

在另一邊不遠的地方，有兩座威武的石獅子。

遠遠看去只覺得石獅子面目猙獰很是嚇人。

這個時候才有人過來叫她，掀起轎簾，一個管事的婆子在外面叫道：「姑娘，到地方了，快跟我進去吧。」

林慧娘這才從轎子裡出來，她出來得爽快，只是那一頭林麗娘已經跟暈過去似的，有婆子在那裡叫都叫不出來。

叫林麗娘的婆子有些不快，在那裡說她：「姑娘這是做什麼呢，我們這樣的人家還能辱沒了姑娘不成，再來這裡是獅子院，姑娘這麼磨磨蹭蹭的，小心衝撞了貴人。」

一邊說著一邊七手八腳地把林麗娘拽了出來，也不管林麗娘願意不願意，就扯著她往一旁的路走去。

林慧娘倒是一副認命的樣子，到了這個地步也沒什麼好說的了，只是本以為是要進到那處大門內，結果那些婆子卻是腳步一轉，準備帶她們去另一處地方。

林慧娘心裡奇怪，想著難道那個李長史不是住在這個大門內？

正在這時，林慧娘忽然聽見馬踩石板的聲音，那馬蹄聲很好聽，好像是馬掌上釘了什麼東西，走動起來非常有節奏感。

這處長街原本就很肅靜，此時傳來馬蹄聲，林慧娘都能感覺到周圍的氣氛一變，立時皆嚴肅了起來。

她回頭看去，只見已經有馬隊走了過來，馬隊的速度倒沒有多快，領頭的大概是專門開道的護衛。

那些護衛個個精神抖擻，就連身下的馬匹也是高大駿美毛髮發亮，她到了古代以來，還是頭次看到這麼漂亮的馬，正想說再看一眼呢。

她身邊的那些婆子僕從早已經恭恭敬敬地躬身垂首，貼著圍牆站著了。

這麼一來，還抬頭看馬的林慧娘就給顯了出來，幸好她身邊的婆子眼疾手快，一把扯了

注釋——

1 三觀：原指世界觀、人生觀、價值觀，後成網路流行用語「三觀不正」，形容一件事情極端顛覆自己的價值觀和世界觀。

她過去，壓低聲音提醒她：「王爺過來了，妳傻杵著幹什麼？」

林慧娘這才跟著低下了頭。

那馬蹄聲沒有絲毫停歇，林慧娘低著頭，也看不清楚那都是些什麼人，只知道是穿著各色衣服的下人侍衛。

那些人走得很齊整，一會兒就前後有序地過去了，只是等那些人離開後，他們這些靠牆躬身垂手的人也不敢亂動，一直等到那隊人馬都進了王府，領著林慧娘的婆子才長吁口氣，在那裡狠狠瞪了林慧娘一眼說：「虧妳還是個商家小姐呢，怎麼這麼點眼色都沒有？王爺打這兒經過，妳還敢杵著，是嫌自己命太長了嗎？」

正說著呢，倒是很快跑來一個小廝，攔住他們的去路說道：「你們都等等，李長史吩咐了，剛才沒躲閃開的那個女人就不用送過去了，直接領去王府。」

這話一出，那個訓斥過林慧娘的管事婆子當場就愣住了，心裡納悶，怎麼要進李長史房裡的人，轉眼就要送到王府去了？

不過既然李長史吩咐下來，管家婆子連忙親自帶著林慧娘往王府的角門走去。

明明之前還兇神惡煞般的管家婆子，這個時候卻跟換了個人似的，上臺階的時候，還不斷叮囑著：「姑娘小心路滑，我來攙著妳。」

林慧娘也是稀里糊塗的，總感覺鏡頭轉換太快，她完全反應不過來。

其實這事兒很稀鬆平常，王爺回府的時候，看見路邊傻杵著個女人，他也沒細看那人的長相，就下意識地瞟了一眼。

只是他下面的人都是人精托生的，見王爺瞟了一眼，當下心思就活絡了，能讓晉王多瞟一眼的女人，誰還敢往自己房裡拉啊！

別管李長史再怎麼喜歡林慧娘的旺夫相，這個時候也不敢有絲毫的含糊，直接打發了小廝過來，讓人把林慧娘送給王爺。

管家婆子哪會知道裡面的緣由，只當是王爺瞧上了身邊的這位，送給李長史白玩的貨色，跟送給王爺的能一樣嗎？

這樣的人誰還敢亂得罪啊，到了這個時候管家婆子臉上也掛出三分謹慎，一路小心翼翼地把林慧娘送到小角門。

角門內的人聽說林慧娘是李長史送過來的倒是沒有怠慢，接收了林慧娘後，就讓那個管家婆子回去了。

林慧娘到現在這個時候，已經不覺得自己還算是個自由的人，她覺得自己簡直就跟個東西似的，可以隨便被人送來送去，她原本都做好被四十歲老頭糟踐的心理建設，這個時候知道自己又被轉給了王府，林慧娘一陣發愁，心說這還有完沒完啊？

進到角門後，林慧娘才意識到這個晉王府比想像中的大很多，她被領進去的時候，還在想只要拐過前面的影壁，大概就會見到王府了。

結果別說王府了，她壓根連邊都沒沾到，直接就被領到旁邊的跨院。

像她這種外面領回來的女人，按規矩是不可能直接見到王爺的，怎麼也要教習一番禮儀舉止，等差不多了才會放進去。

所以林慧娘先是被領到了專門的教習嬤嬤那裡。

只是晉王府裡的美人多了，大家都見怪不怪，再來林慧娘一領進去，被那些教習嬤嬤看到了，那些教習嬤嬤立刻就知道李長史腦洞開太大，想多了。

就這樣相貌的女人，別說是王爺，就算是府裡有頭有臉的，也犯不著特意要過來。

不過既然送來了，就是李長史的一番心意，再者大餐吃多了，偶爾來點清湯小菜，興許王爺還就好這口呢？

那些教習嬤嬤也是好久沒教過新人的，當下就對林慧娘耳提面命起來。

林家就算是商戶人家，家境殷實，可跟王府裡比還是差遠了。

這些教習嬤嬤瞧不上她身上穿的那身衣服，按府裡的規矩，先是找了一身給她穿上後，剩下的又有府裡的繡娘過來，量了身段，準備回去趕製。

接下來就是各種洗洗乾淨，被洗了個通透後，教習嬤嬤又不動聲色地觀察林慧娘吃飯的樣子，林慧娘早先已經學過一些規矩了，這個時候小心翼翼做出來，倒是沒太多差錯。

只是在林慧娘準備盛第二碗飯的時候，教習嬤嬤忽然點撥道：「不可以吃太多，免得在貴人面前失儀。」

見林慧娘一副不解的樣子，教習嬤嬤告訴她：「吃太多，萬一打了飽嗝怎麼辦？在王爺面前打嗝可不得了的，這些都是規矩，要想讓王爺寵著妳、喜歡妳，就得時時刻刻提點自己，不能有一星半點的差池，妳能進來就算是有了機緣，下面就要看妳自己的，咱們王爺別說正妃了，到現在側妃也沒有半個，這要是熬上去有了位分，生個一子半女，真就是妳的造化，那可真是全家上下都跟著妳享福沾光的。」

林慧娘也不懂什麼造化，不過人在屋簷下怎麼也要低頭，按部就班地被這樣教導了兩天後，教習嬤嬤又額外問了她一些問題，比如會什麼樂器沒有？可會吟詩作對？

林慧娘當下就想起大江東去，尋覓覓，冷冷清清，淒淒慘慘戚戚那些，不過一想到自己要被送去給人當小老婆睡，林慧娘就跟扎破的皮球一樣洩氣了，心說顯擺個啥啊，索性也就一概搖頭說不懂。

這麼又過了個三四天，大概是教習的禮儀差不多了，那些教習嬤嬤們又拿出幾卷書來給林慧娘看。

林慧娘還以為要學習點基本的漢語言知識呢，她本著能多學就多學的認真態度，正準備好好吸取一下古代的文化知識，結果書卷一打開她就傻眼了。

那是徹徹底底、原原本本沒有馬賽克的春宮圖啊！

什麼姿勢的都有，什麼噁心的都在上面擺著呢，而且名字還取得特別文雅，林慧娘皺著眉頭像吃了蒼蠅似的，眉頭大大緊鎖著。

這些教習嬤嬤早見慣了姑娘家害羞躲閃的樣子，按部就班地教習她怎麼伺候男人，怎麼讓男人爽。

總體的指導思想就是努力讓男人高興。

經過這些理論培訓後，林慧娘才終於被送到了王府內。

不過就算是這樣，她這種人也不是可以隨便到處蹓躂的，王府內等級森嚴，規矩多如牛毛，而且外面送進來的女人太多，管理起來有一定的難度，為此王府特意建了一棟群芳樓來管理安頓這些女人們。

那樓是棟排樓，一樓專門用來住宿，二樓用來休閒眺望遠方，偶爾也有人唱個曲、彈個古箏。

樓外是一處漂亮的花園，此時園內花團錦簇，美人又是那麼美，翩然一笑簡直就跟在畫裡一般。

樓內雕梁畫棟，奢華無比。

只是再好的建築布置，也架不住它用途的低級，作為一個升級版的王府妓院，因為恩客太少、競爭太多，林慧娘才剛進去，就見識到了競爭的殘酷。

一個好像百合花一樣的女人，正跟一個好像牡丹花一樣的女人撕打著。

「妳這個不要臉的小娼婦，妳是不是偷了我的簪子？」

「誰偷妳的簪子，我呸，妳也配有翠玉簪子，不是做夢做來的吧？誰不知道妳想男人想瘋了，沒事兒就喜歡站在窗戶旁往外瞟，妳就是把眼珠子瞟出去都沒人過來點妳的牌子！」

林慧娘驚得下巴差點掉了，她想起教習嬤嬤教她的那些禮儀道理，什麼在王爺面前不可以大聲喘氣，吃飯還不能吃飽，舉止要嫻靜優雅，可這些女人都頂漂亮的，可看過去真的跟嫻靜優雅差了八竿子遠。

不過在這個地方安頓下來後，林慧娘才明白過來，這些女人會鬥成這樣原來還真是有苦大仇深的原因。

實在是王爺的女人太多，這些女人一放就放好久，時間久了，遇到王爺過來的日子，想著讓王爺想起自己來，很不容易。

所以一來二去唯一可以跟王爺偶遇、視線交融的地方，簡直就成了兵家必爭之地啊！因為王爺只要打這個院子經過，就一準能看到這棟群芳樓，最有可能跟王爺來個視線交會的地方，要數左邊最靠邊的位置，那地方沒把子力氣手段是絕對撐不住場子的。

還有西邊的，雖然位置差了一點，可架不住西派的那幾個女人非常的團結，每一個時辰都不帶耽誤的，就連睡覺的時候都會有人專門把守，幾個人輪流著，據說已經形成了非常穩定的小組，只要有人得寵，立刻就要全部都巴上去，那是歃血為盟、生死相託的拜把姐妹。

不過這樣一來林慧娘倒是把心放到了肚子裡，她粗略算了一下，這裡的女人足足有一百八十位，就算一天一個地輪流，她還有三個月的等待期呢，怎麼想也是個好事兒。

慧娘剛把心放在肚子裡沒兩天，某天她正在樓上忽然聽見樓裡的姑娘都往圍欄那兒跑。

林慧娘還以為是出什麼事兒，她也湊了過去，往外一看，遠遠就看見一個人被眾星捧月似地圍著，那人明顯沒拿正眼往這邊瞧。

只是不管那位是個什麼姿態，樓裡的姑娘們卻是按捺不住了，各顯神通，不是擺腰就是扭胯，還有幾個仗著嗓子好，準備一展歌喉的，頓時整個二樓都擠成了一團。

群魔亂舞的，林慧娘大感後悔，早知道她就不擠過來了，她還以為是發生了什麼事呢，她趕緊要抽身往外擠，只是她正處在中間的位置，壓根擠不出去。

正在這個時候，她忽然覺得自己的裙角被人踩了一腳，她一個不穩，往圍欄那邊衝了過去，頭髮也不知道什麼時候擠散了，頓時她一頭烏黑的頭髮嘩的一下就撲散開來，林慧娘嚇壞了，連忙捂著臉就往裡縮。

這下身後的人也知道讓一讓了，她趕緊捂著頭髮跑了進去，心口緊張得怦怦直跳，直想著：阿彌陀佛千萬不要被注意到，她這種絕對是計劃外勾引啊！

沒想到那些挖空心思的計劃內勾引都沒完成的任務，竟被她這個計劃外勾引給完成了。

等天剛暗下來，便有小太監跑了過來，直接點名要白天那個披散頭髮的女人，吩咐道：「王爺說了，不用把頭髮束著，就像白天那樣就行。」

林慧娘立刻感覺到來自四面八方的惡意。

不過那個小太監說完，又跟想起什麼似的，特意叮囑了一句：「姑娘，王爺今晚喝了酒，妳過去的時候一定要小心伺候著，不然大家都不自在。」

林慧娘還在晴天霹靂地晃神呢，倒是那些原本記恨的目光，在聽到「王爺喝了酒」這五個字後，立刻又變成了幸災樂禍的樣子，幾個要好的還會竊竊私語，一副等著看笑話的樣子，誰不知道晉王爺喝酒後脾氣大，原本就暴躁的脾氣，這個時候更是跟點火就著似的，誰沾上誰倒楣。

這個時候過去伺候，那不跟去虎穴一樣嗎？

林慧娘心裡忐忑得厲害，只是由不得她多想，很快就有專門的丫鬟過來領她去沐浴。

那是一處專門的地方，地方很隱蔽，房間也沒多大，窗戶更是緊緊關著。

裡面有個大木盤，水是溫熱的，旁邊還有三個專門伺候洗澡的丫鬟。

林慧娘哪裡經過這種陣仗，被人圍觀洗澡就算了，還要被三個丫鬟輪流伺候洗，她彆扭地閃躲了一下，那些丫鬟連忙說：「姑娘，您只管躺著，閉目養神，晚上還有得您忙呢。」

林慧娘被說得渾身直起雞皮疙瘩，尤其是那個「忙」字，讓她簡直想一口血噴出去。

坐在暖呼呼的大木桶裡，被熱氣熏著，林慧娘整個人都暈乎乎的，那三個丫鬟手法很好，就跟按摩一般。

木桶裡也不知道放了什麼，裡面有一股淡淡的清香味。

等洗完出來的時候，林慧娘感覺自己整個人變得香噴噴的，簡直就跟剛噴過香水一樣。

衣服也不是她之前的那套，已經有人把新的衣服抱過來。

那料子光滑，摸上去特別舒服，此時她頭髮披散著，衣服又是飄逸款的，她往銅鏡前一照，都覺得自己終於有點古典美人的味道。

本來以為這就要直接過去，哪裡想到這還不叫完呢，很快的房間裡又進來兩個丫鬟。

那兩個丫鬟先讓林慧娘坐在一邊的椅子上，然後一個持燈照亮，一個小心地檢查她的指甲，床笫之間難免有個不能自已的時候，萬一不小心劃傷了王爺可就是大不敬了。

這般檢查了一番，覺著林慧娘的指甲算是在安全的範圍內後，那兩個丫鬟才退了出去，這次又進來一個老練的婆子。

那婆子大概是專門做職前訓練的，見了林慧娘後，未語先笑道：「姑娘今天算是有福了，王爺半個月沒回府，妳才過來沒幾天，就能有這樣的機緣，可真算是有福的，就是姑娘記住一句話，進去的時候，只管聽王爺的吩咐，要妳做什麼就做什麼，不要拘著。今兒晚上王爺喝了些酒，姑娘過去的時候，一定要小心伺候著，做什麼都要輕手輕腳的。」

林慧娘心裡嘔死了，心說這還有完沒完，光這樣一層一層地提點教訓嚇都要嚇死了。

等萬事俱備過去的時候，天已經黑了下來，又趕上是個陰天，天上別說月亮了，連星星都沒半顆。

有專門掌燈的人在前面領路，這個地方大概離王爺的住處有段距離，林慧娘是坐著小轎過去的。

一路靜悄悄，這還是林慧娘頭次看到王府的樣子，她以前不是住跨院就是住群芳樓裡，這個時候她才知道王府真的很大。

就是樹太高了，看上去黑漆漆的，古代的燈又不亮，所以很多地方都烏漆抹黑。

大概是接近了王爺的住處，不僅路邊的燈比之前的地方多了不少，就連伺候走動的人也開始多了起來。

到了地方後，林慧娘深吸口氣，從轎內走了出去。

又有太監過來領她過去，王爺住的地方很大，走到正房門口的時候，太監把她送到門口處就停了下來，讓她自己進去。

林慧娘太過緊張，往裡走的時候還差點被門檻絆一跤，本來以為這下那些太監會偷笑的，結果她這麼踉蹌了一下後，那些太監卻連頭都沒有歪一下，照舊是眼觀鼻、鼻觀心地站在門口。

這下林慧娘都覺得額頭有汗珠要往下掉，她緊張得更是手心直出汗。

她戰戰兢兢走進去的時候，卻一直沒有見到王爺，房間裡很安靜，靜得簡直連自己的心跳聲都可以聽到。

一邊往裡面走，林慧娘一邊小心打量，這種地方不用想都能知道多奢華，只是她大概是走錯了地方，她進去後往右邊轉，結果走了幾步後，發現那地方壓根不是休息的地方，反倒像是書房，裡面還有屏風，她唬了一跳，趕緊又往另一邊走，這次總算是走對了。

在燈火通明的房間內，她終於看到一位束髮的男子。

此時這名男人很悠閒地坐在榻上，手則半垂著，在手邊還有一個倒著的酒杯。

林慧娘挺意外的，她之前想像過很多種王爺的外表，比如胖胖的，比如兇狠無比的，當然更多的是跟色狼一樣，一副急色樣，不管是母蚊子還是什麼拽住就不鬆手。她甚至想過自己一過來就會被拉過去抱抱外帶親親。

結果這個人卻跟她想像中的完全不一樣。

她只看到了對方的側臉，就覺得這個人應該是名美男子，對方隨意的一個動作都如詩如畫，而且不論膚色還是頭髮，在燈光下，怎麼看怎麼覺得舒服漂亮……她想像中的王爺怎麼也不該是這副樣子的。

她沒敢走過去，而是繼續站在原地，心裡怕得要命，不管對方是不是出人意料的好看長相，跟一個全然陌生的男人在一起，想到還要發生接下來的事情，她覺得特別不能忍受。

幸好在她進去的時候，那人也沒有什麼反應，林慧娘也不知道是自己腳步太輕，還是對方壓根不在意，反正她過去站在一邊等了好久，對方都沒有喊她。

她也不敢主動過去，再說了她還抱著一絲僥倖呢，萬一王爺喝多了，那她就可以逃過一劫了。

只是她剛高興沒多久，那邊冷不防地開口了：「手腳斷了？還不過來斟酒。」

那聲音要說音質的話還真好聽，只是話裡隱含的意思很不好，林慧娘嚇得一個激靈，趕緊走過去，奇怪的是，這個人也沒露出什麼兇神惡煞的樣子，可是自打林慧娘進來後，她就一直心裡跟打鼓似的，也不知道是之前那些洗腦的話洗得太過頭了，還是這個房間太大太空曠的原因。

既然對方讓她斟酒，她就小心翼翼拿起酒壺，重新拿了一只酒杯斟上酒。

在遞給對方的時候，林慧娘下意識抬頭看了對方一眼。

瞬間她就跟被雷劈中了一般，整個人都恍惚了！她立刻明白那些女人為何那麼瘋狂了，說真的，這種長相的男人放到現代的話，就算她想嫖都未必能攢夠錢！

這真的是一個超級美男子啊！

而且還是那種氣質超好的美男子，皮膚白皙，頭髮烏黑，就連臉上不耐煩的表情看上去都酷酷的。

不過讚歎歸讚歎，她還是保有一絲理智，手裡的酒杯也沒有偏，她又趕緊低下頭去，把酒杯遞給對方。

隨後她就緊緊握著那個酒壺，腦子裡亂烘烘的，倒不是被這個王爺的貌美給驚的，她只覺得王爺看起來特別熟悉！簡直就跟不久前她才見過一樣的！

可是怎麼可能啊？這樣的人，要是見過的話，她一定不會忘記的。

只是她越想越覺得眼熟，她忍不住又偷抬起頭瞟了對方一眼，這次她可以肯定了，她一定是見過這個人！那個眉眼簡直就跟……就跟她曾經救過的那名少年一樣！

她在剛穿越過來成為林慧娘之前曾救過一名少年的，當時的場景簡直就跟武俠片似的，因為那些事兒太玄乎，她至今仍有種做夢的感覺，可沒想到當時的事兒，居然會在今天有這樣的轉機！

顯然當初的那個少年已經長大了，一想到這點，林慧娘神情都有些恍惚。所以她當初救的那個少年是晉王爺？那她就等於是晉王爺的救命恩人了！

林慧娘當下又驚又喜，可是她很快又想到，自己救那個少年的時候還是原本的樣子，現在已經變成林慧娘的身體，這個晉王爺肯定不記得自己了。

要是貿然說出自己就是當初救過他的那個人，萬一晉王把自己當神經病宰掉怎麼辦？

這麼一想，林慧娘連忙仔細順了下思路，把當初的事兒好好想了想，她這邊腦子裡跟炸開鍋了似地想著，手裡卻不敢有絲毫怠慢，照舊小心翼翼地給王爺斟酒布菜。

王爺顯然也沒把她當回事，修長的手指放在一邊的炕几上，做出百無聊賴的樣子。

等晉王爺喝了兩三杯酒後，林慧娘終於把要說的話組織好。

這次能見到晉王已經是奇緣巧合了，誰知道以後還有沒有這個機會，她一定要趁機把話說清楚，這樣她就可以平安回家了！

這麼一想，等她再斟酒的時候，便趁機說道：「王爺，您還記在水邊救過您的那位綠衣女子嗎？您應該記得的，當時那個女子帶著您躲到安全的地方，看您受傷了還給您吃藥，您記得吧？」

她用手比劃了一下，「這麼大的白色藥片，吃到嘴裡挺苦的，她怕您苦，還給了您一顆薄荷糖吃，這些事兒您應該有印象的吧？」

晉王忽地笑了，手指微微屈起，勾住她的下巴，「誰教妳這麼討本王開心的？」

林慧娘的臉騰地一下就紅透了。

她下意識地往後退了一步，剛想說我不是開玩笑。

忽然外面狂風大作，有窗戶被吹開，風一颳進來，林慧娘的袖子及披散的頭髮就飛了起來，她趕緊捂著袖子、頭髮跑過去關窗。

等再回來的時候，她的頭髮吹亂了一些，她趕緊順了順，一本正經回過頭去，告訴王爺：「沒人教我，我是真的救過你。」

她比劃著，「當時你才這麼高。」

她記得那個少年當時也就跟自己差不多高，哪裡像現在這樣高大，「在水邊……」

晉王沒理她的話，只走過來，把她一把攬了過去，表情有種說不出的蕭瑟，可又不顯狼狽，只顯得有點放浪形骸，「花招耍多了會招人煩，來伺候我就寢。」

林慧娘嚇得直躲，對方卻以為她是欲拒還迎，也沒怎麼逼迫她。

晉王要個女人，還需要強迫嗎？

他反倒大大方方鬆開她，雙手一攤，擺出一副妳過來伺候我的樣子。

到了這個時候，林慧娘這才意識到對方是要讓她過去寬衣解帶。

她緊張地嚥了口口水，不過她鼻尖很快就嗅到了酒氣，看他神色也不像喝醉了，可也許他就是這樣的體質呢，喝醉了都不明顯？所以才想不起來的？

還是他真的以為自己是在耍花招故意跟他玩情趣？林慧娘腦子裡亂亂的，手腳卻不知怎麼地居然真的過去要給人寬衣解帶。

那完全就是下意識的一種動作，等幫人把長衫脫下後，林慧娘才大吃一驚，心說自己這是要幹麼啊……她嚇得手一個哆嗦。

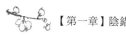

倒是晉王在脫了長衫的時候，忽然用手扶著額頭，顯然是剛剛酒喝太多，又吹了風有些頭疼。

林慧娘一眼就看到了，她雖不懂得按摩，不過按摩總比直接躺床上去強。見晉王這樣，她趕緊爬坡上道地說：「王爺，你是不是頭疼?那你俯下一些，我幫你揉揉怎麼樣？」

她沒有學過按摩，可是在現代的時候，媽媽偶爾頭疼的時候，她會幫著揉一揉，要說技巧絕對是沒有，可好在用心，力度掌握得好。

而且在揉的時候，因為怕有什麼不必要的麻煩，她很小心地避開了那些不必要的身體接觸。

晉王起初還以為她又要玩情趣，沒想到這位還真是一本正經地給自己揉起了額頭，手法雜亂無章，不過她身上飄來的味道，倒是他最喜歡的。

那些下人喜歡揣摩他的喜好，送過來的女子大部分都會沾上這種味道，只是有些女人總喜歡自作聰明，覺得這種味道過於單調，喜歡在裡面做些手腳，弄些別的胭脂，倒是這身邊的女子味道不那麼濃烈，也沒有自作聰明地多抹胭脂。

在間歇，他抬眸看了她一眼，之前他並沒有仔細打量她，現在在燈下才覺著這是個長相圓潤、五官討喜的女子。

「王爺，力道還好嗎？」林慧娘小心翼翼地問著。

平時招來的女人都會費盡心思地多承恩，晉王還是頭次遇到像她這樣的女人，而且跟那些弱柳扶風的女子不同，眼前的女人很沒規矩地坐在榻上，頭髮披散開，皮膚不是他見過最白皙的，卻是難得的順眼。

晉王不知道怎麼地就覺得身上倦了，他打了個呵欠，轉過身去，直接把頭不客氣地枕在那女子的腿上。

林慧娘不知道怎麼就想起了她曾經養過的貓，那隻貓就是這樣的，每次都是一副不可一世的樣子，可是要她撓癢癢的時候，那貓就會乖乖趴在她腿上，如果她一旦放慢下來，或者不給揉了，那貓還會不滿意地喵喵叫呢。

只是揉頭的時候，林慧娘注意到了晉王的髮冠。

她還是首次接觸古代男人的髮飾，總覺得這種東西好看是好看，可是她是有經驗的，頭疼的時候，頭髮還這麼束著會很不舒服。

她研究了一下，很快就幫他把玉冠摘了下來，在古裝劇裡光看見這種東西很漂亮，其實這個晉王戴的倒不算多漂亮，可是很沉，也不知道這麼重的東西戴在頭上，頸椎受不受得了？

時間不知不覺過去，林慧娘忽然就覺得腿上的人怪怪的，等她再低頭一看，嘿，這傢伙居然已經睡著了。

她暗自慶幸，以為自己可以逃過一劫，她忙躡手躡腳地把他的頭挪開，不過也不會就這麼出去，她連忙從一邊的床上找了薄被過來，給睡在榻上的晉王爺蓋上，又拿了個枕頭，小心翼翼幫他塞在腦下。

在塞枕頭的時候，晉王爺明顯皺了下眉頭，林慧娘一著急，口不擇言地說了句：「乖啊，別動……」

等弄完了，她才發覺自己說的這叫什麼啊，還真當晉王是她家的大貓了。

這麼弄完後，林慧娘才又回到榻上，擠在一邊，低頭盯著晉王爺的睡臉看，仔細觀察的話就會發現這個晉王爺還真是漂亮。

等他明天醒過來的時候情況就會不一樣了，她等王爺清醒時再原原本本告訴他，自己救過他的事兒，到時候他肯定就能想起來了。

林慧娘正這麼想著，倒是外面伺候的人，聽見裡面安靜了好一會兒，又算著時辰，便以為大概那女人已經伺候完王爺了，忙在外面小聲問：「姑娘，王爺歇了嗎？」

「歇了。」林慧娘剛說完，外面的太監便壓低聲音地催促道：「那姑娘可以走了。」

「走？」林慧娘這才想起教習嬤嬤說過的話，王爺最討厭跟人過夜，自從王爺知道人事後，就沒有留女人過宿過。

她趕緊一拍腦門，她差點忘了這件事，這可壞了，她還說等明天王爺醒了，自己可以跟他好好解釋一下，現在自己這麼一走，下一次還能不能見到王爺都不好說了。

林慧娘很不想離開，可是外面那些人顯然是著急催她走，到了這個時候林慧娘也豁出去了，她來不及細想，索性扯斷自己的一根頭髮，小心地纏在晉王爺的手指上。

一邊纏著，一邊想到，要是晉王爺看見這個，問起來的話，自己起碼還有再見到他的機會，到那時候她再好好跟他提起曾救過他的這件事兒。

等回去的時候已經下起雨來，轎子停在群芳樓，她這種身分的人自然沒人會給她撐傘。裡面的那些姑娘有些還沒休息呢，正好看見林慧娘濕漉漉地從外面跑進來，立刻就有人掩嘴笑道：「這是剛承了恩回來嗎？怎麼承過恩的還這麼狼狽？」

林慧娘臉色很不好，她低著頭也沒理那些泛酸的女人，進到房裡的時候，她趕緊找乾爽的衣服換。

在古代得到傷寒可不是鬧著玩的，一旦轉成肺炎那絕對是必死無疑。

倒是她剛手忙腳亂換好了衣服，林慧娘就聽見自己的房門被人從外面推開。有一個丫鬟端了藥碗，另有一個婆子也緊跟著進來。

林慧娘看見這碗湯藥，心裡就是一暖，心說這地方總算有點人性了，知道她淋了雨，還過來給她送驅寒的藥，就是這些人的表情怪怪的。

她剛要端過去喝，大概是怕林慧娘喝不乾淨，那個管事的婆子忙提醒她：「這碗避子湯是要一滴不剩都喝完的。」

林慧娘一下就愣住了，這是傳說中的避子湯啊？

她又沒跟王爺怎麼樣，就不用喝這種東西了吧？她趕緊擺手說：「不用了吧，我跟王爺清清白白的，什麼事兒都沒發生，不用喝這種藥的。」

那個婆子聽得都傻了，見過傻的，可沒見過傻成眼前這位姑娘這樣的，這個樓內的姑娘哪一個不是玩了命地想跟王爺沾上邊，這位倒好，好不容易出去一趟，回來別管是真是假，哪有傻乎乎把自己沒挨上王爺邊的事兒，大大方方說出來的道理。

那個婆子只得說道：「姑娘，這是規矩，不管妳是什麼情況，只要去過的，回來就要喝這一碗，而且連碗底都不能剩的，不然還得麻煩您灌第二碗。」

林慧娘臉皺得跟苦瓜似的，一是這藥很苦，再來是好好的喝這種藥，誰知道有什麼副作用沒有，可是看那婆子的樣子不喝又不行，她只得端了起來，一飲而盡。

等林慧娘第二天再出去的時候，已經有人把她的「傻話」帶了出去，那些人明顯都是一副看傻子的樣子。

而且周圍的那些人也是看人下菜碟的，她既是新來的，也沒服侍過王爺，自然沒人把她當回事，所以到現在她身邊連個伺候的丫鬟都沒有。

早上起來洗漱都是她自己端了水進到房裡，她剛端了一盆水回去，就有人故意伸腳要絆倒她，林慧娘早已經一肚子氣了，這個時候索性連盆帶水直接潑了出去，弄了那人一頭一臉。

林慧娘也不說什麼，潑完了人，彎腰撿起盆來準備繼續去掏水。

「哎呀，這種過去伺候都沒人睡的貨色，有本事的話讓人給妳派個丫頭，結果還不是需要自己去打水。」

林慧娘舉起臉盆作勢還要潑，那些人立刻就躲了，人太多，她也不知道是哪一個在說她，她心裡有氣，索性直接說道：「妳們也給自己些臉面，妳們要這麼說我，那妳們又是些什麼？大家都是在這個地方不被當人看重的，就跟個物件似的，這樣罵別人的時候，不也是在罵自己嗎？」

等林慧娘再回房的時候，難得的自己房裡來了個客人。

這是個眼若秋水一般的女孩，那女孩子悄悄拉了她的袖子一下，怯怯道：「妳別理那些人，她們都是嫉妒妳，王爺從這裡要人的時候少，很多人一年都輪不到一次，見妳被招過去，肯定眼紅，不過妳昨晚見到王爺了？」

林慧娘來這兒這麼久，還是頭次遇到這種說話正常的女孩，她忙點頭說：「見到了。」那女孩多半是還沒來得及見過王爺呢，一臉緊張地問她：「那、那王爺什麼樣？我是從宮裡賞下來的，到現在都半年了還沒見過王爺呢，王爺……嚇不嚇人？」

林慧娘有點為難，也不知道該誇那個人還是該怎麼樣，她沉吟了一下才說：「王爺吧，有鼻子有眼……倒不像他們說的那麼嚇人。」

倒是那個女孩一臉吃驚的樣子，「可我在宮裡的時候，聽說咱們晉王爺很嚇人的，動輒就會把身邊的人處死。」

林慧娘想起之前在林府裡聽到的那些傳聞，當時她也是嚇了一跳，當王爺是個急色鬼，連母蚊子也不放過，可昨晚王爺又沒有對她霸王硬上弓，這麼看的話，這個人還成啊。

她正要開口安慰那個女孩兩句，倒是又有小太監過來了。

這下可有些意外，一般王爺若不宣這邊的人，是不會派人過來的，可是今兒個王爺是什麼意思？

樓裡的姑娘們正雀躍等著呢，那個小太監卻是直接找到林慧娘的住處。

林慧娘早就有準備，心裡想著，這一準是她昨晚留下的頭髮起了作用，要不就是王爺想起她救過他的事兒了。

林慧娘心裡很高興，想著這回過去，王爺肯定是清醒的了，到時候可以過去解釋清楚，也不用他報答她什麼，只要把她全鬚全尾地送回林府就可以了。

只是這次不是坐轎子去的，而是步行，等她過去的時候，人都要累趴下了。

進到正房時，林慧娘發現昨晚站在門兩邊的太監不在了，而且叫她過來的那個小太監面如土色，整個人神情都很不對。

還有她一路過來的時候，那些僕從看著神情都很萎頓，顯然十分驚恐。

林慧娘忍不住感到奇怪，也不知道這些人都怎麼了？

等她進到房內的時候，王爺還在之前的那個榻上，不過顯然已經梳洗過，也換了一身衣服。

白天的光線跟晚上不大一樣，晚上看他還覺著他皮膚跟玉似的，可到了白天，林慧娘忍不住想，這王爺膚色白得簡直都跟吸血鬼一樣了。

可不知道為什麼，大概是沒有昨晚的醉態，此時的王爺看上去很凌厲。

王爺一手支著下巴，一手放在炕几上，修長的手指曲起，手指上顯然還繞著那一根頭髮，他一副不耐煩的樣子，問道：「昨晚是妳伺候本王的？」

林慧娘神色頓了下，總覺著頭皮一陣陣發麻，她趕緊低下頭去，回道：「是我伺候的，昨晚你醉了，我就扶你到榻上……」

說話間有個丫鬟正要給王爺送茶，結果不知道怎麼的那個丫鬟放茶杯的時候，搖晃了下，茶水濺了出來，正好落到王爺放在炕几上的手指。

那丫鬟頓時臉都白了。

王爺也不多話，直接就揮了下手，立時那個丫鬟就跟卡住脖子般淒厲地喊了出來：「王爺，奴婢錯了，饒奴婢一命吧，奴婢錯了……」

林慧娘唬了一跳，隨後她就看見那個丫鬟被人七手八腳地拖了出去，那慘叫的聲音一直過了好久都沒停歇。

林慧娘原本憋了一肚子話，到這個時候卻是嚇到一個字都說不出來。

王爺手裡把玩著那一根頭髮，也不怎麼看她，過了片刻才淡淡道：「心意我領了，本王房裡的這個缺就由妳填了吧。」

林慧娘就跟坐著滑輪往下滑一般，倒楣之處還有更倒楣的在等著她。

從林府的嫡女，到後來被送去給長史做小妾，再到送給王爺的女人，到了今時今日，她又轉身變成了王爺房裡的丫鬟……

而所謂丫鬟要做的事兒，她則一點概念都沒有。

倒是王爺的話吩咐下來後，已經有管事的王嬤嬤過來領她了。

那個王嬤嬤看著就精明厲害，先是讓她回去群芳樓取自己的東西。

林慧娘在群芳樓能有什麼，這個時候回去，大概她要近身伺候王爺的事兒已經走漏了風聲，很多姑娘都掩在門口窺探她。

跟以往對她品頭論足，拈酸吃醋不一樣，現在大家都有些不知道她的深淺，也沒人敢幸災樂禍，她是要到王爺面前伺候的，怎麼也比在這種地方巴巴等著要好。

可也有知道內情的，都知道林慧娘這是要倒楣，各人心思不一樣，都在默默看著。

林慧娘也沒什麼需要收拾的，她把之前王府裡做的衣服收拾了個包裹，等出來的時候她手裡也就拎了個小包裹。

王嬤嬤也不說什麼，又領了她去住的地方。

新住處離主屋近很多，但是那地方很奇怪，跟王爺的主屋是單獨隔出來的。

林慧娘還以為他們這種僕人會直接住在王爺身邊，隨時伺候王爺，她沒想到還會有這處院子。

那地方院子也不算小，進去後也是四四方方的一處住所。

王嬤嬤直接領她進到當中的那間，進去後，讓她把東西放在一邊，正要開口訓話。

倒是林慧娘正在扭頭看著其他的房間，不知道為什麼，這個時間了，那些房間的門居然都是緊閉著的。

她心裡奇怪，問王嬤嬤道：「嬤嬤，這個院裡還有別人住嗎？怎麼門都是關著的？」

王嬤嬤看她一眼，忍不住嘆了口氣道：「昨兒夜裡還有人住呢，今天不都拖出去杖斃了嘛，既然主人死了，房門是不可以開的，這是府裡的規矩，省得那些人陰魂不散跑回來，妳記住了，這幾天都不要過去，也不要幫著開門，會晦氣的。」

林慧娘嚇了一跳，覺得身上都涼颼颼的。

王嬤嬤看她一眼，知道剛才的話給林慧娘嚇住了，嬤嬤連忙轉了個話題詢問她：「對了，姑娘妳是哪兒的人，怎麼進來的？」

林慧娘忙回道：「我是京城人士，我爹是賣胭脂的商人，家裡有些薄產，我是家裡的長女，因為李長史要我，我才過來的，後來不知道怎麼的，又被送到了群芳樓裡。」

王嬤嬤見多了這種事兒，聽她一說也就明白了，點頭道：「有什麼不明白的，不管是長史要把妳孝敬給王爺，還是王爺中意妳，妳現在都是房裡伺候的一等丫鬟，妳別管以前是怎麼進來的，現在妳的人、妳的心都得放在怎麼伺候王爺身上。」

林慧娘趕緊點點頭，現在她可不敢再像昨天那麼沒大沒小的了。

也知道晉王爺真不是傳說中的殺人狂，而是真的殺人狂。

在說話間，很快的院子裡又被人領進來兩個小丫頭，看著歲數並不大，可好在利索乾淨，人長得很齊整。

王嬤嬤打量了那兩個孩子，又讓慧娘跟兩個女孩子互相打過招呼，林慧娘這才知道對方一個叫紅梅、一個叫小巧。

等做完這些後，王嬤嬤才慢悠悠繼續說道：「以後妳們三個就是一起伺候王爺的人，王爺不稀罕給下人取名字，妳們用以前的名兒就行。剛才的話我已經跟慧娘說過一遍了，不過這種車軲轆的話，我還是要再說一遍，要知道王爺可是皇帝的親弟弟，永康帝又同咱們王爺親厚得跟一個人似的，王爺的脾氣秉性我不說，想來大家也是都知道的，平時在身邊伺候的時候，是怎麼小心怎麼來。」

怕那兩個小丫頭不明白裡面的利害關係，王嬤嬤又把昨晚的事兒好好提點了一下：「昨晚就因為王爺睡在榻上，也沒個伺候的丫鬟過去看看，今兒個早起，不光是伺候王爺的那些丫鬟，就連門外的兩個太監也一併杖斃了，所以說在王爺房裡當差不是那麼簡單的，不是妳自個兒的事兒做好就好了，妳還得想著點別人有沒有做好？王爺可不管那是不是妳分內的事兒，要發落的話只會一併發落了，所以妳們三人要跟一個人似的，想要想在一處，做也要做到一處，這才是萬全的法子。」

林慧娘現在早被唬得一驚一跳的，以前她還想著跟王爺套套交情，讓他還自己一個人情，現在一聽了這種事兒，別說這個念頭，她現在簡直都想把之前的那些都抹掉。

她都沒想到竟為了這種奇葩的理由，就可以打死那麼多人，這是什麼素質的王爺啊！

王嬤嬤這個人看著嚴肅是嚴肅，可是教起人來卻是不含糊的，在叮嚀過這些後，就開始進入正題，知道時間緊，王嬤嬤都是揀著最緊要的事說。

「現在我把妳們一會兒要做的事兒都告訴妳們，可聽仔細了，不懂的就趕緊問。來，紅梅、小巧，妳們主要是負責裡外三間，還有給慧娘當副手。」

王嬤嬤指派完紅梅、小巧後，接著吩咐慧娘：「下面的話，慧娘妳可聽仔細了，妳是這裡面最緊要的人，按理說咱們這裡的『伺寢』應該是最得寵的，因為伺寢的人同王爺待的時間最長啊，可說句不中聽的，死在這裡面的伺寢可也一隻手都要數不過來了。」

林慧娘覺得自己的冷汗流不停，她深吸口氣，還以為自己要做的就只是端茶倒水的活兒，她都沒想到組織會給她安排這麼個玩命的活兒，那晉王爺是隻吃人的老虎，她這不等於是成天守著老虎睡覺嗎？這要有個起床氣，第一個被打死的準是她啊！

王嬤嬤知道慧娘這孩子是在怕了，她輕輕拉過慧娘的手，寬慰道：「妳也別怕，做這種活兒的，要的就是手腳輕、心思細，王爺好靜，妳就千萬別吵著他，要是他壓根兒不會注意到妳，妳就算做到位了，要是哪天他注意到妳了，妳的活兒也就做到頭了，這個話妳一定要往心裡去，不要覺著自己跟王爺在一起待久了就可以隨便，為了這隨便兩個字，把自己小命交代進去的可不止一位、兩位了，妳一定要記在心裡。」

說完王嬤嬤繼續指導：「下面呢，也是最難的地方，小巧跟紅梅在外面都有專門的墊子可以歇著，可王爺屋裡是不許放毯子的，慧娘只能靠著西牆，拿耳朵聽王爺那的動靜，王爺睡覺安穩不安穩？夜裡要不要喝水？小巧跟紅梅妳們在外面還能不出聲地伸伸腿，胳膊及腿麻了還能轉兩下，中間甚至還有頓點心吃，可唯獨慧娘不行，因為妳必須寸步不離地守著咱們王爺，妳想想看，王爺枕著的枕頭能自己溜出去吃點心嗎？妳就跟王爺寢室裡的物件一樣，到那時候妳就不能把自個兒當人看，整個晚上只能在那裡待著，守著咱們王爺。」

聽完這話林慧娘滿腦子就只有一個念頭：她大概躲不過被王爺杖斃了。

【第二章】

僥倖逃生

「姑娘們，昨夜都還好嗎？王爺有沒有吩咐過什麼事情？」

「挺好的，昨晚王爺沒吩咐什麼。」

林慧娘心想：只是睡覺不老實，都要有人像哄孩子似地哄著他才可以安睡。

林慧娘她們是吃過晚飯過去的，當然為了不在貴人面前打嗝，只吃了個八分飽，水更是不敢多喝一口。

除了她們三個值夜的伺候晉王爺就寢，其實還有專門的司帳司衾，也是兩個歲數不大的小丫頭，看著跟小巧、紅梅差不多年紀，大氣都不敢喘一聲地收拾了王爺的寢室。

另外還有專門負責王爺換衣的太監，林慧娘她們過去的時候，那些人早都退了下去。

林慧娘頭次當這種差事，趕鴨子上架一般，而且進去的時候，小巧跟紅梅就守在外面，裡間只有她跟王爺在室內孤男寡女地待著。

幸好王爺有夜讀的習慣，林慧娘進去的時候，王爺正在挑燈夜讀。只是這下林慧娘的工作量就增加了，她要隨時注意火燭好不好、亮不亮，要不要剪燈芯。

時間過得很慢，滿室寂靜，鼻尖是隱隱的香氣，那味道是熏爐裡出來的。

王爺這樣的男子不會用那些花兒的味道，可隱隱卻能聞出味道裡有點甜滋滋的味兒，很是好聞。

夏天天氣雖熱，可在房內卻不覺著悶，尤其是房子通透，門窗都半開著。

王爺這麼安安靜靜看了一會兒書，才終於做出要就寢的樣子。

林慧娘早大氣不敢喘地等了半天，見王爺放下書，立刻走過去，小心翼翼地把書跟火燭撤走。

這裡到處都是木造的，要是有了火星，這裡裡外外都得跟著完蛋。

她心裡緊張，手上的動作卻是不敢亂，中間她也不敢看王爺，只低頭做自己的事。

只是她有點不明白王爺這麼大個人幹麼睡覺的時候，還要在身邊放個值夜的人，難道王爺不敢一個人睡覺？

可過了一會兒林慧娘就明白了，晉王爺雖然是這麼大個子的人，居然睡覺不老實，還會踢被子。

她剛聽到聲響的時候嚇了一跳，因為在記憶裡王嬤嬤沒提過掉被子時要怎麼做，是走過去直接蓋上嗎？

林慧娘緊張地往外看了一眼，果然外間的那兩個小丫頭也都注意到了這邊的情況，小巧更是緊張得直做手勢。

林慧娘一直都是坐在地上的，見了這樣，她硬著頭皮站起來，躡手躡腳走過去，小心翼翼屏住呼吸，她都不知道自己這種金雞獨立般的姿勢是怎麼做出來的，居然沒經任何訓練，就可以跟雜耍一樣，把被子刷地一下從地上提起來，她也不敢拍被子，只擦了擦就趕緊又重新蓋到王爺的身上。

蓋完後見王爺還是那個睡姿，林慧娘多少放心了一些，她剛想轉身回去，忽然間就聽見王爺嘴裡好像念了句什麼，林慧娘以為吃人的老虎要醒了呢，當下嚇得魂都要沒了。

結果王爺沒有立刻醒來，反倒是皺著眉頭，像有什麼不開心的事兒般翻了個身。

林慧娘嚇得夠嗆，外面的小巧跟紅梅也被驚到了，眼圈都跟著紅了。

再也沒有比值夜的時候把王爺吵醒更大的罪了。

就在眾人嚇得要死要活的時候，王爺不知道怎麼地忽然伸出一隻手來，好像想要抓什麼東西般，修長的手指在半空中胡亂抓著。

林慧娘人都傻眼了，她離床最近，那手又一次差點抓到她的鼻子。

在那瞬間，她反射動作般，都不知道自己是怎麼做到的，想都沒想就把手伸了過去。

等她再反應過來的時候，她的手已經伸過去被王爺抓個正著。

王爺抓到了要抓的東西，頓時不再亂抓了，就連眉頭也不緊皺著了，晉王爺很快就又睡熟了起來。

只是卻苦了林慧娘，蹲也不是，坐也不是，一隻手被王爺緊緊握著抱在懷裡。

林慧娘都沒想到王爺睡覺的時候身體會那麼冷，抓著她的手更是涼涼的。

外面的小巧跟紅梅也是嚇得直捂臉，膽子小的紅梅更是急得都哭了出來。

林慧娘著急是著急，可她還有點盼頭的，想著沒有人睡覺的時候會一直抓著別人的手不放，只要王爺一翻身，她就可以把手抽出來，結果一等等了好久，王爺都翻過一次身了，可照舊是抓著她的手不放。

而且越抓越緊，林慧娘隱隱覺得自己的手腕要被握麻了。

這下林慧娘可扛不住了，她也豁了出去，記得她見過有人這麼做的，雖然對一個男人這麼做很詭異，可事到如今也沒有別的辦法，林慧娘便深吸口氣，鼓足勇氣伸手拍了拍王爺的身體，揀著後腰的位置輕輕拍了拍，那動作簡直就跟哄個半大的孩子一般。

她記得表姐當年就是這樣哄她那個睡覺特別不老實的姪子。

可居然瞎貓碰上死耗子，她這麼誤打誤撞地，晉王爺居然漸漸整個人放鬆下來，就連抓著她的手也漸漸鬆開。

林慧娘深吸口氣，趕緊像躲瘟神般地躲開晉王爺身邊。

她嚇都要嚇死了，小巧跟紅梅在外面看見了，也都是一副阿彌陀佛的樣子。

在那之後王爺倒是睡得很熟，再也沒有出什麼么蛾子[2]。

林慧娘不敢放鬆，一直小心聽著王爺的動靜，中間她努力強撐著不要睡過去。她也不知道還要熬多久，按說晉王這種閒散王爺，又沒有什麼軍國大事需要處理，肯定是睡到日上三竿自然醒。

結果沒想到剛到了寅時[3]，外面隱約有了動靜。

專門叫起的太監很快就過來了，在窗外生硬洪亮地喊了一句：「王爺起床了。」

林慧娘隨後就看見王爺從床上坐了起來。

跟以往沒什麼精神懶洋洋的王爺不大一樣，剛起床的晉王爺看上去精神得多，只是頭髮昨晚散開後，到現在只是輕輕束著，頗有睡美男的樣子。

林慧娘忍不住想，這個晉王爺把自己安排到身邊到底是什麼意思呢？他看見那頭散髮後不會以為是她想勾引他吧？所以故意把她放在身邊，可為什麼要纏著她？還是故意膈應[4]她？

林慧娘不能理解這種變態的心理，不過該做的還是要做，她低眉順眼地按部就班做著，

注釋

2—么蛾子：北京、天津方言，有鬼點子、出餿主意、耍花招之意。

3—寅時：凌晨三點到五點。

4—膈應：北方方言，令人討厭、感到不舒服之意。

見王爺坐了起來，就趕緊過去給他穿鞋襪。

她做夢都沒想到，自己這輩子竟要給個臭男人穿襪子！

哪怕襪子洗得白淨像新的一樣，她仍是心裡各種膈應。

王爺不開口說話，甚至連正眼都沒看她一眼。

房間裡靜靜的。

此時有人端了銀盤進來，林慧娘知道這個時候她是不能避出去的，她得跟著這些人一起伺候，這屬於交接班的範圍，王嬤嬤說過的，越是這樣的時候越要小心謹慎，不能出差錯。

等王爺洗過臉漱過口後，又有人過來幫王爺把髮冠戴上。

林慧娘沒想到古代的男人也如此騷包，居然連髮冠都要這麼精巧。

在做這些的時候，司帳、司衾的兩個丫鬟已經整理好了床上的一切，後退著退出寢室，林慧娘知道這個時候自己也可以跟著退出去了，她暗鬆口氣，正準備躬身往後倒退著出去。

偏偏王爺在這個時候發話道：「把我昨兒看的書取來。」

林慧娘是昨晚伺候的，這話肯定是衝著她說的，她也不知道這是什麼意思，大清早剛洗刷完就要看書嗎？有這麼好學的嗎？

可她不敢耽擱，王爺既然吩咐了她就得照做，她手腳利索地把他的書取來，恭恭敬敬地舉過頭頂送到他面前。

他卻沒有伸手去接，只淡淡道：「本王看到哪裡了？妳翻出來。」

那個伺候弄髮冠的人頓時手都有點緊，周圍的人臉色也跟著變得難看。

且不說王爺平常並沒早起看書的習慣，單單這個「本王看到哪裡了」就有點刻意為難人的意思。

誰不知道王爺睡前看書都是翻到哪裡看到哪裡，再說伺候王爺看書的是書僮的事兒，犯不著找個伺寢的問這麼一句。

這不是成心要難為這位嗎，可問題是王爺犯得著難為她嗎？

眾人都不明白這是怎麼回事，再加上昨天才拉出去杖斃了一批人，眾人頓時嚇得連呼吸都停了一停。

林慧娘卻不懂裡面的道理，她還真是留了個心眼，按王嬤嬤說的，得把她自己當成王爺肚子裡的蛔蟲，只要是王爺的事兒就必須一千一萬地上心留意，所以她還真記得昨晚王爺看到哪裡。

她怎樣也是參加過高考的人，幾下就把昨天的內容翻了出來，恭恭敬敬遞到王爺手裡。

她也不敢抬頭看王爺的表情，遞過去後見沒有別的吩咐，林慧娘才又退了出去。

到了外面，她長吁口氣，對於拿書翻頁的事兒，卻是沒當回事。

反正應付過去就成了，她現在滿腦子只有一個念頭，得趕緊吃點東西墊墊肚子，她要餓扁了。

倒是小巧跟紅梅還在外面等著她，見她出來了，那兩個憨厚的小丫頭趕緊把懷裡揣著的小點心掏出來，遞給她說：「林姐姐，我們怕妳餓了，昨晚的小點心我們偷偷帶了一些出來，妳先墊墊胃。」

林慧娘趕緊接過去吃到肚子裡，等吃完一塊後，林慧娘終於覺得好了一些。

她們再往外走的時候，擔心了一晚上的王嬤嬤也早已經在門外守著，見她們三個全鬚全尾地出來，在心裡念了句阿彌陀佛。

王嬤嬤生怕自己昨天教得太匆忙，那些小丫頭們現學沒學好惹出亂子來，現在見第一夜順利過去了，心算是放下了大半。

王嬤嬤忙過去領了幾個人到附近的茶爐房裡去歇腿。

王嬤嬤大概是跟茶房的人有些交情，她們進去的時候，裡面只有一個小太監正低眉順眼地看著火爐。

這裡是專門給王爺喝茶的地方，不過管事的大太監不知道幹什麼去了，此時並不在裡間，只留了個小太監看著爐子。

明明是夏天，坐了一宿後，林慧娘的胳膊和腿都滲入了寒氣般，她揉了揉痠疼的腿。

王嬤嬤這才細細問林慧娘她們：「姑娘們，昨兒都還好嗎？王爺有沒有吩咐過什麼？」

林慧娘仔細想了想，才回道：「挺好的，昨晚王爺沒吩咐什麼。」

說話間那個負責茶爐房的老太監回來了，他是晉王爺從宮裡帶出來的老人，跟在晉王爺身邊最久，所以王嬤嬤這樣的管事嬤嬤見了他都要趕緊站起來，客客氣氣問聲早。

茶房的管事太監人倒是很和氣，趕忙回了禮，看了一眼林慧娘她們後，立刻笑著同王嬤嬤說：「嬤嬤這是又擔心了，放心吧，我看這些孩子都是穩妥人。」

說話間林慧娘也不知道是不是自己多心了，她總覺得那個老太監看自己的樣子有些怪怪的，好像把她多打量了幾次。

閒話了幾句後，林慧娘她們正說要走，那老太監攔下了她們，很殷勤地說道：「姑娘們別走呢，喝點茶湯暖暖身子。」

茶湯很快就沏好了，老太監親自把那碗茶湯端給林慧娘。

這下就連王嬤嬤都覺得奇怪起來。

她在王府裡待久了，當下不動聲色，等把林慧娘她們打發出去，王嬤嬤才悄悄地問那老太監：「您老今兒個可不大對勁，你總看著我們林姑娘幹麼？」

「王嬤嬤，虧妳是晉王身邊的人，怎麼這點眼色都沒有，妳就不想想咱們王爺好好的把群芳樓裡的姑娘叫到房裡幹什麼？我看那孩子的眉眼啊，跟以往那些都不大一樣。再來我聽人說，當初王爺回府時，特意回頭看過她一眼，不然李長史也不會特意把她送過來，更別提王爺過沒多久就招她過來伺寢。」

王嬤嬤這才恍然大悟，直捂著胸口說：「我的老天爺，這孩子還有這樣的造化，真是祖上積德了。」

林慧娘最近都有些意外，她在群芳樓裡沒一天不遇見勾心鬥角的事，也沒有一天那些女人不鬧騰的，從上到下到處都透著虛偽跟勢利，可自從那夜過去後，明顯王嬤嬤跟左右的人對她們可好了。

見她們三個是新人，都沒有刁鑽的意思，瞧得出都是拿他們當自己人的。

王嬤嬤也不拘著，對她們三個也變得和顏悅色起來，對林慧娘更是體貼得不得了。

林慧娘可沒膽子往旁的地方想，一個隨時等著杖斃的人，她得多大心才能想到王爺對她有意思啊？她覺得王嬤嬤人挺好的，開始嚇唬她們，對她們嚴格是怕她們出錯，現在大概是熟了，就開始對她們好了。

有那麼幾次王嬤嬤還特意跟她說：「姑娘，妳怎麼身邊淨是些綠色衣服，怎麼就沒件粉色的？」

林慧娘當時也沒在意，哪知道沒多久就有專人來給她量了身段，說是要給她趕製一套鮮亮點的衣服。

這下小巧跟紅梅也都納悶起來，不過林慧娘的功勞最大，每天守著個活老虎，什麼擔心受怕的事兒沒經歷過，例如王爺半夜忽然從床上坐起來，跟夢遊似的，嚇得她們跟小雞子一樣簌簌發抖，都靠林慧娘當機立斷給王爺哄回去的。

小巧她們也是心靈手巧的，知道林慧娘辛苦，每晚回來都會主動幫林慧娘打個下手，就連洗臉的水都幫林慧娘備好了，再來也是心裡喜歡林慧娘這樣穩重的姐姐。

這麼一連過了幾天，林慧娘早已經適應了這種日夜顛倒的生活，王爺的習慣秉性也多少摸透了些，只是她很奇怪，為什麼王爺晚上睡覺不老實的事王嬤嬤一次都沒提過，明明這個晉王爺晚上睡覺都要有人像哄孩子似地哄著他才可以安睡。

反正最近幾晚她都是這麼過來的，半夜只要王爺睡不踏實了，她就趕緊過去握著王爺的手，起初她還不敢動作太大，後來林慧娘漸漸發現，只要她握著王爺的手，哪怕只是出聲寬慰他幾句，王爺都不會醒的。

只是每天早起還是照舊肚子餓得扁扁，主要是一晚上一滴水都不敢進，不餓得前胸貼後背才怪了呢。

倒是剛做熟悉了這些事兒後，林慧娘就發現這個晉王爺一陣風一陣雨的，明明之前在晚上也就是有個夜讀的習慣，之後卻不知道怎麼忽然零碎的小毛病多了起來，偶爾晚上還要吃個宵夜。

雖然茶爐房早就備著呢，一吩咐就會立即取過來，可是這個晉王爺卻每回都是只嘗一口就把剩下的給她了。

茶爐房的小太監在王爺進完這碗甜品前是不敢走的，這個時候看見王爺把甜品賞了下去，立刻就討好地把那碗甜品端到林慧娘面前，笑嘻嘻地說：「姑娘，這是王爺賞妳的，快謝恩吧。」

林慧娘跟雷劈了一般，她不懂這裡面的門道，只知道自己有那麼點小潔癖，別說別人吃過的甜品了，她都不跟人共用水杯的，這個時候往那小太監手裡一看，林慧娘就有點傻眼，那明顯被挖過一勺，這不就是別人吃剩下的給她嗎？

為吃這麼一碗甜品還得謝恩！

林慧娘咬了咬後槽牙，才回道：「謝王爺。」

她接過去後還不算完，那太監還目光炯炯地看著她，顯然是要讓她當場領了這個賞。

林慧娘硬著頭皮，不得不在小太監羨慕的目光中，把那碗被人吃過一勺子的甜品都灌到肚子裡，她心裡噁心是噁心，不過肯定是好東西，吃到嘴裡甜滋滋的，可是不膩人。

雖然不明白王爺一個大男人晚上要吃這個幹什麼，不過林慧娘還是乖乖吃完了。

她倒是覺著肚子不像以前那麼餓了。

至少沒像昨晚上那樣肚子餓到咕咕叫，昨晚上她肚子餓的時候，她都要嚇死了，好幾次回頭看王爺的動靜，生怕自己肚子叫的動靜會把王爺吵醒。

這次的這碗不知道叫什麼名字的甜品倒是救了她，吃到肚子裡暖暖的，晚上值夜的時候她肚子就沒叫了。

等她再值了夜出去的時候，林慧娘就發現不管是做什麼事兒的人都對她恭恭敬敬的，那種恭敬跟之前的「好」不大一樣，很有點巴結的味道在裡面。

林慧娘莫名其妙。

她伺候的時間短，也沒人特意把裡面的道理跟她講，可是這種事兒沒有不透風的。

底下的人都知道，王爺每天正餐都要六十幾道菜，王爺一個人哪裡吃得完，那些東西一般是讓下面伺候的人拿去吃，可這絕對不能叫做賞。

只有這種王爺點名了給誰吃的才能叫賞，甭管賞的是什麼得臉的事兒，尤其是這種王爺只吃了一口覺著味道不錯賞下來的，那得多大的臉面、多得寵的人才能享受到啊！

這些伺候的人在王爺身邊待久了，壓根沒見過王爺這麼對待過身旁的人，現在王爺明顯對這個林姑娘另眼相看。

只是林慧娘現在一心一意都撲在怎麼保命上，壓根沒往這種歪事兒上想。

而晉王爺呢，自打懂事起，就沒一樣東西不是別人主動孝敬過來的，往往一個眼神過去，那邊的人已經把事兒都辦好了。

偏偏林慧娘不知道是木頭腦袋還是欲擒故縱，他都拿眼掃她了，她居然還能悶著頭地站在那裡，哪怕是撤燈收書的時候也是目不斜視，一副我就只是個伺寢的老實樣子。

這下晉王爺就有點不耐煩了，要是別的人他也不費這個心思，不過林慧娘是有膽子給他手指纏頭髮的人，晉王爺覺得自己還是要加大暗示的力度。

果然第二天，晉王爺直接就宣了林慧娘過去幫著沐浴。

林慧娘過去的時候還在納悶呢，心說是不是幫王爺洗澡的丫鬟又被打死一個，拿自己過去頂缺的？

可最近明明大家都說晉王爺心情不錯啊！

林慧娘一邊急匆匆跟著那個派活的太監趕過去，一邊問人：「公公，這個活兒我沒做過，麻煩公公指點。」

「姑娘沒什麼難的。」那太監似笑非笑的，見她走得有點急，忙放慢腳步，現在可沒人敢得罪這個王爺近前的紅人，「王爺洗澡時的規矩鬆，姑娘不用緊張，裡面有一個專門遞毛巾的活兒，妳進去的時候就會看見跟小山一樣高的一疊毛巾，那都是給咱們王爺備著的，妳就規規矩矩站著，等王爺洗好了，妳再過去遞毛巾，其他的活兒都不歸妳管。」

林慧娘沒想到單單一個遞毛巾的活兒也要有人做，不過等她到了裡面，見到王爺洗澡的架式立刻就知道了，這哪裡是洗澡啊，簡直就是糟踐水跟毛巾嘛。

裡面疊得整整齊齊的毛巾，乍看是白色的，可仔細瞧的話卻能發現有些邊角都繡了漂亮的圖案。她之前在林府住的時間並不短，也在丫鬟婆子的服侍下洗過幾次澡，知道哪怕是林府那種富人家裡，洗澡也不過就是個木盤外帶幾塊乾淨的帕子，洗好了奶娘跟婆子、丫鬟小心翼翼地給她擦乾淨，穿上全新的衣服。

因為家裡是賣胭脂的，最敢使的就是當季的花兒，好多花瓣飄在浴桶裡，聞起來就心曠神怡，可是這裡的派頭就全然不是那樣。

別說伺候洗澡更衣的那些人了，單單擦身體的就有兩個太監負責。

水更是一桶一桶地換，也不知道王爺是超級大潔癖還是都是這樣的洗澡規矩，反正熱水是要多少有多少。

王爺浸在水裡的時候還好，反正自從晉王爺進來的時候，林慧娘就在毛巾那裡守著，全然不敢抬頭也不敢亂看。

除了她之外本來還有兩個專門負責更衣的丫鬟，不過那些丫鬟幫著脫了外衣後人就退出去，將下面的事交給裡面的太監。

林慧娘發現浴房內只有自己一個姑娘後，臊了個滿臉通紅，她趕緊低著頭不敢亂看，不知道過了多久，那邊終於洗好了。

雖然是盛夏，可門窗都是緊閉著的，燈光也不怎麼亮，很有點隱晦曖昧的氣氛。

等擦身的太監給了示意，林慧娘才趕緊過去，她臨危受命般地練就了一副「目中無人功」，只把眼珠盯著一個地方看，時間長了自然視線就模糊了，她過去的時候，動作利索地拿起一塊塊的毛巾遞了過去，那邊的小太監也是利索人，很快就做好了。

在遞毛巾的時候，難免還是要抬下頭的，不然遞歪了就壞了。

所以這麼一來一去的，林慧娘不小心就瞄到王爺光著的身體，雖然只是側影，可也夠讓她心驚肉跳的了。

明明是個變態殺人狂，可不知道為什麼，大概是燈光柔和，照著他身上的肌膚簡直就跟灑了光暈一般。

其實王爺這個職業屬於天生養尊處優型的，再加上幾代基因優化下來，那皮膚、身材、相貌都好到了極點。

林慧娘只瞟見一眼，就覺著王爺這個樣子特別扎眼，她趕緊把頭低得更低。

等外面的丫鬟再進來遞新衣服的時候，原本閉目養神的王爺不知道怎麼的，忽然一指身邊的林慧娘說：「妳來。」

林慧娘心裡奇怪，就連那兩個伺候王爺穿衣服的丫頭也覺得奇怪。

那兩個丫鬟在王爺身邊有段時間了，知道王爺穿衣服的時候規矩最多，不能正對著王爺穿衣服，要是不小心把呼吸吹到王爺臉上，那可是直接可以拉出去杖斃的，還有手不能碰到王爺的身體，力度不能輕也不能重，速度不能慢，不能讓王爺伸著胳膊等半天。

就這個差事在嬤嬤的調教下學個兩三個月都未必能做好，這個時候交給這麼一位外行人，能行嗎？

林慧娘奇怪是奇怪，可這事兒誰也沒膽子耽擱，王爺還在那裡光溜溜地等著呢。

這要讓王爺等急眼了，他們這群人都得被送去見閻王。

林慧娘到這個時候都不知道什麼叫做害怕了，她目不斜視地接過那套新衣服，她是見過那些人怎麼給王爺穿衣服的。

因為留意過，所以知道順序，再加上這是玩命的事兒，所以林慧娘做起來特別小心謹慎。她這一套動作很快做下來，就連那兩個負責更衣的丫頭都驚到了。

這林慧娘還真是很靠譜的人，居然就無師自通，尤其是跟王爺配合起來，哪怕是頭一次都默契得十分合拍。

刷刷幾下，看著動作快是快，可林慧娘手一下都沒碰到王爺，那表情、呼吸、動作也是一絲不亂，絕對沒有不小心把氣噴到王爺臉上的時候，更別提亂瞄王爺的身體了，斂眉低目地就把這事兒給辦完了。

穿好衣服後，林慧娘還記得最後的那道程序，她忙退後一步，有專門打銅鏡的過來，王爺一邊照鏡子，林慧娘一邊側著身，又給他稍微整理了下衣袖。

銅鏡裡就見林慧娘一副溫柔賢淑的樣子，那副模樣真是要多順眼就有多順眼。

王爺一向凌厲的目光也跟著柔和了一些，他沒想到林慧娘的伺候是這麼的受用，等都弄完後，就連那些太監都能感覺到王爺的心情很好。

果然晉王爺很快就小誇了一句：「做得不錯，以後這差事就交給妳吧。」

這話一出，眾人都又驚又羨慕地望著林慧娘，有幾個不會掩飾的還差點把眼珠子瞪出來，他們跟在王爺身邊久了，還是頭一回聽見王爺吐出「做得不錯」四個字，要知道王爺是不輕易誇人的。

這個林慧娘真是走了天大的運氣，簡直就是步步高升啊！

在眾人羨慕的目光中，林慧娘強撐著沒哭出來，她本來值夜班就已經夠辛苦的了，一宿一宿的睡不好覺，成天擔心受驚的也就罷了，現在還要給她一個每天穿衣服的活兒，這要長年累月地做下來，累都累死了。

所以等王爺出去的時候，林慧娘滿腦子就只有一個念頭，這缺德的晉王爺啥時候死啊？再不死她都要熬不住了！

林慧娘現在算是上了夾板，而且同在王爺身邊伺候，她忽然代替了那兩個給王爺穿衣服的丫鬟，其他王爺房裡伺候的一等丫鬟，嘴上不說，心裡可都留意上她了，有些想拔尖的就會想這個慧娘也太有手段了，這才來了幾天啊，就能擠掉別人把自己扶上去。

等林慧娘正式上崗給王爺穿衣服後，那些一等丫鬟就抱成了一團，刻意排斥她。

王爺早起後洗漱完畢，並不在房內用餐，而是在前面的膳廳用餐。

等王爺一走，房內的那些丫鬟就趕緊趁機打掃起王爺的房間來。

林慧娘手裡也是有一套東西需要收拾的，王爺換下來的衣服自然有專人過來收，可是那些乾淨衣服是不是需要她整理並清點一下，萬一王爺想起要穿哪一件的時候，她怎麼也得反應快點，再來王爺的衣服更新替換得快，她現在怎麼也得心裡有數才行。

只是這些都需要同屋的人指點，不然她一個外行人能懂什麼啊。

林慧娘還不知道那些丫鬟在排斥她，她以為大家都是一處的，就跟王嬤嬤說的一樣，既然都是伺候王爺的，自然就要互相照應，她便客客氣氣地問道：「姑娘，麻煩您給指點一下，王爺的衣服放的時候都有什麼規矩？」

一個叫芸兒的丫頭，聽見她這話，當下就似笑非笑道：「林姑娘，您這種大能人，怎麼會連這個都不懂呢？再說我哪有教您的資格啊。」

說著便嘴角含笑地躲開了。

另有兩個正在打掃的一等丫鬟，也都是一副似笑非笑的譏諷樣子，有一個還趁機說道：「都知道林姑娘您是能人，這才來幾天啊，王爺身邊的活兒您就占了頭兩樣，我看啊，長久下去，還不如讓我們屋裡的姑娘都散了，就留您一個伺候王爺得了，也省得您滿身的能耐沒處使。」

林慧娘有種回到群芳樓的感覺，心想大家都是有了今天沒明天的人，這有啥好爭風吃醋的啊？這不有病嗎，就這種王爺也值得爭嗎？

要是誰能打包帶走，她甚至願意叫那個人親奶奶！

她正想不理這些人時，偏偏就有這麼倒楣的事兒，那邊丫鬟的話音剛落，這邊就有一個外來的小太監笑呵呵地走了進來。

那小太監是在膳廳伺候的，以往是不會過來的，這個時候明顯是帶了王爺的口諭。

再加上那小太監有意巴結，進來的時候，未語先笑，一臉喜氣地對林慧娘說：「林姑娘，恭喜您，王爺宣您過去伺膳。」

林慧娘當下就愣在那裡，心說啥叫伺膳？

可周圍那些一等丫鬟卻是懂得的，那個之前才說過話的丫鬟到了這個時候，簡直都想抽自己嘴巴，真是怕什麼來什麼。

她們最怕林慧娘占了頭分，把王爺攏過去斷了她們的念想，不管晉王爺脾氣如何暴躁，可是人在那擺著呢，再說那可是天下第二人的晉王爺，單就這個身分，就值得她們這些一等丫鬟們冒著被杖斃的危險拚一拚，偏偏節骨眼上來了這麼一位。

而這位林慧娘還真就越來越往上走了，王爺都能親口叫她過去伺膳了，自打王爺立府以來，還是頭次聽說王爺指名要人過去伺膳的！

平時就算有人過去伺候著進餐，可也只是叫做進膳，壓根沒有伺膳一說，因為進膳是下人伺候王爺該做的，可伺膳就不一樣了，一般都是要很親近的人才能用這個詞，按規矩來說，至少也得是個側妃吧。

可現在王爺這麼明明白白地把李慧娘宣了過去，那不等於是默認了林慧娘是房裡人的身分嗎？

之前說話的那兩個丫鬟，到這個時候嚇得臉都白了。

林慧娘卻是丈二金剛摸不著頭腦，一臉的狐疑。

小太監很機靈，現在都知道林慧娘正得寵，也是想著討好巴結，一邊引路一邊說：「姑娘這是天大的恩寵，您快過去吧。」

林慧娘都要站立不穩了，心說我一粒米都還沒吃呢，就要受這個恩寵啊，我餓著看他吃著？

那個小太監見她表情苦楚，以為她是緊張了，忙討好地告訴她：「林姑娘，伺膳這個事兒沒那麼難的，到了地方，您不要著急，看到桌子上擺的菜，您若不知道要揀哪一樣，就看王爺的眼神，王爺看哪一道，您就揀哪一道，只有一樣要注意，千萬不要多揀了，要知道您覺著再好的菜在王爺眼裡也不值什麼，您看著差不多的頂多挾兩筷子就行了，揀了放在王爺面前的食盤裡，記得每次都要換一雙筷子，挾葷菜的和素菜的絕對不是同一雙筷子，挾過魚的筷子絕對不能再挾別的。」

林慧娘聽得都要累暈過去，心說不就吃個早飯嗎，值得不？

而且吃個飯還要去專門的膳廳也不知道圖的什麼，可等到了地方林慧娘才發現還真就要有這麼個專門的地方吃飯。

主屋雖然大，可是絕對沒有這個專用大廳，這是專門伺候王爺吃飯的膳廳，正一間不知道是什麼意思，此時是空著的，王爺本人正在偏廳內坐著呢。

左右有兩個專門伺候的太監，前面有兩個大大的方桌，桌子上擺著滿滿很多道菜，林慧娘估計著怎麼也不少於六十道，最前面的是些有造型的官菜，顯然是要討個吉利的。

再往後則是一些大葷的菜，然後是葷素的小菜，然後又是素菜、冷盤，各種各樣密密麻麻擺著。

這哪裡像是給人吃的，簡直就像是專門上供的！

林慧娘嘴角都想抽抽，這可才是早上啊……就算把王爺當豬餵，豬也沒這個好胃口吧？她走過去的時候，努力嚥了口口水，儘量把氣息勻了勻，單有一個小太監在那端著各色筷子、食碟打下手。

林慧娘暗暗給自己打氣，只是再努力，也架不住她忙了一晚上又餓又睏的事實，她腦子都木了。

昨晚晉王爺不知道出個什麼么蛾子，大半夜的非要拽著她的手睡，而且要命的是之前她還能猜著晉王爺是睡覺不踏實才握她的手，可昨晚，她總覺著晉王爺是不是已經清醒了？

可是沒道理晉王爺人都清醒了還要拽著她的胳膊吧？

這個時候對著這麼一桌子不能吃的菜時，林慧娘打心底地想噴王爺一臉。

而且跟她這種餓得前胸貼後背的人比，晉王爺明顯是興致缺缺，沒什麼食慾的樣子。

他是富貴閒人的巔峰代表人物，從出生到現在，他就不知道餓是什麼滋味，再說山珍海味經年累月地吃也要吃膩了，實在是見多了就提不起興趣來。

林慧娘倒是記得小太監的話，她全神貫注留意著王爺的眼神，想著王爺看哪個她就揀哪個。

結果不知道今天晉王爺吃錯什麼藥了，偏偏就是一個眼神都不給，而且自從她進來後就只眼巴巴瞅著她看。

林慧娘這個鬧心，心說我是吃的嗎？你這麼看我，你到底想吃什麼總得給個暗示吧？

她急得都要出汗了，筷子更是舉起來無處可下，可周圍那些伺候的人目光都集中在她身上呢。

本來今天就特別不一樣，今天可是王爺特意找了伺膳的人過來。

可叫來就算了，也不知道王爺是什麼意思，臉上居然自始至終都沒露過笑模樣，哪裡像是要寵著這個人，偏偏被叫來的這個林慧娘還特別木訥，一副都不知道怎麼下筷子的樣子。

那些伺候的太監們都噤若寒蟬，生怕林慧娘出個什麼事兒，大家會一起被捲進去。

林慧娘等了片刻也沒等到暗示，她深吸口氣，她也是餓瘋了，筷子總這麼戳著也不是個事兒，她索性揀著自己想吃的一樣樣挾給王爺。

這一下那些伺候進膳的太監們，差點沒被嚇死，什麼樣的湯、什麼樣的粥都有備著呢，結果這個林慧娘倒好，就盛了那麼一小碗的白米粥。

有幾個機靈的太監忙給林慧娘使眼色，暗示林慧娘在盛白米粥的時候，也順帶把那些湯啊或是講究的粥都多少也盛上一碗獻上去。

只是林慧娘太專注幹自己的事兒了，等把那碗粥放下的時候，她才看見那些人的眼神。

林慧娘還以為那些人在暗示她報粥名呢，她心裡納悶，心說這種簡單的東西也要報嗎？

她就順口對晉王爺說了句：「這是白米粥。」

這話一出口，有些膽小的太監都嚇得閉上了眼睛。

林慧娘以為自己說得還不夠詳細，忙又補充了句：「王爺，早起的時候先喝點這個請您潤下嗓子……」

她早起都是習慣先喝點稀飯，然後再吃東西的。

且不管那些太監嚇成了什麼模樣，晉王爺還真就拿起一邊的勺子嘗了一小口。

林慧娘哪裡會知道伺膳不勸膳的道理，她覺著就算王爺再嚇人，也得是人類吧？是人類的話，那對一日三餐的需求就不會有太大的差別，她低頭挾了一些自認為很爽口的菜，用小食碟盛著放在王爺面前。

剩下的那些她又自作主張挾了一些小饅頭似的東西，她再給王爺挾過去時，還特意配了一句：「王爺，這個正好可以配著這盤菜吃。」

不過奇怪的是王爺在吃飯的時候，總會時不時地看她幾眼，林慧娘心裡奇怪。

不過總體來說這頓飯倒是吃得平平靜靜，王爺進了不少，開始她還矜持些不敢取多了，後來見王爺越來越能吃，林慧娘才想到王爺一個正當青年的男子，飯量怎麼想也不會小。

她忙著又取了好多樣飯菜擺在王爺面前。

倒是那些太監們都是一副目瞪口呆的樣子，他們伺候那麼久了，王爺給什麼吃什麼的時候可是絕對沒有過。

現在的王爺簡直就像轉了性子一樣。

等好不容易伺候完後，林慧娘都要餓過勁了，可是還不能走呢，要王爺先走才行。

林慧娘忙跟其他的下人一起垂首恭送王爺，只是很奇怪王爺卻不知道怎麼的特意走到她面前，林慧娘所在的位置離門口又不是很近，她壓低著頭大氣都不敢喘一下，她的雙眼只盯著地面看，那雙靴子是早起的時候她才為王爺穿上的。

她都能感覺到王爺盯著她看的感覺，她覺著頭皮一陣陣發麻，等了片刻，林慧娘卻聽見王爺很隨意地說了一句：「晚些妳過來陪寢。」

那聲音很奇怪，林慧娘因為看不到王爺的臉跟表情，可光聽聲音的話，她有點反應不過來那是王爺的聲音，因為聲音太好聽也太過年輕了。

而且話是命令的意思，可卻沒有命令的口吻，反倒說得很輕很淡，有那麼點……大男孩的感覺……

林慧娘一想到這裡渾身直起雞皮疙瘩，心說自己是不是腦補太多了？只是陪寢跟伺寢有什麼不一樣嗎，她不是每天都在陪著王爺睡的嗎？幹麼還要特意吩咐她一聲？

林慧娘正納悶呢，倒是膳廳裡管事的太監，已經笑呵呵過來恭喜她了，弓著腰說：「姑娘，真是辛苦您了，既然晚上您還要陪寢，就請先回吧，我們這兒特意揀了幾樣飯菜借花獻佛地獻給姑娘，請姑娘不要嫌棄。」

說話間已經有兩個小太監從外面跑了過來，用托盤挑著最好的那些都揀了過去。

這下等林慧娘再往回走的時候就惹眼多了，很多人老遠就看見一個穿著綠色衣裳的丫鬟身後跟著兩個太監，那兩個太監一臉恭敬，手裡更是端著托盤，托盤裡滿滿放著很多精緻的吃食。

等林慧娘回到自家院子時，小巧跟紅梅也忙從裡面迎了出來。兩個小丫頭還不知道這個信兒，倒是一看見那兩個太監，兩個小丫頭都唬了一跳，一個忙幫著接托盤，一個忙著打聽。

等接完托盤回來的時候，小巧都眉飛色舞了，紅梅更是一個勁兒地對慧娘說：「姐姐，我就知道妳是個有福氣的，王爺還是頭次這麼點了人過去呢，我就知道姐姐是王爺另眼相看的人！」

送來的飯菜那麼多，林慧娘一個人也吃不完，她再傻也明白陪字跟伺字的區別了。這是王爺點了名的晚上要睡她啊！

林慧娘做夢都沒想到繞了這麼大一個圈子後，自己還是沒躲過去這一睡。她心裡煩躁，再加上連日來沒休息好，又是吃這種油膩的東西，等吃完後，她就覺得嗓子有點緊，大概是知道晚上要被人睡而急火攻心了，再張口的時候嗓子就有些啞。

小巧跟紅梅哪裡知道慧娘的想法，還以為是她太緊張了，小巧就自告奮勇，說道：「姐姐，妳等等，我這就去茶爐房要清火的茶水，姐姐多喝一點去去火，這樣晚上才能好好伺候咱們王爺。」

小巧出去得快，只是等了好久才回來。以往她們到了茶爐房那邊就能直接取水的，這次小巧去的時候，被額外照顧了一下，不但是現沏的茶，還又給她收拾了一個果碟。

所以再進門的時候小巧就得意說道：「茶爐房裡的人知道咱們屋的林姐姐晚上要陪寢呢，說什麼都要給弄一壺好茶。」

紅梅趕緊接了過去，兩個人說說笑笑地斟茶給林慧娘喝。

林慧娘急得腮幫子都疼，心說到了晚上還說不定什麼德行呢，只是她也不能訴苦，現在到處都是恭喜的聲音，她也不好不讓別人這麼恭喜自己。

只是不知道是怎麼的，到了晚些的時候，小巧跟紅梅正張羅著給林慧娘沐浴時，林慧娘忽然臉色一變，捂著肚子就唉叫了一聲。

林慧娘忽然覺得肚子往下沉，而且腹內都是涼颼颼的，也不知道是吃錯東西，還是身體最近太虛弱鬧的。

她覺著不對，趕緊跑了幾次肚子，等再回來的時候，身上一點力氣都沒了。

她還沒怎麼樣，倒是給小巧跟紅梅嚇得夠嗆，兩個人都跟熱鍋上的螞蟻一樣，小巧更是急得眼淚都要掉下來。

紅梅也是眼圈紅紅地說：「林姐姐，妳身體怎麼了？千萬不要因為這個誤了時辰啊。」說話間，已經有人進到院子，王嬤嬤早就知道林慧娘晚上要陪寢的事兒，她怕那兩個小丫頭不懂規矩，特意過來一趟，一是來賣好，再一個林慧娘是她調教出來的，到時候要是爭氣的話，她也有臉面。

哪知道她剛進到房裡就看見林慧娘正躺著，小巧坐在床沿，手一直在幫林慧娘揉著肚子，紅梅則是跑前跑後的，一會兒拿被子、一會兒拿枕頭的。

王嬤嬤當下就知道壞了，趕緊走過去，往林慧娘臉上一看，王嬤嬤的臉就變了色。

林慧娘鬧肚子鬧得都不想動了，她認出王嬤嬤後，就病歪歪地開口道：「嬤嬤，我大概是吃壞了肚子……妳看怎麼辦啊？」

「我的天，妳們也不仔細著些！」王嬤嬤氣得夠嗆，她不好說林慧娘自己不仔細著，只好訓斥那兩個小丫頭：「這麼重要的事兒，妳們也能出這個岔子！」

而且就跟不夠亂乎似的，偏偏王爺那邊還專門派了領路太監過來，顯然是王爺有點等不及了，讓林慧娘趕緊過去。

王嬤嬤聽見門外的聲音後，望著林慧娘那一臉的蠟黃，最後終於是咬了咬牙，心說就這模樣的，就算過去也是找倒楣。

王嬤嬤索性出去，如實稟明了那個領路太監。

領路的太監都覺得這事奇葩，從來都聽說王爺招的人早早就打扮妥當過去的，還是頭次聽說早上王爺才點名要招的人，晚上就鬧了病，又這麼寸兒的沒有啊！

那太監又親自跑來看，這一看也是唬了一跳，沒想到林慧娘都鬧肚子鬧得無法起床。

當下王嬤嬤跟領路太監就對視了一眼，在這種地方待久了，誰沒個小九九[5]，都知道林慧娘這事兒出得蹊蹺了些，沒道理上午才活蹦亂跳的人，到了晚上就能鬧成這樣，這多半是有人怕林慧娘礙著自己的發達，想著從中插一槓子。

因為以前也不是沒有過類似的事兒，剛下了令說要招某個姑娘過去，結果下一刻那個姑娘不是發病就是出了什麼岔子。

這都是下面的人折騰的，而且這種事兒就算出就出了，晉王爺女人那麼多，他犯不著因為這個耽誤睡覺，這個不來就換一個，反正女人他多的是。

這個時候王嬤嬤都忍不住嘆了口氣，只是可憐了慧娘，王爺那個人見的花朵多了，現在興致起來想要寵誰幾天，那真就要打鐵趁熱，不然過了這個新鮮勁，王爺早就把人忘爪哇國去了。

也不知道是誰下的這個毒手，這不是要毀林慧娘半輩子的幸福嘛。

王嬤嬤沉吟了一下，也沒說什麼，只叮囑小巧和紅梅：「妳們好好地看著林姑娘，我先去回稟王爺。」

王嬤嬤那邊心事重重地去了，房裡的小巧跟紅梅都忍不住掉下眼淚來。

兩個人哭哭啼啼地守著林慧娘。

林慧娘原本還覺得自己不過就是鬧個肚子疼，現在見這些人哭得那麼淒慘，她都嚇壞了，趕緊坐起來，問小巧她們：「欸，妳們哭什麼呢？」

這種事兒該不會又有什麼忌諱，會被怎麼樣吧？

結果就聽見小巧哭得嗓子都啞地說：「姐姐，我為妳難過，今天妳這麼大的福氣，硬是給沒了。」

林慧娘這才鬆了口氣，心說這明明該是放鞭炮的事兒，哭什麼啊，她趕緊勸著兩個人說：「姐姐沒覺著難過，這就是緣分，說明我跟王爺有緣沒分。」

林慧娘還暗自慶幸呢，心說終於可以不用去伺候王爺了，結果剛慶幸了沒兩句，房間裡忽然就進來了五六個婆子，不問緣由直接扭了小巧跟紅梅要帶走。

林慧娘被這突如其來的一幕給嚇到了，她趕緊從床上站起來，追出去問：「妳們這是做

注釋——

5 小九九：指在心中打小算盤。

什麼，幹麼抓人？」

其中一個管事的婆子見了林慧娘倒是客氣得很，忙回道：「姑娘莫怕，姑娘不舒坦的事兒，王爺已經下令要追查了，我們是奉命拿人的，現在不光是這兩個丫頭，就連茶爐房的那些都一併被拿了去，姑娘只管好好養病，等查出個緣由來，我們再來回稟姑娘。」

說話間外面已經有府裡的大夫過來了，由王嬤嬤親自領著，林慧娘嚇得七上八下，王嬤嬤忙寬慰地扶著林慧娘重新坐回去，指揮著大夫給林慧娘號脈開藥。

林慧娘倒是沒什麼大礙。

那大夫只略微號了號脈就知道怎麼回事了，很快的一副方子就開了出來。

王嬤嬤又趕緊命人過去煎藥。

等大夫一走，林慧娘就趕緊拽著王嬤嬤的袖子問：「嬤嬤，我只是鬧肚子而已，幹麼要牽扯這麼多事兒？」

王嬤嬤都不知道該說這孩子什麼了，她索性把話說明白了：「林姑娘，這可不是什麼小事，這分明是有人嫉恨想害妳的，知道妳今晚要被王爺招過去，給妳使了絆子，要是換做別人，這個虧吃也就吃了，可這次我瞅著王爺是真在乎姑娘的，姑娘千萬莫說什麼小事不值得的話了。」

林慧娘心驚肉跳的，外面天色已經暗了下來，可不知道為什麼她院子裡卻是燈火通明，沒過多久，藥湯就送來了。

送藥湯的那兩個丫鬟也不說話，氣氛凝重得簡直就跟繃緊了一根線似的，慧娘擔心被扭出去的紅梅跟小巧，她覺得那兩個丫鬟應該不會害自己，可究竟是誰要害她呢？

她仔細想著，是群芳樓裡那些愛拈酸吃醋的女人？還是王爺身邊的那幾個一等丫鬟？她們都不喜歡她。可是哪一個也不像跟她有那麼大仇的啊？

王嬤嬤的話雖然誇張了點，可是林慧娘想起那些女人爭寵的樣子，心底也是發寒。

她這麼胡亂想著的時候，王嬤嬤她們又來了，這次王嬤嬤的臉色比之前還要凝重很多，知道林慧娘身體還虛著呢，王嬤嬤特意帶了一頂轎子過來。

等到了地方，王嬤嬤親自把林慧娘從轎子內攙扶出來，林慧娘被外面的場景唬得一跳。以前這個地方就挺亮的，可此時整個院子都是燈火通明，恍如白晝一般。

王爺在正當中端坐著。

地上滿滿的跪著很多人，在中間的位置有三個丫鬟哭得跟淚人一樣，手腳被束著，臉上青一道紫一道的。

那三個人原本跪著哭，一見林慧娘從外面進來，當下就衝著林慧娘喊道：「姑娘姑娘，求妳饒過我們吧！」

其中一個更是淒厲地喊著：「林姑娘我錯了，我只是想鬧妳一下……」

只是那些人很快又被太監們按住，這一下場面都凝住了一般，倒是臺階上的王爺，臉上的表情紋絲未變。

林慧娘被人領著走到王爺下首的位置，有人專門給她搬了把小坤凳，她坐下的時候，終於認出那三個丫鬟是誰了，那些是王爺房裡伺候的丫鬟們。

林慧娘就覺得應該是這些人使的壞，因為在王府裡能自由行動，還能在茶爐房裡做手腳的，還真就是這些丫頭們最合適。

其實那些丫鬟們也就是嫉妒林慧娘一天比一天得寵，心裡記恨她，在加上之前才剛跟林慧娘拌過嘴，她們都是小心眼的人，覺得肯定把林慧娘得罪了，就很怕林慧娘以後得了寵會拿住她們。

又正好看見小巧過去取茶，其中一個就想出了這個餿主意，想著涼茶不就是去火的嘛，她們大不了給加點料，讓林慧娘多去去火，讓她在王爺面前出醜才好呢。

哪知道林慧娘最近一直沒休息好，身體原本就虛，又是急火攻心，喝了這麼一壺「敗火」的茶，還沒等到王爺那裡，林慧娘就先起不了床。

現在這個陣仗一擺出來，那些要執行杖斃的人也都在一旁等著，東西都預備好了，人員也都到位了。

只等著林慧娘一坐穩就開始執行。

林慧娘才剛坐穩，下面立刻就鬼哭狼嚎起來。

林慧娘被安排了這麼個位置，看得最清楚不過，立刻就看見了皮開肉綻的樣子。她眼睛就有些發直，尤其是小巧跟紅梅還在一邊跪著呢，林慧娘也不知道是不是還有下一波要受刑的，她唬了一跳，而且眼看著那些行刑的人還越打越起勁。

林慧娘原本還以為只是隨便打幾下懲罰懲罰就好，照這個勢頭看，這完全就是要直接打死啊！

林慧娘嚇得人都要坐不穩了，她趕緊扭頭去看王爺，就見臺上的王爺壓根沒瞧下面血淋淋的現場，那表情還是一如既往的百無聊賴。

林慧娘又去看了那些周圍的人，就見周圍的人也都是屏氣凝神，林慧娘終於是瞧不下去了，她站起來，聲音都帶著顫音地說道：「王爺，我沒大礙的……」

說話間，原本只有行刑聲的院子，氣氛忽然就不對了。

眾人的目光都凝聚在林慧娘身上。

林慧娘緊張得厲害，她知道自己這麼做有點腦殘聖母，可眼睜睜看著把那三個人打成血人一樣，還要活活打死，她真的怕日後有心裡陰影。

她鼓起勇氣說道：「請王爺饒她們一命吧。」

周圍人都傻了，心說這個當頭，還有敢給這些人求情的！

晉王這才抬起眼皮瞟了她一眼，他很快又把視線收了回去。

眾人也不知道這個喜怒無常的王爺在想什麼，都在暗捏一把冷汗的時候，卻見晉王爺做了個揮手的動作，這下眾人都鬆了口氣。

下面行刑的人立即就收住了動作，把那三個丫鬟都拖了下去。

這下該拖人的拖人，該收隊的收隊，很快的院子裡的人就魚貫出去了。

別看人那麼多，可是走路的聲音都是靜悄悄的，人員再多也不敢顯出雜亂來。

各自有序地撤走刑具，又有太監過來開始打掃院子，把血跡洗沖乾淨。

在做這些的時候王爺也進房了，偌大的院子，只有林慧娘還在那裡傻站著，因為沒有具體的工作可做，她有點不知道該怎麼辦。

倒是王嬤嬤幾步走了過來，偷眼看了正房的位置，壓低聲音跟她說：「姑娘真是菩薩心腸，那些丫鬟做的不是人的事兒，妳還為她們求情，真是嚇死人了，幸好王爺沒生姑娘的氣，現如今那三個小妮子都要被拉去莊子配人了。」

林慧娘擔心小巧和紅梅，趕緊追問：「小巧跟紅梅呢？這次的事兒跟她們沒關係的。」

「姑娘放心，讓茶房的人跟那兩個丫頭跪在那裡，只是為了讓這些人長長記性，現在人已經回去了，姑娘不放心的話，我一會兒再過去看看她們。」

林慧娘趕緊對王嬤嬤道謝，王嬤嬤哪裡還敢受林慧娘的謝字，現如今一句話就能討回來三條命的主，誰敢說以後有沒有需要用林慧娘的地方。

正要再說兩句呢，王爺身邊的一個太監忽然走了出來，找到林慧娘說道：「林姑娘把您的東西收拾收拾，王爺現在房裡空下來了，王爺也不想再招這些胡七八糟的人進來，就要勞煩林姑娘全權伺候咱們王爺。」

王嬤嬤臉上都帶了喜色，忙親昵地拉著林慧娘的手說：「還是好人有好報，看來王爺沒生妳的氣，妳快進去服侍吧，妳的東西我讓小巧她們幫妳收拾著，明兒我再送過來。」

明明剛才場面那麼兇殘，可是一進到房裡，卻覺著房間裡跟外面就像是兩個世界似的。

王爺早已經在寢室裡待著，只是還沒要睡覺的樣子，而是坐在榻上靠著炕桌看著閒書。

林慧娘嘴裡發苦，她剛才親眼看見的，王爺在處罰那些人的時候，壓根兒連表情都沒變過。她起初以為晉王爺是個煞氣重的人，可現在看王爺根本就沒把下人的命當命，根本就跟殺個貓狗似的，不，也許連貓狗都不如呢，簡直就是碾死螞蟻的級別。

這個時候作為眾多螞蟻中的一隻，林慧娘頓時覺得自己手腳麻麻的。

她小心翼翼地走過去，側立在王爺身邊，大氣都不敢喘地等著王爺的吩咐，眼觀鼻、鼻觀心地想著該怎麼把王爺伺候好。

倒是到了這個時候晉王爺才仔細打量她，燈下的林慧娘跟白天比倒沒什麼不一樣，只是臉色略微蒼白一些。

他自幼在深宮裡長大，見多了爾虞我詐，一般的小伎倆騙不過他，他知道林慧娘是真嚇到了，也是真在為那些人求情。

只是這丫頭太矜持了些，晉王爺一直不明白，她當初往自己手指上纏頭髮的勇氣哪去了？到如今就只會大半夜偷偷摸他的手握呢，白天則是一副嚇得連頭都不敢抬的樣子。

見她這副手足無措的緊張樣子，晉王爺終於法外施恩道：「本王准妳了。」

林慧娘納悶地看了一眼王爺，心說准她什麼了？

隨後她就看見王爺已經張開手，一副等著她過去握住的樣子。

這是讓她摸他的老虎爪子嗎？

林慧娘就有點傻眼，可看這個架式不摸還不行的！

慧娘咬咬牙握了上去，在她握上去的時候晉王爺沒再開口，只手掌一轉，把她的手壓在手心中，安靜看書。

林慧娘渾身直起雞皮疙瘩，不明白這是什麼意思？

別說這位是晉王了，就放在現代，二十出頭的大男人握著個女人的手看書，也是……很彆扭的吧……

慧娘看了眼書的封皮，她發現這個晉王爺好像很喜歡看這種閒書，對於經史子集那些好像一次都沒見他看過，大部分都是這種遊記跟各種稀奇古怪的東西，還有這種他正在看的什麼《海錯錄》。

林慧娘忍不住偷偷看了一眼，就見書裡好像都是畫一些海魚跟島礁似的東西。

他是個好奇心很多的王爺嗎？

可是自從進到王府裡來，一次都沒見過他玩奇巧的東西，他房間裡的擺設也是簡簡單單，好像下人們怎麼擺他都不會在意。

林慧娘心裡很奇怪，她雖然伺候了他好一段時間，可是對於這個人，她卻是真的一點都不瞭解。

因為但凡是個人就會有個愛好興趣，之前聽說他是淫魔，可實際上這段時間，卻也沒見他怎麼淫亂胡來。

窗子是開著的，有微風從窗子外吹進來，吹得人身上很舒服。

只是林慧娘身體剛好一些，這個時候被風一吹，一個沒忍住就打了個噴嚏，雖然不是衝著王爺打的，可林慧娘也是嚇得臉色都變了。

平時吃多了在王爺面前打個飽嗝都是天大的事兒，現在她都打噴嚏了。

結果晉王爺卻沒說什麼，反倒喚了外面的聽差太監進來，讓人把門窗都關小了。

他從小到大不會體諒人，這個時候做到這一步已經是天大的恩寵了。

林慧娘再傻也察覺到王爺對自己是有點不大一樣……她心裡特別忐忑。

而且在王爺要睡下的時候，還少有的讓她在一邊的榻上陪著，不用單獨去打地鋪。

林慧娘不知道自己是不是被虐習慣了，居然有點熱淚盈眶。

等兩個人都歇息的時候，室內一下就靜了下來。

外面有整夜不熄的燈，室內卻是暗暗的。

林慧娘還是按以前的習慣，忍不住拿耳朵去聽王爺的呼吸聲，這次她覺得好怪，王爺半天都沒有動靜，顯然是還沒睡下吧？

她抬起腦袋正說要看看情況，就見王爺其實壓根都沒躺下，而是半倚在床上，似乎面對著她的方向。

林慧娘嚇了一跳，忙開口道：「王爺，您有什麼吩咐嗎？」

她趕緊從榻上下來，正說要聽候吩咐，卻聽見那頭聲音沉沉道：「妳過來。」

一種可怕的直覺在林慧娘心底生了起來，他的聲音明顯不大對勁，而且那副掀開被子等她進去的等待樣子，也很可怕。

黑漆漆的室內，林慧娘借著室外的燈光，心跳得都要蹦出來了。

她緊張得手腳發麻，不過腦袋卻是清醒的，知道躲得了今天也躲不了明天，可林慧娘還是小心回道：「王爺，我、我剛打了噴嚏，我怕自己身體不好會傳染給您……」

晉王爺半天沒有聲音，就在林慧娘怕得不知道該怎麼辦的時候，晉王爺才終於淡淡道：「妳睡吧。」

說完晉王爺就躺了下去。

林慧娘長吁口氣，趕緊跑到榻上，正準備睡下，卻聽見王爺又說了一句：「妳識字？」

林慧娘愣了一下，她還以為他在看書時是不會注意到自己的，林慧娘趕緊回道：「就略知道幾個字，可不大會寫……」

她那筆簡體字就算寫出來，估計也沒幾個人能認識。

晉王聽後再沒說什麼，這一夜總算是安安穩穩過去了。

【第三章】

王爺的心上人

「妳當日在我手指上纏頭髮是什麼意思？」

林慧娘愣住了，其實她現在最後悔的就是當初救了這隻白眼狼，可現在被問了，不能不回答。

她咬著唇，萬般不情願地回道：「是怕你忘了我……想讓你記得我。」

第二天可有林慧娘忙的了，她以往忙完了自己的活兒還可以去休息一下，可現在她跟王爺住在一起，壓根兒沒有一刻閒著的時候，主要是這個王爺太忙了，每天的工作不是進膳就是逛園子，外帶沐浴更衣。

林慧娘寸步不離，幸好王爺去膳廳吃飯的時候，她稍微能喘口氣。

林慧娘正想找個地方坐著休息一會兒，倒是有人特意找上門。

大概是昨天的茶爐房事件把她的名聲打出去了，現在連王府裡的李長史都特意找上她。

李長史就是之前陷害他們林家，逼著林家交女兒的那個人。

林慧娘初見李長史的時候愣了一下，因為這個四十多歲的男人看上去特別像黃鼠狼。

其實這人的臉型五官還好，可不知道為什麼，偏偏給人一種黃鼠狼的感覺。

那人看見了林慧娘，忙笑呵呵地走過來。

其實林慧娘這種身分的丫鬟是用不著特意巴結的，只是一個沒有品階的房裡人，而李長史再怎麼樣也是從五品的官員了。

不過小心駛得萬年船，再加上李長史在王爺身邊伺候久了，晉王爺何曾對女人這麼上心過，要是哪天這位林姑娘把王爺伺候好了，立個側妃不過是一句話的事兒嘛。

到那時候再上趕著修正關係可就晚了，於是李長史趁這個時候客客氣氣地同林慧娘攀談了幾句。

林慧娘不知道這人找她來幹麼。

李長史笑咪咪地說道：「林姑娘，妳妹妹麗娘現在在我家中很好，知道妳在這裡，麗娘很是擔心，有麗娘在呢，妳要有個什麼需要的，儘管開口，咱們都是自己人。」

其實這些都是場面話。

林慧娘這些日子擔心受怕的，麗娘從哪裡知道，再說就算知道了，原本林慧娘跟林麗娘就不是同一個媽生的，在林府的時候並不是多麼親厚的姐妹。

不過話都說到這份上了，林慧娘便回道：「謝謝長史照顧，我妹妹歲數小，也麻煩您多照顧著。」

畢竟是王爺的房裡人，李長史見話已經搭上了，忙笑著退了出去。

倒是李長史一走，王爺那邊就又來事了。

在進了午膳後，又要去什麼水邊乘涼，林慧娘被小太監叫過去時還在納悶呢，這個時辰正是太陽正烈的時候，可一到了池子邊，林慧娘立刻就知道晉王爺多會享受了。

有專門的露臺半懸在池子上，旁邊還有座漂亮的水榭，跟群芳樓那處的小水窪不同，眼前的這個人工池子占地寬廣，水裡種了睡蓮，微風徐徐吹來，旁邊的桌上還擺了茶點。以及不知道從哪裡傳來的樂聲在水面飄蕩，餘音嫋嫋。

而且在水中央還有一座湖心島，沒多久又有人領了一些歌姬、舞姬過來。

林慧娘也沒什麼具體的事兒要做，只不過是低眉順眼地伺候著。

這種大熱天看湖心島上的歌女、舞女在那裡揮灑熱汗，也是夠缺德的。

林慧娘就知道不能指望這個晉王爺能把下人當人看。

不過這種天氣，他們在水邊乘涼，又有帳子在後方隨時預備著，肯定不熱，可苦了那些跳舞的小姑娘們，不僅要跳還要跳得跟仙女一樣好看。

林慧娘都懷疑那些跳舞的小姑娘會不會有人中暑，果然她正這麼想著，還真就有一個舞娘不知道是邁的步子太大還是怎麼的，居然一個躍身就滑到了池子裡。

這一下可驚呆了所有人，那些跳舞的舞姬也都嚇到了，紛紛要伸手去抓，只是那個掉進池子的人早已經慌了神，反倒越掙扎離那些舞姬越遠。

早已經有太監準備下去救人了，這個時候也不分什麼先來後到，林慧娘很小的時候就學過游泳，而且水性還不錯，這個時候一見有人落水了，她立刻就跳下去救人。

水倒是沒多深，林慧娘一個猛子就游到舞娘身邊，把那個舞娘拽到了靠近岸邊的位置，那舞娘終於腳著了地，其餘太監們也七手八腳地拉她們上來。

那舞姬還真是倒楣，估計被灌了好幾口水，人倒是沒大礙，林慧娘看有人過來了，也直起身，她身上都濕了，剛才不覺得，這個時候才發現不光是衣服濕了，腳上都是泥巴，她還丟了一隻鞋子，估計是剛才甩在水裡了。

而且在抬頭的時候，林慧娘不經意看到正襟危坐的晉王爺。

她心裡就是一個咯噔，不知道為什麼晉王爺的臉色很不好看。

林慧娘有點害怕，心想救人也有錯嗎？

她壓根兒沒注意到自己的衣服早已經濕透，雖然她的胸部是用來區分正反面的。

可也架不住憋了好幾天的禽獸王爺看到這麼血脈賁張的一幕。

這種天氣本來人就容易有火氣，這時晉王爺直接就勾了下手指。

林慧娘還以為王爺在為她不聽命令過去救人的事生氣呢，可看著王爺一邊叫自己，一邊往身後的帳子走，林慧娘就有點遲疑。

王爺幹麼叫她進這種地方，她記得這個帳子是專門給王爺睡午覺用的，裡面還放著榻呢。她正狐疑著，就覺著自己身體一輕，顯然她被人抱了起來。

林慧娘身體一僵，臉上的表情都變了。

晉王比她高得多，兩個人站在一起的時候，慧娘非得抬頭不可，她被抱住後，倒是不用抬頭去看他了，只需要平視就可以，可是這個姿勢太過曖昧，兩人離得太近，簡直嘴唇都要貼上嘴唇了。

晉王爺望著她的眼睛，她身上濕漉漉的樣子特別招他喜歡，他也不知道怎麼的，看見她掉進水裡的樣子時，就按捺不住了，他從來沒這麼著急地想要一個女人過。

只是此時兩人所在的帳子是專門用來乘涼跟防飛蟲的，所以不管是從裡往外看，還是從外往裡看，都能隱約看到些影子。

林慧娘一意識到自己被晉王抱著的樣子會被人看到，她臉騰地就紅透了。

雖然終有一睡，可在房裡，跟在這種透明帳子裡還是截然不同的，這種等著被人圍觀的感覺簡直是不要臉到家了……

可王爺的樣子已經很明顯，雖然那不是一副急色的樣子，可沒經過人事的林慧娘也明白王爺這次是勢在必得的。

外面還有太監丫鬟在，這麼明目張膽地做這種下流的事兒，林慧娘臉上一陣紅一陣青，這也太不把她當人看了。

她用力掙扎了一下，嘴裡哀求著：「王爺，請住手……」

晉王爺哪裡會聽她的，直接就要撕扯她的衣服。

在對方扯自己衣服的空檔，林慧娘的左手終於被鬆開了，她趕緊掙扎著要抵抗幾下。

只是她太緊張，在掙扎的時候，都不知道自己那巴掌是怎麼揮出去的，完全是一種下意識的動作。

一個在低頭、一個在揮手，然後臉跟手掌就做了親密的接觸。

在那個動作完成後，不管是低頭撕衣服的還是伸手打人的，兩人都給愣住了。

因為有個很大的問題擺在兩人的面前。

林慧娘沒想到生平第一次打人耳光，她就打了個王爺！

晉王爺也沒想到，生平自己挨的第一個耳光會是這個人打過來的！

而且就在此時，不光是帳子裡面，就連外面的人都注意到裡面的情況。

雖然是隔著帳子，可是當頭搧王爺這麼個耳光，這麼明火執仗的一件事，那些人想不看見都不行。

那巴掌倒是不會疼到哪裡去，可傷到的是晉王爺的臉面，這個世上還沒有哪個女人敢在這個時候打他的，向來只有女人過來求著他寵愛的。

外面的人都噤若寒蟬，帳內的空氣也跟凍結了似的。

林慧娘已經嚇傻了，到了此時此刻她連求饒都忘了，傻乎乎地望著晉王爺。

晉王爺也回望著她，他心裡有氣，一般的女人早自己寬衣解帶了，哪裡像她一樣。

這女人玩欲擒故縱的把戲也太入迷了些！

可見他太慣著她了，他看她一眼，雖然見她可憐巴巴的，可還是聲音一沉道：「妳裝過頭了。」

說完他不再看她一眼，直接喚了外面的人進來。

那些太監進來的時候，都以為這位林姑娘要倒大楣，結果晉王爺卻沒有做那個拉下去杖斃的手勢，而是沉吟了一下，眾目睽睽下終究是抹不開面子，最後說道：「關柴房裡讓她學學規矩。」

林慧娘被帶出去的時候，手腳都不知道該怎麼放。

柴房所在的地方有些遠，她沿路走去時被很多人看到，昨天被那麼多人羡慕著，此時又跟掉到地獄裡一般。

那些人見到她都不敢亂看，不知是否已聽說了消息，見她走過去，都紛紛躲開，就跟躲瘟神一般。

又濕又冷地被帶去柴房的時候，那些太監倒都是有眼色的，知道王爺不是想讓林慧娘死，只是要罰罰她，雖然關柴房，可也有人拿了一條毯子給她，又給她帶進一碗薑湯。

可就是不敢同她說話，既然王爺說要讓她反省，誰敢此時跟這麼個人搭話。

林慧娘孤零零地抱著毯子坐在地上，所謂的柴房還真就是個放柴火的地方，只是夏天放的柴火不多，可是地上刺刺的，有很多木屑。

林慧娘縮在角落裡，心裡很難受，她也不知道未來還有什麼恐怖的事在等著自己？

倒是那頭的晉王爺白天沒顯出什麼情緒，在旁人看來好像不過就是件小事，他照舊進膳沐浴。

可等到了天黑的時候，晉王爺才終於顯得有那麼點不太一樣了。

他平時習慣身邊有人這麼守著自己，林慧娘跟其他人有些不同，可具體怎麼個不同，晉王也沒摸出頭緒，他只知道慧娘在他身邊的時候，他就會覺得很舒服。

他房裡不能沒人伺候，在林慧娘關柴房的時候，已經有別處的小丫鬟被臨時調了過來。只是剛給他端了茶，他就惱了，那不快直接從他臉上都可以看出來。

這下那些屋裡人都嚇得跪在外面哆哆嗦嗦。

剛才在那一瞬間，王爺不知怎麼地就想起林慧娘低眉順眼給他端茶碗的樣子，他記得很清楚，她每次端茶時都會先看他一眼，看清楚他在哪裡看書，然後才放下茶杯。

他也不知道自己中了什麼邪，這個時候簡直就是有股邪火不得不發一般，他在房裡走了兩圈才終於想起來，他當時幹麼要停手，不管她怎麼不情不願，他直接辦了她就是了，他要做什麼，還輪得到她答應不答應？

他都不知道自己當時怎麼就被慧娘那雙眼睛給迷住了，硬是愣在那裡沒下手！

他不好說自己是慾求不滿，可良辰美景終究是變成了這副樣子，他火氣越來越盛，到最後便喚了一個太監過來。

等那些太監領了口諭去教訓林慧娘的時候，幾個太監往柴房門口一站，給林慧娘嚇得膽戰心驚，還以為這是黑白無常來討命了。

結果那些太監只是代表王爺過來譴責她的。

那幾個太監都是按王爺的命令，特意選嗓門最粗、表情最兇的人。

說的話也很嚴厲，什麼沒上沒下，恃寵而驕沒規矩，那話雖然說得文謅謅、抑揚頓挫，可是總體的指導方針卻是沒有改變，就是使勁嚇唬她要她老實，以後乖乖聽話，王爺讓她往東絕對不能往西，讓躺下就絕對不能站著，那聲音震得人耳朵都嗡嗡響。

林慧娘還必須要跪著聽訓，做出一副洗耳恭聽很受教的恭敬模樣。

林慧娘沒想到王爺還沒完沒了……

這不就是強姦不成還找人罵她嗎？

她忍著眼淚，聽著那些訓斥的話。

而且那些太監說完後，還提醒她：「姑娘，妳還沒謝過王爺呢。」

這下林慧娘氣得嘴角都抽抽了，她委屈到家，難過得要死，可偏偏還要學著戲文裡的樣子，說一句：「慧娘謝王爺教訓。」

等那些太監走後，林慧娘眼圈紅紅地抱著毯子，外面也沒人專門看守她，因為她一個姑娘家，又是在王府裡，把柴房鎖上也就跑不了，用不著特意看管。

從白天到晚上，林慧娘只吃了一頓八成飽的早飯，到現在早餓得夠嗆，可肚子再空也不如自己剛才聽到的那些話讓她難受。

在這個時候，林慧娘忽然聽見門縫那裡好像有人在撓什麼，她起初還以為是耗子，結果很快就聽見有個細細的女聲，輕聲說著：「恩人、恩人，我是您白天救的那個舞娘。」

林慧娘挺意外的，她沒想到自己都落魄成這樣了，還會有人專程來看自己，她忙湊過去，就看見門縫那裡有人塞進來一塊餅。

那舞娘小聲說道：「我怕姑娘晚上餓到，偷偷過來給姑娘送吃的，姑娘不要嫌棄，就先用這個填填肚子。」

林慧娘白天救人的時候也沒多想，這個時候才隱約記起那好像是個挺漂亮的女人，看歲數好像比自己要大上一些。

她心裡正難受呢，沒想到進王府後，還有機會遇到正常點的好人。

她感動地一邊吃餅一邊偷偷掉眼淚。

怎麼也是自己的恩人，那舞娘就在外面寬慰慧娘道：「恩人，妳是好人，在那樣的情況下還能跳下水來救我，我心裡感激妳，可姑娘有句話我還是要勸勸妳，既然進到了這個府裡咱們就要認命，我跟那群姐妹都是這王府裡的家妓，王爺要款待客人時，就會叫我們過去陪宴，不管是什麼樣的人要怎麼伺候，我們都不能拒絕，咱們這樣的人進到這種地方就不要想著什麼貞烈了，再說伺候好了還有賞錢呢，我跟姐妹們把錢都留下來，等我們熬到了歲數，就可以被放出去，到那時自然會有老實的莊戶人來求娶我，姑娘幹麼不同我們一樣想開些呢，也就幾年的日子需要熬。」

林慧娘聽後卻是一點都沒輕鬆，她還以為這些姑娘都是給王爺預備的，沒想到來個客人還可以隨便睡啊！這是什麼倒楣地方啊！

她聲音都哽咽了起來，「這種日子叫有盼頭的話，我的盼頭又在哪兒呢？妳們還能盼著歲數大了被放出去，可這種不把人當人看的地方，我還有活著出去的那一天嗎？我每天都要伺候王爺，白天晚上沒一刻清閒的時候，王爺脾氣又不好，稍微一個不留神就是責罰杖斃，我每天都過得戰戰兢兢，吃飯都不敢吃飽，打個噴嚏都要嚇個半死，王爺……王爺還要當著好多人的面……侮辱我……」

那個舞娘也是好心勸她：「姑娘怎麼會沒有盼頭，我聽人說，王爺只是生妳的氣，可王爺心裡肯定是有妳的，不然也不會單給妳關在柴房反省，等氣消了王爺自然就會叫妳回去，到時候妳可千萬要小心伺候王爺……不過是當著那些人伺候王爺而已，那又算什麼呢，姑娘不知道，在春日宴的時候，王爺身邊的那些丫鬟還會被拿出來給大家賞玩呢，那個罪才不是人受的，可要真受過去了，也就啥都不怕了……姑娘還是來的時候短，過段時間姑娘就不會這麼想了……」

等那個舞娘走後，林慧娘再也睡不著了，舞娘寬慰她的話，反倒更把她嚇到了。

她是越想越怕，這種把人當螞蟻一樣的缺德王爺，這種來人就能睡的地位，甚至還有什麼春日宴賞玩？

反正她過的是這種豬狗不如的日子，她與其被這麼細碎地折磨死，還不如想個辦法逃出去！

只是這種地方怎麼逃？

她看了看左右，又搖了搖門，門被鎖得很嚴實。

她不會開鎖，她抬頭看了看窗戶。

下一刻林慧娘就睜大了眼睛，她覺得怎麼可能會有這種事兒，這個柴房的窗戶居然是開著的！

其實也不是那些下人們粗心，實在是王爺都發話要關柴房了，誰還有膽子跑啊，那些人哪裡會想到有個不要命的在這裡呢。

林慧娘一看到窗戶還開著，也顧不上許多了，她找了幾塊大塊的木頭在下面墊著，踮起腳尖，胳膊一使勁就爬了上去，順著那個小窗戶很快就爬了出去。

一到了外面，她也顧不得自己頭髮亂，臉上有沒有蹭到灰，腦子裡就只有一個念頭：跑！她得趕緊跑！

王爺正琢磨著要不要把林慧娘叫過來當面訓斥幾句，偏巧這個時候宮裡的內侍過來傳旨。晉王爺不得不趕緊換好衣服，整個王府都在準備著，沒多久，永康帝只帶了為數不多的隨從便到了。

王府的正門完全打開，早已經有人在外恭候，晉王爺收拾妥當也按例過去。

永康帝這次出行一切從簡，別看少年天子老成持重，可在對這個弟弟的事兒上卻跟天下所有的大哥一樣，時不時就會過來串門子。

皇帝的御駕停在外面，隨從卻並不往裡走，晉王在外迎接著。

永康帝一下了馬車，立刻看見這個弟弟，好陣子沒見了，穿著便服的永康帝只帶了幾個太監走上前去，一向缺少表情的臉上，這個時候帶出了笑容。

這些年永康帝越發沉穩，當年還是太子的時候，就已是穩如泰山八風不動，只有在見到親弟弟時，才忍不住露出當年少年天子的樣子。

只是很多人乍一看兄弟兩人都會愣住，因為不管是永康帝還是晉王，兩個人簡直就跟同個模子刻出來的一樣。

偏巧永康帝擅用右手，晉王又擅用左手，因此兩個人小時候面對面的時候，感覺就像照鏡子一般。

當初先帝有這對雙生兒子時，也是高興得不得了，他子嗣艱難，一次能來兩個兒子自然是再好不過的，只是最初的喜悅過後，這雙生子的事兒也給皇家帶來了不小的麻煩。

在皇家生雙胞胎本來不算什麼，可壞就壞在當時的皇后生下的兩個裡該有一個是皇長子，將來的皇儲。

還是先帝爺聖明，當機立斷，在晉王剛出生的時候，直接讓人在晉王左肩上燙了一個王字以區分兩人。

先帝自以為從此後長幼有序可以區分清楚，可奈何天下的兄弟那麼多，可像這兩位兄弟這般親厚的卻是少見。

很多時候，其中一個只是嗯了一聲，另一個立刻就會知道對方在想什麼，同哭同笑地就跟異體同心一般。

兄弟感情好是感情好，可畢竟事關國本，晉王又在太子面前太過隨意，先帝當時就有了猜忌，見兩人年歲漸長，尤其是晉王看著紈褲，可天資聰明、果斷剛決，原本就同太子一般是長了天子相的。

時間一久，先帝生怕晉王生出異心來，皇太后也跟先帝是一般的想法，生怕同室操戈的事兒會在本朝出現，簡直就跟防賊一樣地防著晉王。

小小年紀就因為兄弟兩人玩水穿錯了鞋子，特意罰晉王去道觀裡靜思了三年。

雖然因為糟心的先帝，讓兄弟兩人有過一段隔閡，可也因此永康帝對這個弟弟反倒多了一份愧疚。

見了面不用多說什麼，兩人就知道對方的想法，尤其是最近琄地地處偏僻，當地民風驃悍，雖然是本朝的藩屬國，可因海患侵擾，幾次上書求援。

可真當援兵過去後，那邊的藩王又幾次三番跟派去的統領不和，這一鬧都鬧了一年有餘，每次光這種摺子上的官司就不知道打了多少回，天高皇帝遠，藩王跟統領這一鬧往往又貽誤了戰機，永康帝便想到了這個弟弟。

晉王哪裡會不知道這些，他最近沒少看那些鄉野趣聞，一是解悶，二也是猜著自家哥哥要找他商議這事兒。

只是晉王心裡明白，一個混帳王爺總比一個勵精圖治的王爺讓人安心，雖然大家都說他荒唐，可要是哪天他不荒唐了，才有人發愁呢。

這邊兩兄弟明明都知道對方所思所想，卻還要繃著面子把話說周全了，你一言我一句，簡直就跟下棋一般，你來我往地誰也不願意把話點破。

這邊打著啞謎，那邊林慧娘還在找機會落跑，自從昨天從柴房出來後，她就一直在找機會偷跑。

可是大晚上的，王府裡面雖然看似鬆散，可是要想跑出去個大活人卻是不容易的。院牆高，左右還有巡夜的人，慧娘怕被人發現，索性又找了地方躲起來，想著等早上天亮了找機會逃跑。

哪知道第二天王府的警戒反倒比之前還要嚴密，簡直是三步一崗五步一哨，這在之前可是絕對沒有過的事兒。

林慧娘開始還以為是自己跑掉的事兒敗露了，結果等了半天也沒見人過來抓她，倒是伺候的丫鬟們來來去去的，一副很忙碌的樣子。

林慧娘心裡很狐疑，她特意藏在花園的假山內，等了半天都沒見到有人過來，終於長吁口氣，自以為安全了。

她趕緊從假山裡出來，身上還穿著丫鬟的衣服，她強自鎮定，把頭髮往下梳了梳，低著頭，想著王府裡的人大概還不知道她已經跑了，正好可以裝著若無其事的樣子混出去。

哪知就這麼倒楣，要是以往的王府，她差不多就能跑了，可此時有永康帝在呢，垂花門那裡早有專門的人把守著，老遠見了慧娘過來，立刻有人上前盤問道：「喂，姑娘，妳是怎麼進去的？」

這種地方只有永康帝跟王爺在，裡面的太監丫鬟都是從他們眼皮子底下檢查過了才放行，可這個丫鬟兩個守衛都沒有印象。

這話一出，旁邊的護衛也跟著留意了，林慧娘原本還離那些人有兩三步遠呢，她一聽這個話腳下就是一頓，嘴裡強裝著鎮定回道：「我是被派去茶爐房取茶的。」

這個話放在平時絕對沒有問題，偏偏就是今天說錯了。

「取茶？」其中一個看門的就凝住了眉頭，「可剛才已經有人送過茶了。」

說話間已經有眼尖的人認出了林慧娘，當下那人就開口喊道：「欸，這丫頭不是王爺身邊伺候的那個嗎？我怎麼記得昨天讓王爺下令關柴房了呢？」

林慧娘暗道一聲不妙，轉身就要往花園裡跑，幾個人隨後就追。

林慧娘瘋了一般，拿出當年跑百米衝刺的力氣，一口氣就跑到了花園的池子邊。

在花廳的王爺忽然聽到吵鬧聲，永康帝原本是站在窗口，他往外瞟了一眼，就見外面亂糟糟的正有三四個人追著一個穿綠衫的女人跑，只是距離太遠，看不大清楚。

那女人很快就被按倒在地上，被七手八腳地捆了起來。

沒多久管事的太監走到晉王耳邊，俯首回道：「王爺，昨晚關柴房的小娘子，剛跑出來了，現又被抓了回去。」

說完就是一副等著示下的樣子，剛才那麼一鬧多半是驚了聖駕，這種事兒可大可小，要真追究起來昨晚跟柴房有關聯的那些人沒一個能活的。

晉王聽後表情卻是沒變。

倒是永康帝忽然來了興趣，總覺著這事兒出得蹊蹺，他跟晉王原本就是雙胞胎，不管晉王怎麼裝出面無表情的樣子，可是在那瞬間，別說晉王了，就連他自己都覺著心頭好像動了一下。

永康帝一有這個感應，就又往窗外看了一眼，只是剛才被七手八腳捆住的綠衣少女已經被帶走，此時花園還是那副風和日麗的樣子。

永康帝回頭又看了眼晉王，晉王卻當沒看見他的目光一般，也不多說什麼，只輕描淡寫地回了一句：「跑了個奴才。」

這顯然是不想永康帝過問的意思。

永康帝卻轉了下插瓶內的花枝，調侃道：「既然是奴才，那還留著做什麼？」

晉王對這個哥哥從來不客氣：「關雎宮裡那個半死不活的人，殿下不也留著？」

宮裡人誰不知道永康帝在登基前曾有個女恩人，那仙女一般的恩人不知道受了多重的傷，以致於一直昏迷不醒，永康帝如寶似玉般把人留在宮裡，連仙家道法都用上了，世上只要駐顏保命的東西都拿給那人使用。

只是天子面前，誰敢說個不字，現在晉王爺這麼不客氣地說完，永康帝也只是雙目一斂，不答話罷了。

晉王爺自從那之後耐性就更有限，永康帝在外人面前皇帝架子十足，可這次卻跟趕鴨子似地硬是被晉王爺給打發走了。

晉王也不管永康帝要說的話有沒有說完，他只知道今兒有人讓他不痛快了，他就得讓她比他更不痛快十倍。

等送走了永康帝，晉王再回到府裡時，晉王直接下令讓人把林慧娘帶到他面前。

等林慧娘被帶來的時候，不知道是不是之前掙扎得太厲害，頭髮都散了，長長的頭髮垂著，她不是嫵媚型的長相，可人到了這個點上，卻會不由自主顯出些弱不禁風的樣子。

只是跟她的形象不搭的是她臉上的表情。

她身上原本被五花大綁的，這個時候大概是要帶去見晉王，所以被人鬆了綁。

只是那些鬆綁的人很快就後悔了，這個林慧娘可真夠行的啊，人都這樣了，居然在見了晉王後還能一副昂首抬胸的樣子。

她表情冷冷的，也不跪下，就筆直地站著，她心裡明白自己這是難逃一死了，都到這種時候她也犯不著再向這種噁心王爺求饒。

晉王原本臉上還沒什麼表情，現在見她這副樣子地站在自己面前，他反倒是少有地笑了。這下王爺身邊的人都嚇懵了。

王爺那似笑非笑、要笑不笑的樣子，實在是太瘮人了。

林慧娘也不管他面上是什麼表情，她壓根不去看他，她鐵青著臉，等著他的發落。

結果晉王爺不僅沒開口處罰她，反倒是命人擺了桌椅，桌子上還擺了好多樣點心瓜果，這副樣子，反倒是要乘涼看歌舞般。

慧娘心裡納悶，不知道這缺德王爺葫蘆裡賣的什麼藥？怎麼還能一言不發坐在那裡，他不該是雷霆震怒，然後讓人把自己杖斃了嗎？

正這麼想著，林慧娘忽然聽見身後穿來哭爹喊娘的聲音，而且那聲音還很耳熟，她忙回頭一看，立刻就被眼前的一幕給震驚了。

就看見林家老小一家都被捆了來，就連家裡的奶娘丫鬟都沒能倖免，每個人都捆得像粽子一樣。

而且除了林府的那些人外，林慧娘還看見，昨天的那個舞娘也被推了進來，就連跟她同住過幾天的小巧跟紅梅也被連拉帶拽地扯了過來。

此時的晉王倒是少有的溫和，他剛吃一塊西瓜，那西瓜味道不錯，他手拄著下巴，悠然看著林慧娘。

林慧娘渾身都發涼了。

林府的那個趙姨娘，更是在旁邊忙不迭地烘托著氣氛，殺豬一般地喊著：「青天大老爺啊，怎麼這種事兒也有啊，我們人在家中坐，禍從天上來，我們到底是做了什麼了，要被抓過來啊！」

旁邊伺候的人都扛不住了，偷偷地看晉王，這種聒噪的女人，按晉王的脾氣早已經叫人推出去打死了。

可晉王卻跟沒聽到般，只拿眼睛望著慧娘。

慧娘臉如土色，明顯是被這一幕給嚇傻了。

周圍的太監見晉王沒反應，就任由那婆娘鬼哭狼吼。

頓時整個院子裡都是王姨娘的嚎聲，「沒良心的林慧娘，妳做了什麼造孽的事兒啊？竟然要這麼拖累妳父親！王爺啊王爺……我們林家都是老實人啊……」

林老爺早嚇得說不出話來了，他做夢都沒想到滅門的慘事會發生在林家。

自從林慧娘跟林麗娘被送到王府後，他就沒有一天舒心的日子，每日都膽戰心驚，生怕過幾天就有人讓他們過去領回屍首。

可算計害怕了半天，卻沒想到還有比那個更大的禍事等著他們林家一家老小呢。

王府的一個李長史他們已經得罪不起了，林慧娘怎麼能把王爺得罪了！

林府還有個女兒跟嫡子，可兩人歲數都還小，雖然不知道發生了什麼事，可被捆著扔在院子裡，早已經嚇得面無人色，瑟瑟發抖。

奶娘也是好久沒見到慧娘，這個時候相見，老淚縱橫，只是哽咽著：「我苦命的慧娘啊，如今咱們是要到下面去相見了，夫人啊，老奴對不起妳，沒有照顧好慧娘跟俊生，到下面我怎麼還有臉見妳啊……」

其他的舞娘、小巧跟紅梅也都哭得跟淚人兒一樣，小巧更是哭暈了過去。

哭哭啼啼、吵吵鬧鬧間，有行刑的人過來了，管你是真冤枉還是假冤枉，真倒楣還是假倒楣，都亂棍一起打。

不分頭臉地亂打一通，頓時院子裡哭聲震天，孩子、老人、舞娘跟那兩個倒楣的小姑娘被打得翻來覆去，跑也跑不了，也護不住頭臉，在地上打滾，血染著地面都紅了一片……

林慧娘到這個時候才反應過來，趕緊喊道：「別打了！王爺我錯了，是我自己要跑的跟他們沒關係……我家裡人都在外面怎麼會知道我的行蹤，這個舞娘只是給我送了點吃的，壓根不知道我要跑，我屋裡的那些小丫頭就更冤枉了……」

晉王爺依舊坐在椅子上，那副樣子顯然就跟看戲一般。

林慧娘被那些慘叫聲刺激得受不了，她幾步跑過去，也顧不得丟人不丟人，自尊不自尊的了，她撲通一聲跪倒在地上，連磕了幾個響頭，隨後就緊緊抱住晉王的腿肚子。

「王爺、王爺，要打要罰我都隨你，你要打死的話就打死我吧！打死他們只會髒了您的地……只有我一個人該死！」

林慧娘渾身都在抖，她的手心貼著晉王的腿肚子。

其他那些伺候的人都看著呢，可誰都沒敢上前阻攔，晉王特意讓人把她鬆綁了再帶來，要的不就是讓她求饒的時候生動點嗎？

人到了急的時候，反倒哭不出眼淚了，林慧娘到後期眼淚都不流了，她聲音緊繃著，儘量平穩著自己的聲音，可話裡還帶出了顫音。

「王爺我錯了，我真的錯了……」

只是看著晉王一直不為所動的樣子，林慧娘慌不迭地鬆開他的腿，跪著往後倒退了幾步，身後那些慘叫聲揪得她心裡直發緊，一向疼愛她的奶娘、慈祥的林父，還有那些年幼的孩子們……那些萍水相逢無端遭此橫禍的人……要是他們真有個好歹，豈不是要讓她內疚一輩子嘛！

晉王面無表情，也不怎麼看她，在她跪著後退了幾步後，他才終於有了動作，往前俯下身體。

他坐的位置本來就高，現在又是這麼個居高臨下的姿勢。兩者一對比，強弱顯得越發明顯。

林慧娘跪在地上，頭髮早都披散了，眼裡含著眼淚，因為激動，面上也是紅紅的。

晉王盯著她看了一會兒，慧娘就跟被蛇盯著似的，不，這個晉王可比毒蛇可怕多了，她算是見識到他的變態程度了，歷史上最厲害的也就是個滅十族的，他這個簡直就是隨便一個路人都不問緣由地要打死。

她哽咽著，嘴唇直打顫地說：「王爺，求您了……」

昨晚她就沒休息好，這個時候又是嚇又是餓的，也是情緒太激動了，她原本還要再說些求饒的話，可一激動，她就覺得眼前一黑，她正想穩住自己，可已經來不及了，她整個人就往後倒了下去。

她原本跪在臺階上的，這麼一倒，眼看就要摔下去啊。

她心裡知道不好了，可是到了這個時候身體壓根由不得自己。

等再從昏迷中甦醒的時候，林慧娘卻沒覺得身體有什麼不適。

室內有些暗，只有微弱的燈光從左側透過來。

她以為自己還是在睡夢中，她甚至以為自己做了個可怕的噩夢。
不！
那不是夢！
她剛晃了下神，很快地就全都想起來了，她猛然從床上坐了起來，那不是夢！
她死死盯著自己身上蓋的被子，又趕緊左右看了看，這不是她的房間，這、這是？
正在這個時候，倒是一個漫不經心的聲音在她身側淡淡響起，「醒了？」
林慧娘一聽到這個聲音，人都哆嗦了下，她嚇得直接從床上掉下去，連滾帶爬地，爬到那人面前，扯著他的袖子道：「王爺、王爺……那些人還活著嗎……王爺……」
晉王皺了下眉頭。
他是真有心賞這丫頭一腳，他原本要把百倍的不痛快還給她，可是怎麼到了最後還要他親自守著這個丫頭？
尤其是聽見御醫說她沒什麼大礙，只是太累沒睡好的時候，他都想一盤冷水潑她頭上。
晉王爺啪的一聲便把書合上，把自己的袖子從她手中扯出來。
「妳就沒別的可說嗎？」
林慧娘又趕緊說道：「王爺，你處死我吧！都是我的錯！你處死我，一了百了吧！」
晉王爺無言地望了她好一會兒。
倒是忽然想起件事情來，晉王爺狀似不經意地問她：「妳當日在我手指上纏頭髮是什麼意思？」
林慧娘愣住了，不知道他怎麼好端端地忽然蹦出這一句來。

現在她最後悔的就是當初救了這頭白眼狼，早知道這樣的話，她才不會救他呢，別說救了，她還想補他一刀！

可是現在這句話問出來，她卻是不能不回答。

林慧娘咬著唇，萬般不願意地回道：「是怕你忘了我……想讓你記得我。」

晉王爺終於露出一絲笑意，俯下身來，又跟逗弄她一般，「喔——這樣啊。」

她又窘迫又著急，臉脹得紅紅的，這下倒是正中晉王爺的下懷。

他喜歡她低眉順眼的樣子，可現在他忽然發現這種害羞的樣子倒是更讓他喜歡。

林慧娘心裡難受得厲害，可現在再借她個膽子，她也不敢找這個閻王討人情了，再說以他的權勢要想報恩的話，早就發出告示去了，可她進王府這麼久都沒聽過這個事兒，這說明王爺壓根沒把救他的事當回事，也沒有想過要找恩人。

既然對方壓根兒就是白眼狼，她不說還好，一旦說了，搞不好對方會把她當妖怪燒死。

這麼一想，林慧娘就跟洩了氣的皮球一般。

晉王爺倒是興致不錯，「起來吧，妳聽話，我自然不會對他們怎麼樣。」

說完晉王爺又喚了人過來，吩咐讓她去看看家人。

林慧娘這才起身跟著那個太監出去，還沒到地方，就已經聽見偏院內傳出哭聲。

林府的人自從林慧娘暈倒後都被關到偏院內，其他的人倒還好，大部分人都是皮外傷，只有王姨娘當時嚎得太厲害，成為了被重點照顧的對象。

頭被打破，不過已經包紮好了，林慧娘來的時候，她還在哎喲哎喲地叫著。

一聽見門響動，眾人紛紛往門外看去，隨後就看見林慧娘從外面走了進來。

王姨娘正在氣頭上，一看見林慧娘，眼都冒綠光了，氣不打一處來地喊叫：「禽獸不如的女兒啊！妳還有臉過來，妳瞧瞧把妳父親害成什麼樣了……」

手一指林老爺臉上腫得跟饅頭似的嘴唇，又指著胳膊被打破了的俊生，再指著自己的頭說：「我們今天差點被妳害死……我命苦啊，沒給林家生下兒子，可就算生下又有什麼用呢，還不是要被妳拖累著成了絕戶……蒼天無眼啊，怎麼出了妳這種不孝女！」

剛嚎了兩嗓子，奶娘便走了過來，一把推開王姨娘，摟住了慧娘。

林慧娘看到奶娘，眼睛頓時一酸，奶娘那麼大歲數了，沒想到也被打得鼻青臉腫的。

倒是奶娘握著她的手，上下打量她，終歸是嘆了口氣道：「我可憐的慧娘啊，真是苦了妳了……」

林慧娘的眼淚頓時劈里啪啦直掉。

旁邊的林老爺一見這個，也哭得老淚縱橫，過來望了望慧娘，卻是不知道該說什麼。

一家人正哭哭啼啼，那個領了慧娘來的太監，卻是笑著開口道：「林老爺何苦這麼愁眉苦臉，您家已經過去這個坎了，沒瞧見嗎？剛才您家姑娘暈過去的時候，可是王爺親自抱到房裡去的，再說要是真想要整治林家，怎會讓您們住這種地方，您這是禍兮福兮，興許林府的大福氣就在後面等著呢。」

林慧娘止住哭，她這個時候才來得及打量四周，就見這裡雖然位置偏些，可王府裡的家具擺設都比林家強了百倍不止。

「那你們到現在可曾吃過飯沒有？」林慧娘問著。

「吃過了，有人單給我們送的飯，都是些沒見過、沒嘗過的。」奶娘回著話。

林慧娘這才點點頭，又轉頭去問那個太監，「王爺說過什麼時候會放我家人回去嗎？」

那太監恭恭敬敬，低首回著：「王爺還沒吩咐呢，不過姑娘請放心，下面的人都會好好款待著。」

王姨娘也有點唬住了，剛才她是腦子懵住了，此時才隱約有點反應過來。

王爺這是打個巴掌又給個甜棗啊！

人那可是王爺，犯得著繞圈子整治他們家嗎？

一想明白這個道理，王姨娘立刻就拉著慧娘的手，簡直就跟換了張臉皮似的，「我家慧娘還真是越來越出息了，都怪我不會說話，慧娘千萬不要往心裡去，現如今這全家老小都押寶押在妳身上了，妳要在王爺身邊的話，一定要哄著王爺開心，不能再出這種差錯了。」

就連林老爺也在旁邊叮囑：「慧娘，事已至此，妳就好好伺候著王爺，要是熬出來也是妳的造化。」

林慧娘點頭應著，在告別林家老小後，她又去看了舞娘跟小巧她們，那些人也被安排妥當，倒是沒受什麼重傷。

等再回去的時候天色更暗了，房間裡靜靜的，林慧娘被人伺候著洗了臉、換了衣裳，等進到寢室的時候，王爺那大概是早都睡了。

只是她剛進到寢室內，就聽見床那邊傳來聲音：「明日我要啟程去藩地，要去很久，妳要不要同去？」

林慧娘也不懂這些，她只知道王爺要她幹的，她必須要堅決完成任務。

於是她想都沒想地回道：「王爺，我跟您去。」

晚上一夜無話，只是到了早上林慧娘就傻眼了。

她昨天雖然答應了王爺，可對這種古代的出行還沒有太清楚的認知，此時跟著收拾行李的時候，才發現這種規模實在有些超出她的想像。

不光是王府裡的人，在京外還有大隊人馬候著呢。

一路上浩浩蕩蕩，光馬隊就一眼望不到頭，林慧娘混在一群男人裡面，幸好她早起的時候，有人送了太監服給她換，當時她還納悶了一下，現在才明白，這種地方壓根兒就不讓女人隨行啊。

路上倒是風平浪靜，一行人大多是走官道。

王爺乘坐的馬車空間很大，只是大部分時間王爺都是閉目養神，那副樣子就跟在王府裡一樣，很像是睡不醒似的。

可是等出了京城後，林慧娘又覺得王爺有點怪怪的，因為王爺的眼神漸漸變了。之前那百無聊賴的目光消失了，明明還是那雙鳳眼，可就有點龍睛虎目的感覺，整個人似乎都精神了些。

只是大部分時間他還是在發呆，有幾次她把茶水端到他面前了，他都沒反應。

而且他現在架子比在王府時還大，所有迎接他的地方官員一概不見，每晚只在寢室內想事情，偶爾也會翻翻閒書。

林慧娘心裡納悶，但她膽子早嚇沒了，壓根兒不敢多說一句話，每天都是小心伺候著，不過自從從王府出來後，王爺反倒沒讓她貼身伺候過，王爺更是全部心思都在沉思上，也不知道都在琢磨什麼。

只是那天晚上王爺不知道怎麼的，忽然找了紙筆，林慧娘覺得奇怪，看他用一種很細很細的毛筆畫著什麼，起初她還以為他在作畫，只是那幅畫怎麼看怎麼怪，一點都沒有山水畫的飄逸，反倒線條直來直去的，可林慧娘漸漸就給驚到了，因為那浮現在紙上的已經不是什麼繪畫的概念，那明顯就是一幅設計圖嘛！

林慧娘都不知道自己怎麼會聯想到曾在旅遊景點裡看到過的古代大炮，就是長長的炮筒、黑漆漆的炮身，那種東西大部分都又傻又笨，結構簡單，顯然晉王爺現在在畫的就是這樣的東西。

晉王爺這一畫就畫了好久，就像不知疲憊似的，還畫了很多廢紙，顯然他也是在一邊畫一邊完善構思，只是畫到最後也只畫出大概的輪廓。

林慧娘還是頭次看見古代人做這個，她心裡奇怪，不知道王爺為什麼要畫這個？等伺候了晉王躺下後，林慧娘忍不住好奇地拿著燈湊過去看，原本只想看一眼就休息的，結果也是活該倒楣，居然就有帶火星的蠟滴到了紙上。

那紙碰火就著，林慧娘再用手去撲火可已經晚了，那火點居然就滴落在圖的正中間！

林慧娘這下完全傻眼了！

她嚇得往身後瞧了一眼，這可是王爺修修改改、翻來覆去才畫出來的，雖然這種破圖也就只是初中生水準！

可是若王爺明天醒來看見被燒個窟窿，還不把他們林家一鍋燉了啊！

林慧娘頭皮一陣陣發麻，現在這個時候唯一的辦法就是趕緊復原啊！

她深吸口氣，她沒有晉王的那個筆力，壓根就不會用毛筆，不過有現成的墨水呢。

她左右看了看，驛站的人巴結王爺，特意布置了個插瓶，只是民間能有什麼稀罕物，瓶子只插了一些禽類的羽毛，花花綠綠的，現在正好可以拿那個當筆芯用。

就是直尺有點難找，她忽然看見桌子上的硯臺，那東西直棱直角的，湊合著用吧。

林慧娘深吸口氣，手還在哆嗦呢，她趕緊寬慰自己，那種圖算個屁啊，那要是放在以前的班上，一百分滿分的話，這蠢豬晉王肯定只能得到兩分，那兩分還是因為他把名字寫對了才給他的！

就這種程度的破圖，也配叫機械圖？

她可是科班出身的，學了整整四年，不管是實踐還是理論一點都不馬虎，當年畢業的時候更是獨立做出一把斧子來。

別說這種小兒科的東西了，正經的機械圖可是要畫正面圖、俯視圖、左面圖的，這算個什麼啊。

只是很多細節她想不起來了，她沒辦法按照晉王的那個一比一地畫出來，不過大概的機械理論都在，總歸是不會有大的差錯，林慧娘一邊畫一邊計算，最後把那幅大炮的機械圖畫了出來。

她畫得汗流浹背，等完圖後，心裡有一種無法言狀的喜悅感，她忍不住把圖舉起來對著蠟燭照了照，她自從到這個世界後，早已忘記自己是學工科的了，別提畫圖了，最近一次跟畫圖有關係的事還是做鞋樣子呢。

不過她很快就發現有問題了，她剛才畫得太過投入，不經意間，把這張機械圖畫得太過完美，直接把晉王那幅原圖比下去成了小學生作品！

木秀於林風必摧之，更何況是這種缺德王爺！

林慧娘趕緊把這幅圖揉爛，又找了紙，拍拍腦袋罵自己腦殘，接著使勁地往難看裡畫。明明是十分的功力，這個時候連三分都不敢顯露出來，最後終於是稀里糊塗地從大學本科班的繪圖程度畫到了初中生程度。

林慧娘這才長吁口氣，覺著這個水準大概可以交代過去了。

正想著終於弄完了趕緊去休息呢，林慧娘忽然覺得眼前一晃，晉王已經從她手中抽出那張圖紙。

她沒想到晉王居然半夜醒了過來，而且他究竟是什麼時候醒的？是不是一直都在看著她畫圖？

林慧娘趕緊低著頭，跟做錯事的孩子一樣挪到他身側，大氣都不敢喘地解釋：「我昨天不小心、把王爺您畫的東西燒了……就重新描了一個給你……」

晉王的目光始終都放在那張圖上，半天都沒吭聲。

過了好半天才問她：「妳學過工筆畫？」

林慧娘支吾著：「我、我會糊骨子、剪鞋樣、納鞋底……」

晉王淡淡瞟了她一眼。

隨後俯身撿起另一張被揉成一團的紙，林慧娘這才緊張起來，她還沒來得及善後呢。

晉王撿起來展開，這個時候哪怕他性格沉穩，也明顯露出了驚訝的樣子。

林慧娘心跳得撲通撲通的。

他半天都沒說話，眼睛落在紙上就像黏住了一般，就連呼吸都比以往輕了很多，簡直是屏息凝氣地在看這張圖。

林慧娘這才後悔，她當時畫得太興奮了，因為她見過古代的大炮，再來這種東西結構簡單，無非就是一個裝火藥的匣子，炮筒用銅做，其他的那些真的沒什麼難度。

晉王看了好半天，開口道：「妳怎麼想起把炮膛、炮彈做成一體的……」

「啊，我、我記得王爺您就是這麼畫的啊……」林慧娘這才猛然想起來，有段時間大炮還是容易炸膛的呢，那時候都是把火藥放在炮筒，每次發射後，都要用冷水澆炮膛，一旦過熱就會出現炸膛的情況……

難道她……飛躍過了那個容易炸膛的時期？

晉王又抬起頭來瞟了她一眼。

林慧娘汗都要冒出來了。

幸好晉王收起那張圖，沒再說別的。

在那之後林慧娘就發現晉王這個人變得有點怪怪的，再看她的時候，明顯帶上了點別的意思。

林慧娘原本就心虛呢，這下更覺得自己好像是做了什麼了不得的事兒，可究竟這個事兒有多了不得她自己也不是很清楚。

路上很辛苦，雖然沿路都有驛站接應，只是越走越荒涼，好像青紗帳一般，只有漫無邊際的野地，官道時有時無，飯菜也漸漸有些供應不上來，有的地方甚至就連熱水也不能及時提供，晉王爺卻是一句抱怨都沒有。

他在王府裡的生活簡直跟人間天堂一般，這個時候卻對這樣的生活也甘之如飴，那涵養好的簡直就跟換了一個人一般。

只是王爺一直都是坐馬車的，他大部分時間都在沉思，偶爾會想起什麼來，就用那種很細的毛筆做記錄，只是慧娘再也不敢好奇去看了。

【第四章】

征討路上

「妳覺得這個諸葛弩怎麼樣？」

「很輕，很適合海上作戰，可以連發，雖然殺傷力弱，但瑕不掩瑜……」

「小公公，你膽子真大，這東西王爺才剛讓人造出來，你就亂說一氣。」

啊？這是晉王爺設計的？她以為諸葛弩是本來就有的，豈知是這個世界裡的第一把啊！

日夜兼程，他們行走的速度很快。

不過等到了地方，林慧娘卻發現他們壓根沒到那個藩屬國，而是先到了一個船塢。

這裡滿眼看去只有男人，而且這個船塢不光做船的，還會做些別的，有專門的一個區域是煉鐵的。

看著火星飛濺，那些人赤膊著，不斷有號子響起。

林慧娘是工科生自然也進過車間實習，可那些都是現代化的機床，做夢都沒想到會有看到這種場面的時候！

生產力如此低下，整個地方的運作完全是靠人力。

王爺這次特意換了一身衣服，整個人都顯得幹練精神，沒有了平日裡的複雜，林慧娘在他身邊待久了，還是頭次發現他走路如此之快，大步流星之中，已經走進去船塢很久了，他的目光還很毒，有些林慧娘還沒來得及看的地方，他已經瞧了出來。

他手裡帶了一根馬鞭，隨意一指，立刻就有下面的人去改善修正。

他看似走馬觀花一般，可實際效率卻很高。

而且到了那些正在建造的船前，他仰頭仔細看了看那些船。

那都是體積很大的大船，在船頭的位置還特意做了撞角一般的東西。

晉王一邊看一邊快速吩咐著身邊的人。

不光是步子快，他到了這個時候語速都快了一倍。

下面的人明顯跟得有些辛苦，林慧娘也覺得氣喘吁吁的，奈何王爺完全就是虎入叢林。

別說是林慧娘了，就連那些伺候的人都能察覺到王爺整個人往外發散的朝氣。

林慧娘很不想承認，可是心裡卻明白，此時的晉王真的比王府裡的那個缺德王爺要帥氣一百倍，也幹練一百倍。

一路上，林慧娘也知道了些藩屬國的情況，知道藩屬國靠海，有一個對本朝很有用的港口，就連他們林家做胭脂的一些材料也是靠這個港口運進來的。

雖然那藩屬國之前就一直有海患，可不知道為什麼近年來海患忽然變得厲害起來，還把藩屬國占了一半。

藩王西諾連忙向朝廷求救，雖然早有大軍調派過來，可不知道是哪個環節出了問題，始終無法平定叛亂，晉王這才親自過來的。

起初知道這個情況的時候，林慧娘還納悶是不是一向聖明的永康帝腦袋進水了，怎麼能把這種事兒交給這麼不靠譜的王爺呢？

可現在林慧娘忽然意識到，也許這個王爺還是有點本事的？

在查看過船塢後，晉王就隨著那些大員們去商議其他事宜。

作為小太監，林慧娘沒有跟進去，而是在外面等著王爺。

倒是在等待的時候，林慧娘忽然發現不遠的地方擺了幾把弓弩。

她起初只是好奇這種東西，還是頭次看到真的古代弓弩呢，可走近後就有些驚訝。

在那一堆弓弩中，她居然看到了疑似諸葛弩的東西！

她忍不住蹲下來看起諸葛弩，看得不過癮，她還拿起來在那裡擺弄著，旁邊的守衛臉色卻是一變。

這東西精巧得很，稍一個不留神就會弄壞，而且這些都是王爺指定製造的，現在只是剛造好還沒來得及讓王爺看，要是被人弄壞，可是要出大錯的！

林慧娘卻沒覺得多嚇人，她還在興奮著呢，因為這方面的記載一直都有，可也一直有爭議，主要是對諸葛弩的體積有異議，覺得這種東西是單兵拿不動的，可又有人認為這一般是騎兵跟步兵的裝備，雖然都有道理，可惜的是諸葛弩具體該是什麼樣子的卻是沒有留下圖片，只有一些零星的文字。

此時這件東西真的很像是歷史上的諸葛弩，林慧娘試著抬了抬，發現自己這麼弱的臂力居然都可以抬得動，她估計在戰場上的話，單兵是絕對可以用的。

不過這樣的話也就意味著弩的殺傷力不會太強。

不過她很快就想到，如果是海戰的話，這種諸葛弩倒是沒問題，因為海戰的人，都要考慮落海的情況，一般是不會穿重甲的，再加上這傢伙可是傳說中的十連發呢！

這簡直就是古代版的機關槍啊！

她看得入神，旁邊的守衛原本正想呵斥她，哪知道晉王做事很快，早已經吩咐完事情出來了，老遠就看見慧娘在那裡低頭看東西。

他走過去的時候，就見慧娘正在調試那東西的角度，她的手指很細，明明是纖弱的女子，可在面對這種武器時，那眼神全神貫注的模樣哪裡還像個柔弱女子。

倒是林慧娘一看見他過來了，立刻就嚇到了，她趕緊把弩放下，垂首等著晉王吩咐。

晉王最近一直都在忙公務，也是好久沒跟她說過話。

現在需要做的事兒已經吩咐完畢，他也是想找些話同慧娘交談，便隨口問道：「妳覺著怎麼樣？」

林慧娘欸了一聲，有點意外，讓她點評諸葛弩嗎？

她有點不明白晉王的意思。

不過這東西不用說，絕對是古代兵器譜上名列前茅的好武器，她很快地回道：「很輕，海上作戰的話很適合，可以連發，雖然殺傷力弱，可是瑕不掩瑜……」

晉王沒說什麼，看守弩器的那些守衛卻都是暗吃了一驚，因為這些東西都只是按著晉王爺的吩咐剛剛做出來而已，就算是他們還都不知道該怎麼用呢！

晉王表情未變，他低頭擺弄著那把弩，一隻手舉起來比劃了一下，隨後放在一邊，淡淡道：「妳從哪學的鞋樣？改明兒也讓我跟著學幾天。」

林慧娘呼吸就是一窒，王爺沒再理她，直接就走了。

倒是那個守衛見晉王走了，悄聲說道：「小公公，你膽子真大，這東西王爺剛讓人造出沒多久呢，你就亂說一氣……」

啊？這個是晉王設計的？

林慧娘當時就傻眼了！

她以為諸葛弩是本來就有的呢！

因為很多東西在她認知裡都是早該有的，而且東西都擺在這裡了！

難道說這東西是剛設計出來的，設計人還是剛才那位狗屁王爺？

她是學機械的，知道有些原理學起來容易，模仿更是簡單，可是要做第一人卻是努力勤奮也學不來的，那真的是需要超級高的天賦才行！

林慧娘都不會走路了，她整個人有點兒飄，覺得特別不可思議，因為晉王可以設計出這種東西？他用什麼設計的？就現在這種科技程度，他不能夠啊！

就憑他畫的設計圖，那完全就是外行嘛！

可、可如果他只是有天賦呢？在沒有工業革命那種制式化的摸索後，他只依靠著這些天賦，畫出來的不就是那種破圖嗎？

等林慧娘再回到駐地的時候，王爺已經重新更衣。

跟之前那副幹練的樣子不大一樣，此時的王爺大概是把事情辦妥當了，所以整個人看上去顯得很悠閒，再沒有前幾天的沉靜。

只是在這種悠閒背後，又有一種暗潮在湧動，林慧娘自打一進到房裡就覺得很不對勁。

他的目光緊緊跟著她，簡直片刻不離。

林慧娘有點六神無主，她沒想到自己笨成這樣，之前已經差點露餡了，這次又多嘴點評了幾句，只是她怎麼知道，那把諸葛弩是這個世界裡的第一把啊！

她正想掩飾著給王爺倒茶，可剛走到桌邊，她就看見桌子上擺了個東西，那是在閨房非常常見的小簸箕，用來做女紅的。

當初奶娘沒事兒就會拿著這個小簸箕守在她身邊縫縫補補。

她納悶地抬頭看了眼王爺，就見王爺笑著道：「妳不是最擅長做鞋嗎？做吧。」

裡面擺著針線還有布料跟做鞋底的東西，林慧娘頭皮一陣發麻……這還真要讓她做鞋啊！她連釦子都縫不好，這個時候讓她做鞋會不會太坑了？

而且晉王那副好整以暇的樣子，簡直就跟等著她露餡一般。

林慧娘硬著頭皮地走到桌子邊，現在她只能賭晉王爺也不懂女紅，就她對這個世界的理解，晉王爺應該是不會懂的吧？

反正都這樣了，她不如死馬當活馬醫裝裝樣子，再說萬一能做出來呢？

她從小簸箕裡面拿了些東西，裝出一副認真嚴肅的樣子。

步驟的話，先找東西湊合剪個樣子吧！

林慧娘拿出剪子來，裝模作樣地裁剪著。

在她這麼做的時候，都覺著自己像個專業的小媳婦了，若讓她媽媽看見她拿著線的樣子一定會哭出來，她可是那種縫釦子都能把釦子縫成一團疙瘩的人。

此時像模像樣地比劃著，那模樣是要多賢慧就有多賢慧。

房間裡靜悄悄的，這種地方雖然簡陋，可房內照舊放了熏爐，有煙從裡面冒出來，整個房間瀰漫了一股好聞的味道。

無聲之中，林慧娘卻覺著渾身癢癢的。

她總覺得王爺落在她身上的目光越來越肆無忌憚。

幸好沒過多久，便有太監進來稟告，說是有人要覲見王爺。

林慧娘長吁口氣正說要避開，晉王卻開口道：「妳留下。」

林慧娘沒辦法，只好把小簸箕收在一邊，垂首站在他身邊。

之後很快地有太監領了些人進來。

那些人並沒有直接進屋，而是在門外跪著，看門的內侍把門簾捲了起來。

那些人分兩排跪在地上。

晉王則在屋內的椅子上坐著，林慧娘站在旁邊陪著。

她看著外面跪著的那些，總覺著那些人的衣著不大像是朝廷命官，而且那些人表情木訥，戰戰兢兢的，跪在地上的時候，頭都不敢抬一下。

在那之後又有領路太監把那些人遞上來的圖紙，小心地奉給晉王。

晉王接過後，親自展開來，挨個地看著。

林慧娘心裡奇怪，不明白這些人都是做什麼的，她離王爺很近，自然就看到了那些圖樣。很顯然這些人把她那張圖分門別類地又細化了不少。

在王爺看圖的時候，那些人也跟著在旁邊進言了幾句。

王爺一直都沒吭聲，開始的時候那些人說得非常謹慎，不過也有一些急於表現的，話說得多一些。

林慧娘在旁邊靜靜聽著，很快就明白了，這些人是在討論如何把大炮的設計付諸實施。只是林慧娘在旁邊聽後，頓時感到無力吐糟，用鐵去鑄造大炮明顯就是耽誤工夫嘛！

她在船塢看到那種鑄鐵的過程她就知道，古代的炮筒絕對不能用鐵的，一是有礦渣，二來用來做炮膛的話，炮膛裡面容易不均勻，外觀那些倒是其次，可裡面不乾淨的話，可是很容易引起炸膛的，這個時代要做炮膛的話，最好的材料就是黃銅，一來可以防腐蝕，二來管壁相對乾淨。

她正這麼琢磨著，倒是一直在看圖的晉王忽然問她：「妳在想什麼？」

她現在可不敢亂說話了，她趕緊搖頭回道：「王爺，我什麼都沒想。」

晉王聽了這話，才從圖上抬起頭來，側著頭瞟了她一眼，那眼神有點涼涼的，不過他很快又把視線調了回去，繼續看著桌子上展開的圖。

他一言不發聽著那些人討論。

那些人見他不開口，以為他還在考慮，有些膽子小原本不敢參與的人，此時也都大著膽子上了言。

一時間七嘴八舌說得更是亂七八糟的了。

在聽了這麼一會兒後，晉王終於從那些圖上抬起頭來，抽出其中三份，遞給那個領路太監道：「拿去燒掉。」

他眼睛都沒瞟那些人，可瞬間所有人都噤聲了。

晉王直接吩咐道：「乙丙癸號繪圖人拉下去打二十棍，其他人賞，至於用料，先用黃銅試試，明日卯時[6]開工，誤工期者斬。」

剛才還在各抒己見的人，此時都鴉雀無聲了，那些被拉出去打棍子的，也是悶聲不敢吭，所有的動作都是在沉默中進行。

等那些人走了，雖然王爺的表情未變，可伺候久了，王爺什麼時候心裡不高興，慧娘已經有點概念了。

她頭皮一陣陣發麻，俗話說咬人的虎不露齒，這個晉王就是個隨時都能咬死人的老虎！

很顯然她剛才自己那句「什麼都沒想到」估計已經惹王爺不高興了。

她現在都想找個地方躲進去，只是這美好的願望來不及實現。

注釋——

6—卯時：指早上五點到七點。

王爺已經點名了：「過來。」

林慧娘膽戰心驚地走到王爺面前。

晉王並不同她說什麼，只伸手從一邊的小簸箕裡找出她做的那個鞋樣，遞到她面前，讓她自己看清楚。

林慧娘大氣也不敢喘，看著遞到面前的東西，自己做的時候還不覺著難看成這樣，現在被他拿著遞到面前……

那真是慘不忍睹的醜……就這狗啃一般的東西，她居然以為可以瞞住王爺……

林慧娘頭低得不能更低了。

晉王這次的表情徹底冷了下來。

「王爺……」林慧娘都要急瘋了，她要怎麼說啊，說我是借身體的，我是從文明高度發達的地方來的，我在的地方連火箭都造出來了，您卻還沒見過不銹鋼呢！

林慧娘真不知道該怎麼解釋這個，她只能似是而非地小聲說道：「我不擅長女紅，可我喜歡胡思亂想……很小的時候我就喜歡想東想西的，想知道為什麼剪子可以剪開東西……」

她偷偷瞟了一眼王爺的表情，王爺的表情瞧不出什麼來，可憑經驗來說，王爺應該沒有生氣，那就是暫時接受了她這個解釋？

林慧娘為了讓自己的話顯得真實點，忍不住在心裡嘀咕：牛頓大神對不起啊，故事借用一下下吧。

她咬著唇，終於是豁出去了，一副我好想探究世界真理的嚴肅表情說道：「有、有次我在院子裡乘涼，不知道怎麼的家裡的石榴掉在了地上，我當時就在想，欸，為什麼石榴會掉下來呢？王爺你就沒好奇過嗎？為什麼這個世界上所有的東西都是往地上掉的呢？不管是往上扔，還是平著扔，可到最後都會掉到地上……」

她認真看著晉王的眼睛。

晉王沒搭話，等著她繼續說下去，這下慧娘可犯愁了，這還不夠嗎？這都已經說到地心引力了啊喂！

這可是跨世紀的大發現啊！

不給掌聲就算了，跟她一起表現出驚訝的樣子好不好哇！

晉王見她不再往下說後，才開口道：「掉的時候都是先慢後快，不管是同樣的石榴還是一大一小的石榴都是同時落地。」

他小時候也好奇過，甚至曾經同哥哥一起爬到藏書閣上，用銅球試過幾次。

林慧娘就有點傻眼。

晉王卻沒覺得有什麼，他小時候做過的事何止這些，更何況他現在還有要事要忙，慧娘這種只要能為他所用的便好，反正日後他有的是時間一探究竟。

他這邊是暫時放過了林慧娘，林慧娘卻是有點傻眼，她真的被他嚇到了，之前的嚇都是因為這個人變態嗜殺，可現在的嚇則是另一回事兒，因為這種人的思維，一旦給他個科技的小火苗，誰知道後果是什麼。

這人估計就連他自己都不知道他這種思維方式，已經有點開外掛的意思了吧？

林慧娘十分鬱悶，難道因為他人性是負的，所以老天特意給他多弄了點智商平衡一下，可有這麼平衡的嗎？

在那之後王爺每天都在忙著籌備武器的事兒，甚至好幾天都沒回來。

等再回來後，幾乎是馬不停蹄又開拔往藩屬國趕去，這次他們由陸路轉到了水路。

船塢處早備好了船，他們一行人乘坐三艘大船向黽地駛去。

林慧娘還是頭次乘坐這種古代的大船，不管裡外都是純木質的。

他們乘坐的船最大，左右還專有副船保護著，只是就算再大的船也是木頭做的，林慧娘自打上船後就開始暈船。

而且這種木船就算再大，速度也快不到哪兒去，這下可有得林慧娘受的了，她每天都暈得恨不得睡死過去，倒是晉王精神旺盛，自從到了船艙內，還能不時垂釣一二。

看著這麼精神的王爺，林慧娘都忍不住想，就這缺德王爺，啥時候老天才能降下個天譴給他啊？

不知道行了多久的水路，他們終於漸漸駛入藩屬國，兩岸的景色也跟著變了，按林慧娘看到的，兩岸的景色已經漸漸從溫帶氣候轉到了熱帶雨林氣候。

而且此地被叫做黽地不是沒原因的，當地多蟲，哪怕是在船上都能感覺到船艙內的蚊蟲增加了，兩岸更是是遮天蔽日的密林，時不時還會聽到很多古怪的啼聲。

漸漸駛入腹地後，兩岸多了些建築，只是大部分建築以竹樓跟木屋為主。

一路走來，晉王不是處理公務就是休養生息，倒是林慧娘暈暈乎乎的腳都不會走路了。

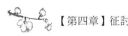

她都這樣子，自然也伺候不了晉王，晉王便讓她在旁邊休息著。

林慧娘也算是因禍得福，躲了晉王幾天，一直等到達地方，船靠岸後，林慧娘才算是從暈船地獄裡爬出來。

她現在哪怕是站著都覺得身體在晃。

從船上往下看去，這個藩屬國比想像中的還要異域，街道很窄小，周圍的建築也沒京城漂亮，整個地方給人的感覺就像是個大農村。

只是她剛提了包裹下船，就聽見有太監喚她。

她還以為是王爺有事兒叫她，可過去的時候，卻看見晉王壓根沒時間理她。

他身邊已經有三四個人伺候著他更衣。

看他那副無暇顧及自己的樣子，林慧娘正感納悶，倒是那個喚她來的太監，已經從托盤裡取了香囊過來，還親自彎腰給她繫上，一邊繫一邊巴結地說：「姑娘，這是王爺特意吩咐的，黽地蟲蟻多，姑娘務必要帶好這個，不然被叮了咬了，身上可就不自在了。」

林慧娘再抬頭看晉王的時候，晉王卻是連瞟都沒瞟她一眼。

林慧娘心裡奇怪，不明白他好好的怎麼想起給她這個了，還是說這東西是人手一份的？

在這個時候王爺那已經穿戴準備完畢。

此時船下早有藩屬地國王親自來迎，晉王下去的時候，前後左右伺候的人以及護衛都緊緊跟隨著。

藩屬國的國王西諾是個黝黑的胖子，雖然黽地被占了一半，可這胖子國王倒是個能巴結的，見了晉王，立刻大擺筵席親自給晉王接風。

林慧娘暈船暈得厲害，下船後沒跟過去，有專門的太監過來，幫她提著包裹，一路引著她往住處走去。

等到了地方後，那些內侍很快就把房間收拾出來，見林慧娘還不怎麼有精神，忙又鋪好軟榻，讓她上去躺著休息。

林慧娘這邊正休息著，那邊的晉王早已經被款待著參加宴會。

只是這裡的風俗跟京城完全不同，民風非常開放，在專門迎接晉王的宴會上，還有一些當地的美人跳豔舞。

其中領舞的那個女人，長得尤其豔麗，在跳舞的時候十分嫵媚，不斷往晉王這邊扭，腰擺動得如同水蛇一般。

晉王在看到那個舞娘扭來扭去的時候，臉上表情雖然沒什麼變化，可目光明顯是多瞟了一眼。

那藩王可是個明白事理會巴結的，見晉王多看了一眼後，等那群舞娘跳完，直接就把那群舞娘送到晉王的房裡。

所以等那群舞娘被送來的時候，林慧娘正在房間的榻上躺著，她暈暈乎乎的還以為自己仍在船上，忽然就聽見有腳步聲進來，她納悶地抬起頭來，就見幾個穿著豔麗衣服的舞娘正往裡走。

林慧娘當下就愣在當場，心想現在是什麼狀況？

怎麼好好的臥室，忽然就變成歌舞廳了啊？

其中一位高䠷的舞娘，也是頭次見到林慧娘，再者林慧娘身上穿的還是小太監的衣服，當下就說道：「這裡不用你管了，我們奉了藩王的命令過來伺候王爺，喔，對了，你記得給我們弄些茶水過來，我們要潤潤嗓子。」

林慧娘還暈著呢，反應就有點慢，她從榻上下來，左右打量了這些人。

那些舞娘也知道規矩，王爺還沒回來，她們不能上床去坐，見小太監都能坐榻，心說這種地方她們也是可以坐的，等慧娘一離開軟榻，她們幾個就直接坐在上面，那姿態倒是一點都不客氣。

而且她們慣會伺候男人，又是藩王派來的，其中那個被晉王多看一眼的舞娘，還是黽地有名的大美人，自以為已經迷住了王爺。

幾個人嘰嘰喳喳說的都是一會兒怎麼討王爺開心的話，林慧娘只聽了兩句就臊得恨不得躲出去，心想這真是個沒有下限的地方……

不過等她到了外面，吹了涼風後，慧娘立即神清氣爽起來。

心想那個色鬼王爺終於找別人下手了，這一下還來了好幾位呢，有這種野味在嘴邊，王爺近期肯定想不起啃她這家常菜了。

林慧娘心裡高興，連對方讓她準備茶水都沒生氣，只想著一會兒這些舞娘要全方位地伺候王爺，給她們一點茶水也是應該的。

慧娘直接找太監要了茶壺，再提進去的時候，領舞的舞娘忽然眼睛微瞇了一下，很意外地往林慧娘那裡湊了湊，鼻子用力聞了聞。

林慧娘莫名其妙，那個舞娘卻是臉色一變，她應該沒有聞錯，可是怎麼可能呢！這小太監的身上有奇香的味道，那可是百年難遇的香料，既可以驅蚊避蟲又可以穩定心神。

就連他們黽地的藩王得到了都不敢全部留下，大部分都要獻給朝廷呢，這種東西連王爺身邊的小太監都能用的嗎？

舞娘張嘴就問道：「你身上怎麼會有奇香？」

林慧娘納悶：「什麼奇香？」

「你自己都不知道嗎？」

舞娘用手捏起她的香包嗅了嗅，可以肯定味道就是從這傳出來的。

舞娘口水都要流出來了，就這麼點東西，要按價錢比的話，都可以鑄好幾個金人了。

這太監也太不識貨了，就這麼隨便往腰上一掛啊！舞娘趕緊說：「你都不知道這是什麼，給你用太浪費了，不如換給我吧，我拿金鐲子跟你換。」

林慧娘心裡納悶，心說這人怎麼眼睛都直了？

不過她要金鐲子幹麼呢，在王爺身邊，都沒花錢的機會，林慧娘便搖頭道：「我不換，我還要用來避蚊子呢。」

這個香包當初是王爺特地讓人給她繫上的，反正戴上這個的確蚊蟲少了很多，再沒有被蚊子咬過。

那個舞娘都要被這個傻太監氣死了，這種東西是他這種小太監能用得起的嗎？

「你不要惹我生氣，你知道嗎，我是你們王爺親自看中的人，我拿鐲子換你的香包是瞧得起你……」

那舞娘說著就要過來搶，林慧娘沒見過這樣的人，趕緊回嘴道：「我管妳是不是王爺看上的，我的東西妳不能搶！」

說話間她正要避開對方的爪子，倒是晉王大步流星地走了進來。

這一下房內的眾人都驚了一跳，因為正常來說，王爺要過來，怎麼也要前呼後擁眾星拱月吧，哪有進來速度這麼快的。

而且此時的晉王有些不同。

林慧娘見晉王的時候多，她忽然發現晉王的打扮變得很特別，甚至腰上還繫了一把劍。只是那些舞娘都沒有眼色，此時見了晉王進來，全都湊了過去，想要各顯神通地伺候。

哪知道晉王理都沒理，直接對身後的那些護衛吩咐了句：「把這些人都帶下去，賞給你們了。」

這事發突然，那些舞娘顯然還沒反應過來，可一等反應過來都要嚇癱了。

那些兵都是多久沒碰過女人的，要是把她們賞下去還有好嗎？

那些護衛倒是不客氣，直接拽了舞娘就往外走。

林慧娘也有點傻眼，晉王卻是停下腳步，神情複雜地看了她好幾眼，他剛進來的時候好像聽見她說了一句妳不能搶……

他沒想到林慧娘還是個會爭風吃醋的女人。

最近每次見他，她都是一副唯唯諾諾、躲躲閃閃的樣子，他還以為她不敢再跟自己親近了呢，現在看來她倒是妾心無轉移。

他難得淺笑了一下，直接吩咐她：「過來，我帶妳一起去。」

林慧娘都跟做夢似的，心說這是怎麼個狀況？等她急匆匆跟著王爺出來時，就見外面早有護衛隊準備齊整，那些人盔甲鮮明，步伐統一。

片刻之間，有人牽了王爺的馬過來。

晉王翻身上馬，隨手一扯慧娘，直接將慧娘摟在懷裡。

佇列中沒人說話，可肅殺之氣卻是四散瀰漫了開。

而且不光是他們這些護衛，在不遠的地方，還有更多的人馬等待著晉王。

馬隊不知延綿多長，可居然鴉雀無聲。

天上的月亮早被陰雲遮住，整個世界都被黑暗籠罩著，只有路旁不斷流淌的水聲，告訴著慧娘，他們是在密林之間穿梭。

慧娘在晉王懷裡，這種騎馬跟旅遊景區的騎馬不同，沒多久她就覺得雙腿很疼，而且速度太快了，簡直像是坐雲霄飛車一般。

她嚇得緊緊抱著晉王。

這次她終於知道為什麼覺得晉王的衣服怪了，晉王肯定是貼身穿了軟甲，她能摸到他衣服下有金屬的感覺。

大概是她緊抱著的動作引起他的注意，他騰出一直手來摟住她。

這個姿勢乍看上去親昵到了極點，只是周圍的將士誰也不敢說什麼，晉王行事嚇人又不是一天兩天了，別說現在摟個小太監行軍，就算是摟著他們將軍，他們也不敢多嘴。

這麼急行軍地過了好一陣子，軍隊才終於漸漸停下。

下了馬，大概是怕露了行蹤，一路上他們都沒有用火把照明。

倒是陰雲終於散開，半月露了出來，稍微有些光線，藉著微弱的月光，她終於看清楚，那是一座被水環繞的山城，依山而建，只是晚上太黑，壓根看不清楚此城的真面目。

可是這種城只要看一眼，就知道這是絕佳的防守地，一般的投擲武器投擲不了這麼遠，更何況此地還有護城河，很多時候攻城的軍人還在渡河，就已經被城牆上的人發現了。

她在船上的時候，曾經隱約聽到過藩王西諾丟的一半領土裡，最可惜的便是這個四面環水的浣城了，這城是易守難攻的最佳地點，為攻下這城都不知道死了多少人，估計白骨都可以把此城埋了。

此時一切準備就緒，晉王聽著下面的人彙報。

他所在的地方地勢極好，視野寬闊，等彙報完畢，他很快下了命令。

瞬間就跟打雷一般，在不遠的地方很快響起了一聲又一聲的悶雷。

在那詭異的悶雷一般的聲響後，很快的城牆上被砸出七八個洞來，更可怕的是這種東西落下還會有鐵屑迸出，只要被那些鐵屑擦上邊人就廢了。

原本井然有序的城牆立刻變得混亂起來。

林慧娘在岸這邊看得更是瞠目結舌。

這種連夜突襲，別說是對面的倒楣蛋了，就算是她都沒想到晉王能瘋狂成這樣！

他們可是剛到藩屬國啊，而且晉王剛參加完晚宴，她來的路上都能嗅到他身上的酒氣！

不管敵方是什麼樣的人，肯定做夢都想不到會有這麼不可思議的事情發生。

饒是再小心謹慎的人，也絕對不敢想像這位初來乍到的王爺竟敢乘夜前來攻城，攻的還是最難攻的那座。

更何況他不光是突襲，還帶著這麼恐怖的武器。漆黑之中，沒有火光，只有不斷響起的炮聲，一聲一聲的，到了最後連串的聲響簡直都要連成片了。

那東西的殺傷力極強，就連他們這方的士兵都沒見識過這東西的威力，只知道這東西又沉又大，卻沒想到會打得那麼遠，直接飛到對方的城牆上，而且按晉王吩咐的，這種炮分成兩類，一類是專門往城牆上亂轟的，還有一類是對準了城門轟。

那些對準城門轟的就簡單多了，儘量對著一個地方轟，這麼大的攻擊力下，城門很快被打出個窟窿來，漸漸那窟窿越來越大。

城內也被轟得亂七八糟，亂成了一團。

等城內的人反應過來，知道這是有人在攻城的時候，已經晚了，此時整個天險早殘破得片甲不存。

此時晉王身邊的將領都瞧出端倪，這座攻了都不知道多少次的城，死了都不知道多少人的地方，現在居然轉眼間十成勝算已經得了七成！

很快的晉王身邊有急於立功的將領便主動請纓道：「晉王，手下不才願做先鋒。」

「去吧。」晉王馬鞭一指城門方向，「弓弩手隨後跟上。」

那將領得了令離開後，很快的一聲巨大的呼號響起，那些輕裝上陣的步兵帶著弩箭就上了，黑夜中，那些人卻沒有點亮火把，一直到攻下城門後，才漸漸有火把亮了起來。

越來越多的兵士趕往那裡，此時遮天蔽日的火光照得半邊天都恍如白晝一般。

晉王一點要進城的意思都沒有，他依舊坐在原地，這個時候他再上的話，就是一點功勞都不分給手下的人了。

他所在的地方視線很好，正好可以看到城內的情形。

這夜晚應該是漫長的，可慧娘卻覺著過得好像很快，沒多會兒太陽就冒出頭來，她到現在才終於看清楚那座城池的全貌。

此時城內正一片混亂，後門已經打開，顯然是有叛軍想從此處逃跑，只是成也蕭何敗也蕭何，之前的水路此時卻阻住了那些人的去路，早有事先安排好的伏兵等著他們呢。

拿著弩箭的士兵立刻萬箭齊發，那些人都成了刺蝟，紛紛掉落到河裡。

在叛軍被殺得差不多後，城裡的老百姓也在跟著往外跑。

那些堵著大門的士兵並不理那些人是不是平民，照樣開弩放箭，那些百姓又被逼回到城內，而城內的兵士明顯已經殺紅了眼，不斷有火光冒出來，是有人在放火燒城。

大家都盼著早日攻下這座城的，可因為這勝利來得太快也太過出人意料，甚至他們這邊絲毫沒有傷亡，那邊就已經被攻破了。

不管是這邊的將領還是謀士護衛，都是一臉肅殺的樣子。

所有的人腦子裡都只有一個念頭：如果我在對面的話，我還能有幾分勝算？

林慧娘跟那些人想的不一樣，她的心都揪在一起，她離得遠，看不清楚那些百姓的臉孔，可是遠遠的一個個好像螞蟻一樣的人，卻是有大有小，顯然那裡面還混著很多小孩子。

這麼一路殺過去，簡直是慘不忍睹。

果然有隨從看不下去了，很快的有兩三個謀士跪在晉王面前進言道：「晉王，城裡的百姓也是咱們藩屬國的老百姓，雖然是住在叛軍的城裡，可這種戰事跟老百姓有什麼關係呢，更何況城已經打下來了，再燒的話……」

晉王也不看那些人，只冷冷道：「帶下去各打二十軍棍。」

那些謀士都知道晉王的脾氣，見這樣，不僅不敢求饒，還趕緊謝恩。

這下周圍的人大氣不敢喘一聲，都不敢進言了。

大家都沉默看著那座正在被屠的城池。

之前還清澈的護城河，此時已經有血水滲入，遠遠望去，就覺著那河好像在被染紅一般，那顏色越來越深，到最後簡直都要變成黑色的……

還有無數的屍體漂浮著……

林慧娘心底發寒，她偷偷打量晉王。

晉王一雙漆黑的眼睛裡面無風無波，安寧祥和之中更是半點煞氣都沒有。

可看了這樣的晉王，反倒令慧娘手腳冰涼了起來。

過了好一會兒，晉王似乎才想起慧娘，他側頭看著她，他帶她來，為的就是讓她親眼看到這種東西的威力。

他不擅長誇人，可他獎罰分明，只是對慧娘，他有點不知所措，這個人，他有點拿不準該怎麼去對她，對女人，他一向不覺著有什麼需要客氣的，可是慧娘從一開始就很特別，特別到他都不知道該賞她些什麼。

沉吟了下，晉王開口道：「慧娘，等回去的時候，我再好好賞妳。」

林慧娘身體一頓，她正為城裡的人揪心呢，尤其她還幫著設計過大炮……如果知道有這樣的事兒發生，她當初肯定不會手那麼賤的！

此時聽到這個，她很快想到了什麼，趕緊轉身看向晉王，嘴裡急急說道：「王爺，我不用您賞我。」

看她那副急切的樣子，其他的人還以為她又要犯傻去勸阻王爺，晉王爺是什麼樣的人，剛才那些人王爺都算是給了面子的，只是打了二十軍棍而已，這小太監這個時候還勸，不是找死嗎？

沒想到林慧娘說的卻是別的，「王爺，您看到河裡的那些屍體了嗎？毘地現在正是夏天，天氣悶熱多雨，此處河道又通著很多地方，毘地百姓多飲用此水，這些屍體一旦順著水流散開去，腐爛在河裡，很容易引起瘟疫，再說殺到現在已經有了威懾力，王爺何不留下些收拾屍首的人，不然就算攻下這座城，到時候屍臭連天，將士們又怎麼好再駐進去。」

這一番話說得有理有據的，雖然是繞著圈地在為那些百姓求情，可也是全心全意為王爺著想。

周圍人都長吁口氣，心說這小太監還挺機靈，沒傻乎乎地直接去求情。

而且這麼一番至情至理的話說出來，晉王沒道理不聽。

果然晉王聽了進去，立即吩咐下去，很快城裡的硝煙便散了去，裡面的那些倖存者們也算是逃過一劫。

晉王並沒有等那些人打掃完戰場，把事情大致吩咐完就準備啟程回去。

他昨晚一夜沒睡，到了現在都沒顯出倦意，眼神始終帶著凌厲，哪怕是跟他對視一眼，都會緊張得直冒汗。

可是等他要離開的時候，卻沒有再選擇騎馬，而是專門調了馬車過來。

到了此時那些屬下隨從有些跟著王爺一起回去，有些則繼續留下打掃戰場。人員有序地進行著，此時天空方亮，昨夜林慧娘緊張到沒覺得冷，現在身上被太陽炙烤後，她才忽然發現身體終於轉暖了一些。

從山坡下來，準備上馬回去時，林慧娘忍不住又往城內看去，此時城內的火已經熄滅，只是還冒著黑煙。

那種淒涼之感壓得她心裡沉沉的。

晉王早已經被人伺候著上了馬車，等她跟著坐進馬車的時候，晉王已經在裡面坐穩了。

馬車內空間不大，林慧娘沒敢太往裡走，她知道自己只是進來伺候的，再說她也不想挨王爺太近，她縮在馬車外面，一邊扭頭整理著馬車的簾子，一邊偷偷長吁口氣，她現在只要看見晉王就覺著胸口沉悶，簡直壓得她要喘不上氣一般。

馬車裡有軟軟的靠墊，晉王到了這個時候終於露出些微的倦容，他倚靠在軟墊上閉目養神。他肯定累了，這一夜他雖然說的話很少，可排兵布陣，每一樣都是他親自謀劃。

林慧娘低著頭大氣都不敢喘一聲，馬車搖搖晃晃的，晉王大概是坐著不那麼舒服，可要躺下的話，這輛臨時徵調過來的馬車又不夠寬敞。

晉王也不睜眼，直接一勾手指，林慧娘以為他是有什麼吩咐，連忙俯身過去聽他差遣。

哪知道她才靠近，晉王卻直接把她扯了過去，把頭枕在她的腿上。

那是毫不客氣的一個動作，簡直就跟隨手找個枕頭來枕一樣自然。

林慧娘嚇了一跳，可卻不敢動，這殺人大王正枕著她的腿呢，這要一動，給他磕到了，他還不給她斬立決了？

林慧娘心裡百般彆扭。

倒是晉王自從枕上慧娘的腿後，人就放鬆不少，他很快就入睡，一點戒心都沒有。

林慧娘望著這樣恬靜安寧的人，都不知道該說什麼好了，完全沒辦法想像，此時枕在她膝上的男人跟剛才是同一人。

等回到了駐地後，老遠已經有藩屬國的人在候著他們。

林慧娘不知道這個西諾藩王是什麼時候知道這場突襲的。

不過此時西諾藩王的表情跟剛開始迎接晉王時截然不同，之前這個西諾藩王只知道巴結奉承晉王，現在再見了晉王，他已經沒有了昨晚那副刻意親近的樣子，整個人匍匐在地，一見晉王從馬車上下來，西諾忙幾步爬過去，一副唯唯諾諾的樣子，口中喊著：「恭喜晉王旗開得勝……」

晉王已經懶得應酬這種廢物藩王，他敷衍點了點頭，淡淡道：「藩王客氣了。」

他也不多做停留，直接帶著眾人往暫時的住處走去。

林慧娘等晉王下車後才跟著下去，她剛才被晉王枕得腿都麻了，現在一下了馬車就腿軟。她一邊緊跟著晉王，一邊不斷用手去揉腿肚。

倒是進到房內後，晉王瞟她一眼，眉頭輕皺了下，「妳去梳洗一下。」

林慧娘莫名其妙，心想他好好地讓自己梳洗幹麼呢？

這裡條件不如晉王府，可也有獨立洗漱的地方，等林慧娘對著銅鏡梳頭的時候，她才猛然發現自己有黑眼圈了，而且一臉憔悴，一聯想晉王那副皺眉的樣子，慧娘這個心理彆扭，他倒是回來的時候睡眠充足，他怎麼就不想想人肉枕頭都累成什麼樣了。

慧娘趕緊洗了臉。

再見他的時候，就見晉王已經被人服侍著洗漱完畢，還換了新的衣服。

他面前擺了個食桌，有試毒的人在挨個試著那些菜餚，哪怕那些菜餚都是由王府的親隨做的，可在這裡也是絲毫馬虎不得。

等她過去的時候，慧娘還以為又要伺候他進膳，卻沒想到晉王爺隨口說了句：「過來一起吃吧。」

雖然這是天大的恩寵，林慧娘卻不大領情，跟這麼一位王爺一起吃飯，她寧願端著碗蹲到門口吃，起碼吃得沒心理壓力。

不過他都開口了，就沒拒絕的可能，除非是她不要命了，林慧娘硬著頭皮坐下。

晉王雖然讓她陪著吃飯，可在吃飯的時候卻是一聲不吭，林慧娘也是嚇得連碗筷都不知道該怎麼用了，饒是學過西餐禮儀，可面對這位的時候，就是止不住的害怕緊張。

到最後明明有著滿桌子的飯菜，林慧娘卻是沒敢吃上幾口。

而且在他們吃飯的時候，還發生了一件很大的意外，明明是大勝仗，整個地方都在高興呢，卻沒想到飛來橫禍，很快又有噩耗傳來，在運輸那些大炮的時候，不知道是哪個環節沒處理好，居然發生爆炸。

那些好不容易搬到山上的大炮暫時都炸得不能動了，而且除了這些損失外，那些在旁邊被炸死炸傷的士兵更是不計其數。

這下原本正在高興中的戰局，明顯是罩上了一層陰霾，那些原本還指望這些大炮能繼續立功的將領，更是大失所望。

再來被送回來的傷患，更是給大家的心情蒙上了一層陰鬱，這種炸傷跟刀砍箭刺不同，很多人在被炸後都被感染了。

最可怕的是這地天氣悶熱，濕度大，這種地方壓根就不適合病人，更何況這種外傷最怕這種濕熱天氣。

原本祥和的駐地漸漸變得壓抑起來，晚上夜深人靜的時候，甚至可以聽到那些止不住疼的士兵在哀嚎。

林慧娘好幾個晚上都覺得慘不忍聽。

而且自從得了這個消息後，晉王的臉色就一直很不好看。

林慧娘也是膽戰心驚，生怕有個什麼疏失得罪王爺。幸好王爺要忙的事情變多，大部分時間他都忙到很晚才會回來，回來後什麼都不會說，躺下便睡。

這樣早起晚回的，慧娘倒是落個清閒。

那天慧娘正準備給王爺取點宵夜，她忽然看見軍中的李大夫正在清點很多木桶，之前她在王爺身邊見過這位李大夫，知道他是軍醫。

只是很奇怪，這些木桶怎麼都帶著酒味？她當下就緊張起來，軍中是禁止飲酒的，晉王治軍很嚴，喝酒可是會直接被亂棍打死的。

她心裡奇怪，趕緊過去說道：「李大夫，你拿這些酒做什麼？軍中可是禁酒的。」

李大夫原本正在點酒的數量，見來的是王爺身邊的近侍，忙客氣回道：「欸，大人，這也是沒有辦法的事兒，晚上你也聽見那些受傷的人傷口總是好不了，裡面膿水直流，實在是疼得慘不忍睹，我特意求了王爺，給那些人備了些酒，希望喝醉後就不那麼痛苦了。」

林慧娘聽了都覺得恐怖，她沒想到情況會這麼嚴重。到底潰爛到什麼程度才需要送這麼多酒來？再一聯想偶爾聽過王爺的住處可是離傷病營地很遠的，居然都可以聽到……

林慧娘望著那些酒，忽然就想到一件事，她趕緊對李大夫說：「李大夫，你要方便的話就給我一桶酒吧，我不是用來喝的，我想試試別的辦法。」

對那些人來說那簡直就是活在地獄一般，可是對她來說卻只是舉手之勞罷了，既然想法已經浮現，要是不去執行的話，她也怕心裡不舒服。

李大夫是從王府裡跟出來的，知道這人很得晉王寵愛，再說這種劣質酒也不值什麼錢，便找人抬了一桶給她。

拿到酒後，林慧娘也有點犯愁，在現代隨便就可以做的事兒，此時卻是要動腦筋才能找到合適的東西。

甽地又是個貧瘠的地方，更缺少能工巧匠，她索性就地取材，找那些內侍幫忙找了一些皮子。

不管是什麼豬皮、牛皮還是馬皮，只要是結實沒裂口的她都要了，然後她找了會縫製衣服的人，幫忙把那些皮子縫製成口袋一樣的東西，又縫製了個圓筒。

兩者相互銜接，成了一個可以過濾東西的封閉通道。

她的想法很簡單，與其喝酒麻痹自己消除痛苦，幹麼不做點更積極點的東西呢？把酒精濃度提高的話，不就可以提純成為藥用酒精了嗎？外傷的話，有酒精消毒怎麼也比等著傷口一直潰爛好吧！

而且這些只是小動作，晉王那種日理萬機的人，未必會知道。

只是想法很美好，真正動手實驗的時候，慧娘發現情況完全不妙，她第一次試驗就出現了問題。

她一開始沒經驗，火燒太旺，直接把酒煮沸了，這下可好，壓根得不到她想要的效果。

她不得不小心降低溫度，努力保持在水的沸點以下，然後要想辦法把那個縫製的皮管子降溫，她起初是用大水盤，不過發現過了一陣子後水盤裡的水溫度升高，於是她不得不又想著辦法及時換冷水幫過濾管降溫。

再者就是效率太低，總覺得這種簡易版的蒸餾方式太慢了，她想了想，才猛地想起來是空氣流通得太慢，需要換氣，可要換氣的話，就又有麻煩來了，這樣折騰了足足一天，她才把設備調整好，到了第二天才算是正式開始。

終於在經過幾次提煉後，東西雖然越來越少，可味道也越來越濃郁了。

雖然知道這些液體濃度已經很高，可具體的酒精濃度，慧娘卻無法知道。

她記得好像藥用酒精是七十多度的，再高的話會對身體有不好的影響，低的話會沒有效果，可具體做出來的是多少酒精濃度，她怎麼會知道，光靠推斷的話也推斷不準啊。

慧娘十分發愁，心說自己是個學機械專業的，現在居然要半路出家搞化學跟醫學，真是吃飽撐的，可是既然已經做了，她又是個喜歡鑽研的性格，索性就又找了些生石灰來吸收酒精裡的水分，這樣弄完後，再一推導，就大概能估算出裡面水跟酒精的比例。

幾次試驗後，終於兌出差不多的酒精濃度，到了這個地步，顯然就需要找個人來實踐了，只是傷患雖多，要找什麼樣的人合適呢？

林慧娘為了發揮酒精的效力，忙帶著新鮮出爐的酒精往傷兵那裡去。

之前她一次都沒進過傷兵的地方，那時候她害怕見到血肉模糊的畫面，現在她則大著膽子去看那些人。

她進到傷病的帳篷裡時，四下看了看，那些傷太重的她不敢過去，可是輕傷的那些還有希望救回來呢，她也不敢說自己這個東西有沒有用，倒是有個看上去三十多歲的男子，顯然是傷得不輕，她看到後，很快走過去，客客氣氣地說道：「我看你胳膊有傷，我現在有點家傳的藥，專門治這種化膿的傷口，你要不要試試？」

現在都是死馬當活馬醫的，那三十多歲的男人已經被病痛折磨得不行了，聽到這個，就跟抓到救命稻草般，看了眼太監打扮的慧娘，他是年長的人，知道這種內侍都是在王爺身邊伺候的，沒準真就有什麼靈丹妙藥，當下就說道：「謝謝大人，只要有用您就試試吧。」

林慧娘小心地拿了煮過的布去擦傷口，她知道酒精擦傷口會有點疼，可沒想到她剛擦了一下，那個男人當下就嚎了出來。

林慧娘嚇得住手，那大叔更是疼得直喊道：「大人，我們都是苦命人，你這個祖傳的東西我享用不來，你還是拿走吧。」

這明顯就是疼得受不了要趕人的節奏。

費了半天勁弄出的這點東西，簡直就跟熱臉貼了冷屁股一般，林慧娘低著頭抱著懷裡的東西，無精打采的，心裡更是止不住地後悔，她怎麼就不長點教訓，這種時候做這種事兒，簡直是白癡。

再說又跟她沒有關係，她幹麼多管這種閒事。

她正準備往外走，倒是有名躺在地上的少年，忽然拉住了她的腳，低聲喊了一句：「大人，我想試試您的藥。」

林慧娘忙俯身看向那名少年。

那少年一看就是個稚氣未脫的小少年。

「大人，我腿上的傷若一直好不了，他們說要鋸掉我的腿，我要沒了腿，家裡人是不會要我的，還不如直接殺了我，大人您好心幫幫我，把您的藥給我試試吧。」

林慧娘原本沒想找這樣的人試，對這種傷，她一點把握都沒有，因為酒精又不是什麼治病的靈丹妙藥，它只是輔助的功能，而這個少年明顯傷口面積過大。

她也不敢給對方抱太多希望，便遲疑說道：「我這個只是家裡的一個配方，具體有沒有用我也不知道，而且還會疼……」

剛才那個傷口不大的人都疼成那樣，這少年的傷口這麼大，萬一沒效果還讓人受罪，豈不是她的罪過。

那個少年卻是淺笑道：「大人，您只管用，不管好壞我只當是我命裡該有的。」

林慧娘這才下定決心要幫這個少年擦一些試試。

只是等她打開少年腿上包紮的傷口，看到他整條腿的潰爛面積時，她都嚇到了，沒想到人的肉可以潰爛成這副樣子，當下都乾嘔了起來。

都有人會死。

隨即她又覺得挺尷尬的，幸好那少年表情未變，他早知道自己的傷，再說這種地方每天

林慧娘忙向那個少年歉意地笑了笑。

她用酒精擦拭傷口時，很怕少年會喊疼，可這個少年卻是一聲都沒有吭過。

林慧娘也不知道效果如何，第一天倒瞧不出什麼，第二天也不大瞧得出來。

林慧娘心裡著急，她知道每次給少年擦藥的時候，少年都會疼到極點，他一聲不吭，可是手指甲都已經掐到手心裡了，這要是還沒效果，她都不知道該怎麼對這個少年交代。

她心裡壓力大，最近幾天她已經跟這個少年很熟悉了，知道他歲數小，又是呆頭呆腦的，所以大家都習慣叫他小木頭，便忍不住對他說：「小木頭，我這個藥不是救命的藥，只是把你傷口的髒東西沖掉，可你每天都這麼疼，我真的怕讓你白疼了……」

「大人，您沒發現嗎？」小木頭說話的時候眼睛都是亮的，「我的傷口一直都沒變壞，以前每天都會不斷擴散，可最近自從擦了您的藥後，傷口就沒再變大過！」

這話簡直就給林慧娘打了一劑強心針，她心裡高興，照舊每天抽空去給小傢伙上藥。

【第五章】

救命的活菩薩

直到船艙外的戰事漸漸停歇，晉王爺才停下了金戈鐵馬的琴聲。

他抬起頭來，笑著握住慧娘的手，神態舉止說不出的風流倜儻。

「慧娘，本王晚上要犒賞妳！」

林慧娘當下只想著：我能犒賞你個耳光嗎？

她這麼忙忙碌碌的，晉王那裡也沒閒著，有天慧娘在給小兵擦傷口，就聽見有些人在議論後面的戰事兒。

自從天險浣城打下來後，剩下的就是一舉攻破水寨了，只是那個水寨幾百年下來早修葺得堅不可摧。

原本還指望那些大炮可以把那寨子打下來，沒想到出了這種意外。

「不過要是打下來也未必好，水寨好打，可是那些戰船卻是後患，那些大船那麼大，隨便一跑，躲到哪個島上，過個一年半載再出來作亂，又是麻煩，反正不好弄啊，而且這次炮炸得也是蹊蹺……」

周圍那些人搖頭嘆氣的，都是一副仗不好打的論調。

看樣子還得打持久戰，林慧娘忍不住想，晉王那人看著沉穩，可其實脾氣要多暴躁就有多暴躁，讓他打持久戰，那不是開玩笑嘛。

不過最近的確看到晉王越來越沉默，難道戰況真的那麼緊張？

在聽這些軍中八卦的時候，林慧娘倒是驚喜地發現小木頭的傷口不光被控制住了，傷口還隱隱有結痂的趨勢。

小木頭腿要好了的事兒很快便不脛而走，林慧娘隔天再過去看小木頭的時候，就看見之前趕她走的那個人正捂著胳膊等她，一見她進到帳內，那人立刻笑咪咪地對她又是鞠躬又是磕頭，「大人，您可真是菩薩心腸，您那個祖傳的東西能不能再賞給我一些……」

林慧娘當初被趕得很鬱悶，可她不是小氣的人，見對方又跪又拜的，她很快拿出一些酒精倒給他說：「這種東西一般不會礙事的，不過你用的時候一定要用煮過的布擦，一天擦幾次就行了。」

她才剛給了那個人一些，很快的就又有人把她圍住，也是又拜又叩頭的，簡直當她有靈丹妙藥一般。

林慧娘都不明白為什麼古代人要這麼誇張，隨隨便便就要跪著磕頭。

她趕緊又分給那些人一些。

漸漸用她東西的人越來越多，到最後林慧娘都有點招架不住了，而且她那個酒精的效果不知道怎麼被傳得越來越神，因為不能理解她的酒為什麼那麼神，有些人還以為只要是酒就可以，結果用普通的酒灑在傷口後，別說見效了，反倒傷口還惡化了。

於是大家都知道了，只有她的藥酒才有用，抹在傷口上好得比較快。

雖然知道藥用酒精是好東西，可林慧娘真沒想到這東西的效果會這麼好，她還以為這不過是能防止傷口惡化的東西，沒想到在這種地方酒精的存在簡直跟救命仙丹一般。

她很快就想明白了，這些人原本就身體強壯，抵抗力強，只是黽地天氣太糟，醫療環境惡劣才導致傷口惡化，現在能消毒的話，一旦控制住傷口潰爛，癒合自然也就簡單了。

她心裡高興，只是在默默做著這些事兒的時候，前方卻傳來了戰事失利的消息。

前方的戰場離駐地很遠，在去的時候，還要經過一個當地人口中的「死谷」。

那地方被當地的嚮導說得神乎其神的，說這種地方只能在正午陽氣最旺盛的時候進入，如果是在陰氣太盛的晚上進入，致死者十有四五。

林慧娘開始還挺緊張的，可一看到那個林子，她立刻就想起自己看過的一期科普節目，專門解釋人為什麼在進入某些密林時容易出問題。

因為當地雨淋日炙，濕熱重蒸，加以毒蛇、毒物的痰涎、屎糞灑布其間，腥穢逼人，就會出現瘴氣，人一旦遇到這種東西，對身體的影響是很大的。

等馬隊進去時，慧娘立刻知道自己的想法是對的，所謂的什麼陰氣陽氣的說法，無非是太陽足的話，瘴氣好消散一些，而到了夜間，林裡的瘴氣會比白天的時候多，再加上當地人的恐怖心理才會有了那樣的說法。

不過這種瘴氣也不是鬧著玩的，林慧娘一進到裡面就小心呼吸著，生怕不小心吸收到什麼不好的東西。

這次行軍的時候，她又被晉王抱在了懷裡。

之前是半夜行軍，她當時在馬背上被顛得三魂去了六魄，可這個時候因為要穿越密林，馬隊的速度就減慢了很多。

那種跟晉王緊緊貼在一起的感覺，讓林慧娘周身難受，偏偏馬背上位置少，她連躲都躲不開。

這種地方越往裡走越覺著陰森森。

晉王倒是趁著這難得的機會，好整以暇地把她摟得更緊了些，簡直有趁機吃豆腐的嫌疑。林慧娘被摟得直起雞皮疙瘩，也不知道這人是故意的還是不小心的，總之她彆扭得很，剛想挪動一下身體，就聽頭頂上方提醒她：「不喜歡坐這裡，妳可以下去。」

晉王可不是隨隨便便就威脅人的人，這下林慧娘不敢動了，她趕緊低著頭回道：「我沒有……是我胳膊有點麻而已……」

不知道是哪句話又讓王爺心情好了起來，晉王聽後居然單手牽馬，一隻手騰出來摸了摸她的胳膊，寬慰道：「很快就到了。」

林慧娘悶悶嗯了一聲，有點不能適應他這麼突兀的親昵動作。

不過所謂的很快就到，壓根就不是很快。

趕了好久的路，才終於到了兩軍交戰的地方，這裡跟之前的駐地，包括攻打過的浣城完全不同。

此地是海河交匯之處，在河道那側有一個出人意料的水寨。

雖然藩屬國看上去跟個大農村似的，可此地的水寨卻是少有的雄偉建築。

這地方絕對不是一年兩年就能建造的，簡直就跟一座水上宮殿一般。

就是在這個地方，讓先頭部隊吃了個大虧，死傷無數。

等他們抵達的時候，就看見自家的營地蕭瑟冷清。

炊煙裊裊，落日餘暉中，那些士兵無精打采地在悶頭吃著晚飯。

晉王騎馬經過軍營的時候，所到之處，跪拜之聲連成了一片。

晉王一路沉默著，並不說什麼，等他到了中軍大帳，已經有請罪的將領在外面候著，跪在外面並不敢進帳。

晉王也沒有追究那些人的責任，只吩咐下面的人把敗將暫時收押，以後再做處罰。

只是接下來晉王做的事兒，就有點讓人匪夷所思。

他到了地方後，什麼都還沒做呢，就先給對方下了檄文，點名讓對方首領主動把腦袋交上來，否則就要一個不留，果然對方很快就派了罵戰的人。

罵戰這種事兒就沒一個會說好話的，污言穢語的，偏偏晉王這個時候竟然沉不住氣。

林慧娘都覺著稀罕，這個晉王究竟是怎麼了？她知道晉王脾氣暴躁歸脾氣暴躁，可是不管在王府還是過來的一路上，晉王每次都是越生氣，面上越是絲毫不顯，就連語氣都不會有絲毫變化。

但晉王這次居然如此急躁。

而且在對方接了檄文過來罵戰的時候，晉王還主動出擊，親率了戰船過去。

林慧娘跟著那些隨從一起登上戰船，這種戰船是早先時在船塢裡看過的。

只是讓慧娘驚訝的是，戰船外面看著很是回事兒，可船艙內卻不知為什麼異常華麗，哪裡像是用來打仗的，簡直就跟用來遊河一般。

而且晉王真的是太衝動了，他們這邊的船隻都是最近才從船塢裡趕製出來的，數量上並不占優勢，而敵軍一直都是做打家劫舍的海上生意，再加上截獲的藩屬國的那些船隻，浩浩蕩蕩的一行船隊，對峙起來時，氣勢完全不同。

果然交鋒了幾次，晉王這邊就顯得力不從心，從開始的主動進攻到後來的節節敗退，明顯是想要往回撤，可是對方的戰船緊跟著，他們的船隊到最後就跟慌不擇路般，往河道縱深處逃。

奈何那些叛軍一看到他們船上的旗子，哪裡肯放過他們。

那可是晉王的旗子，誰不知道晉王是當今天子的親弟弟，這樣身分的人，怎麼有放過的道理！

此時自家船上的氣氛凝重，尤其是一路被敵軍緊緊咬住，顯然隨時會被攻上來，到了這個時候，林慧娘的心都要跳出來了。

她正在甲板上凝神看著戰況，倒是晉王喚了她一聲，示意她跟著進船艙內。

林慧娘這才反應過來，被後面跟得這麼緊，保不準會有箭射過來，她趕緊跟了進去。

跟外面戰火連天不同的是，船艙內卻是另一個世界。

這裡有柔軟舒服的地毯，還有各色講究的物件。

雖然東西簡單，可是細節都有。

進到船艙內的晉王有點怪怪的，一改在外面的急躁，忽然安靜下來。

而且不知道是誰這麼有閒心，戰況都打成這樣一副緊張局面了，居然還給船艙內布置了茶水跟點心。

晉王悠閒坐了下來，慧娘見他這樣，習慣成自然地走過去，給他斟了一杯茶水。

在她倒茶的時候，晉王隨手取了一把古琴過來。

等茶水倒好後，他已經把古琴放置妥當，修長的手指在琴弦上撥弄一下，琴音蕩開，低沉暗啞，一種說不出的滄桑感透了出來。

她沒想到晉王會在這個時候彈這種東西……

這都什麼緊急的情況了！腦殘也得分個時間地點吧！

只是在她驚訝的時候，樂曲已經很快流洩出來，乍一聽那曲子，慧娘都驚了一下。

她非常意外，沒想到晉王還有這樣一項技能，這曲子彈奏得太棒了！就連她這種對古典樂無感的人都打心裡暗讚了一聲。

在這樣的緊張環境中，她竟然被他的曲子迷住，心跳都跟停止般地安靜聽著。

在樂聲伴奏下，林慧娘開始迷茫了，她沒辦法想像晉王怎麼還能這麼一副淡然從容的樣子？怎麼對外面的戰況一點都不在乎？能這麼沉穩地彈奏樂器？

他這樣的一份從容，讓她生出一種錯覺來，好像自己面對的不是正在發生的戰爭，而是看著銀幕上放映的電影。

船艙內遠離戰場硝煙，這裡有上等的茶水、精美的點心，還有這樣幽靜沒有絲毫波瀾的曲子。

那曲子節奏很緩，沒有絲毫的煞氣蕭瑟之感，反倒輕柔，幽靜到不可思議的地步。

晉王原本就是容貌無雙的人，此時低眉斂目殺氣全消的時候，那斯文雅致的面容像是個風流貴公子。

只是慧娘還是不放心外面的情況，她找了窗戶，探頭往外打探。

從她這個角度看去，外面的情況越來越緊急，那些追兵眼看就要追上來了。

已經有巨大的敵船靠了過來，左右的護艦明顯有被叛軍追上的，很快兩方短兵相接，廝殺起來。

在這樣千鈞一髮之際，不知道是耳鳴還是什麼，慧娘忽然聽見跟打雷一樣的聲音從左側傳過來。

隨後就跟慢鏡頭般，她看到左側有艘敵船被什麼東西擊中，船上的人叫喊起來。

林慧娘愣了一秒，接著她急急趴著窗子往外看去，珠簾外，在茂密的叢林中，她終於找到了自己要找的東西！

之前攻打浣城的時候天那麼黑，她都沒有看清楚那些大炮，此時在兩岸叢林的掩護下，她隱約看到了黝黑的炮筒，一聲一聲的悶響從兩岸傳來，與打中敵船的聲音不斷交織在一起，以及夾雜著那些敵船上傳來的慘叫聲……

她頭次在白天看到這些可怕武器的威力，之前還緊咬著他們不放的敵船，此時受到重創，尤其是周邊的那些船隻，很快就被那些大炮砸漏了，船上的人四散逃命。

那些早準備好的弓弩手，這個時候終於從各自躲避的船艙內走出來，或乘坐小船或直接在大船上，對著水中的敵人射擊。

慌忙間敵軍也知道上當了，可為時已晚，被擊中的船隻只能任人宰割。

林慧娘心裡也是一驚，她跟敵軍都在想同一件事，這些大炮不是出意外都炸壞了嗎？怎麼還會出現在這裡？那些傷兵總不會是假的吧？

她在傷兵營待過一段時間的，那場面淒慘到了極點，更別提當場炸死的那些……

她不可思議地看向身後的晉王，晉王的表情平靜淡然，可那答案卻呼之欲出。

為了引誘敵人，不！

應該是為了穩住這些人，因為這些敵軍要知道他還握著那種武器的話，一定就會藏起一部分船留退路。

所以他早在攻打浣城的時候就已經在準備現在的局了！為的就是將這些叛軍一網打盡！為了讓敵軍相信，他還故意炸死了自己的兵士，用以迷惑敵人！

只是一想到那些傷兵，林慧娘心裡就一陣陣發寒。

可不得不承認，這樣的布局非常出人意料又有效，戰局在轉瞬間就發生變化，外面的敵船已經被轟壞了三分之一，只是大炮移動的速度很慢，剩下的那些敵船一見情況不妙已經開始往回撤。

大炮追之不及，眼看那些船就要脫逃。

林慧娘腦子飛快轉著，晉王設計這樣的計謀，肯定不是為了損毀這三分之一的戰船，他要的必定是全殲這些敵船，讓這些人再也不能在這裡興風作浪。

可問題是他會怎麼攔住那些船呢？

更何況有那麼固若金湯的一座水寨，兩條逃生的路，晉王要怎麼堵截？

看他安靜坐在那裡，琴聲忽緊忽緩，頓挫之間，恍若馬蹄刀戈相擊。

林慧娘的心情跟著轉了幾轉。

她被琴聲感染，不再急促緊張，她終於走回到之前的位置，安靜面對著彈琴的晉王。

她才注意到這個地方居然還燃著香，這個晉王哪怕是用自己做誘餌的時候，也不忘記把逃跑的路徑弄得舒適一些。

林慧娘意識到這點時，都不知道該如何形容這個男人的所作所為。

所以早在攻打浣城，不，也許還要更早之前，晉王就知道這場仗要怎麼打了，可是她在他身邊伺候了那麼久，雖然覺得他行為有些反常，可卻一點蛛絲馬跡都沒有抓到過，足見此人的心機城府已經到了不可測的地步。

很快遠方燃起的火光，解答了林慧娘的疑問。

遠處大船逃生的水路已經被截住。

那些逃跑的敵船早變成了喪家犬，在往水寨的方向跑時，遇到了十幾艘橫斷在河道中間的小漁船。

只是那些逃跑的戰船看到那些小漁船後，仗著自己體型巨大不以為然，還以為對方靠十幾艘小船就想擋住他們的去路，哪裡想到船隻剛撞過去，那些小船就發生了爆炸，立即火光飛濺，哀嚎聲不止。

一直到這個時候晉王才停下琴聲，他抬起頭來，笑著握住慧娘的手，神態舉止說不出的風流倜儻，「慧娘，本王晚上要犒賞妳！」

林慧娘當下只想著：我能犒賞你個耳光嗎？

可她別說真打過去了，就連表情都不敢露出厭惡的樣子……

自己一家老小都還在人手心捏著呢，再說她不想就真能不想嗎？

晉王的表情要是放在別的男人臉上，那絕對是下流露骨外帶噁心，可是在這樣的一張俊臉上，被這樣的一雙眼睛看著……林慧娘把頭壓得低低的，心裡忍不住嘀咕，最可恨的就是這種長著帥哥臉還要當流氓的人，簡直讓人無力吐槽啊，長成這樣怎麼就不幹點正經事兒呢？這樣才對得起這張臉啊！

幸好還有戰場要打掃，等他們再回去的時候，晉王還要聽各方的彙報，戰俘還有接任水寨的諸多事宜都要他親自處理，得勝的消息也要及時發出去。

只是林慧娘覺得有些奇怪，雖然晉王打仗打得很順利，可是等她跟著晉王去巡查水寨的時候，她都有些驚呆了，她沒想到傳說中的海盜這麼厲害，居然可以控制這麼大的一個地方，更別說之前水戰的時候，那些海盜還掌握著這麼多船，怎麼想也覺得這事很蹊蹺，按說一般的海盜哪裡有這種實力？

這樣一忙就忙到深夜。

等到了第二天，晉王雖然很想抽空犒賞慧娘，可很快又有將領過來。這次仗打得如此痛快，藩王聽聞晉王旗開得勝，忙不迭送了很多賀喜的東西。佳餚美女還有酒一車一車地拉了過來。

晉王治軍雖嚴，可這種需要開慶功宴的時候，他自然也要獎賞。再說很快就要拔營，讓下面的軍士好好慶祝一番也是情理中的事。很快營地就變得不一樣了，酒跟佳餚擺了出來，炭火燒得旺旺的。還有那些送過來的舞姬不斷跳舞助興。

到了這個時候各位將軍也都捺耐不住，軍裡多是粗人，原本礙著晉王在場還不敢放肆，可喝了一些酒後，發現晉王頗有與民同樂的意思，就連姿勢表情也是擺出一副隨興悠閒的樣子，那些將軍們終於按捺不住地摟著那些舞女親親抱抱。

瞬間，帳內變成歌舞廳，讓林慧娘都不敢直視。

而且在那些將軍跟舞姬調笑的時候，晉王在桌下輕撫了下她的手臂。

林慧娘直起雞皮疙瘩。

晉王以為她在害羞，淺笑了下，悄聲吩咐她：「妳先去帳內等我。」

慧娘知道自己躲不掉的，她深吸口氣，彎腰準備退下。

只是就在她轉身退下的時候，忽然發現那些往帳內搬運酒罈子的士兵有些不對勁，她也說不出是怎麼回事，因為一般過來布菜搬酒的人都是低頭幹活兒的，可這些人自從進來後，就不斷拿眼睛四處看。

她這一納悶腳步就慢了，在她還沒想明白的時候，帳內的情勢急轉直下，那些送酒來的人一邊猛地把酒擲向身邊的人，一邊抽出酒罈內藏著的武器。

這一切都發生得太突然，而且那些刺客目標明確，壓根沒有多做停留，直接衝著晉王撲了過來。

刀光劍影之間，林慧娘本能地就要跑。

在刺客跟晉王之間，有人率先反應過來，大喊一聲：「刺客！保護王爺！」

只可惜那人剛喊完就被刺客一刀刺在胸口，血飛濺出了好遠。

場面立時混亂起來，混雜著女人的尖叫，還有護衛隊的叫聲：「保護王爺！快！快！我的刀呢……」

林慧娘的腦袋就嗡了一聲，她離王爺最近，她知道這個時候得趕緊跑，離晉王越遠越好。對方要殺的是至高無上的王爺，只要能跑出去，她就安全了。

只是場面實在太混亂了，為了阻撓那些刺客衝向晉王爺，有機靈的將領把桌上的果品投擲出去。

頓時地面一片狼藉，慧娘慌亂中壓根沒留心腳下的情形。

她剛跑出去一步，就發現腳下一滑，在要摔倒前，她趕緊往旁邊抓了一把，她本想要抓東西來平衡身體，可偏偏就有這麼倒楣的事兒，在眾人的阻攔中，還是有個不要命的刺客飛撲了過來，對著王爺當胸就是一刀。

林慧娘這麼突兀地滑倒，隨手一抓，竟抓住王爺的胸口。

那刺客就被慧娘的手臂給擋住，刀鋒一偏沒刺到晉王，倒是在她胳膊上劃了個小口。

在那刺客還沒反應過來前，晉王直接抬起一腳把刺客踹飛出去。

這下已經反應過來的護衛們衝了過來，紛紛跟那些刺客打在一起。

幾名親兵更是緊緊護著王爺。

晉王並不急著退出帳內，他臉色未變，重新坐回座椅內。

雖然一室狼狽，可他面前的餐桌卻是一絲不亂。

剛剛場面那麼混亂，晉王也沒有絲毫慌亂的舉動，倒是慧娘的那一擋讓他失神了一下，他沒想到慧娘會如此重情重義，甘願為他擋刀！

林慧娘卻是嚇壞了，她心口撲通撲通直跳，她不懂什麼絕世武功高手，可剛才晉王抬起的那一腳，乍一看好像沒什麼，可是仔細琢磨的話就會發現，那麼強壯的一個人，居然可以被他一腳就踹飛出去……

這種力量、反應、速度……林慧娘心裡赫然發現她沒想到晉王還有這樣的身手？還是說古代的男人尤其是皇族都要練武的？

情勢很快就有了反轉，自從有護衛衝進來後，那些刺客就再無招架之力。

晉王的護衛都是精兵中的精兵，到了這個時候並不一味地要殺死那些刺客，而是故意留下活口。

那兩個刺客很快便被活捉，只是還沒問話，帳內眾人就看見那兩個刺客忽然做出咬舌的動作。

其中一名將領忙喊道：「不好！這些人嘴裡有毒！」

可已經遲了，刺客最後還是吞毒自盡了。

護衛長一見如此，連忙跪在晉王面前請罪：「屬下辦事不力，請殿下懲處。」

晉王這邊有事要處理，慧娘那邊也沒閒著，剛才她被那刺客劃了一下，疼倒是不疼，只是不知道為什麼覺著那傷口麻麻的。

在這個時候那種麻麻的感覺又變了，有點跟小蟲爬似的，她心裡奇怪，忙低頭看向自己的傷口，這一看慧娘臉色就慘白了起來。

她沒想到只是一個小劃傷，傷口竟然發黑了。

在她低頭看傷的時候，晉王也察覺到不對勁，就連王爺身邊的那些將領也留意到慧娘的情況。

等一看到她胳膊處的傷口時，眾人都變了臉色，沒想到那些刺客如此狠毒，刀上都塗了劇毒。

軍中的李大夫很快被召了過來。

李大夫是王爺的親隨，醫術高明，急匆匆進到帳內後，就看見慧娘已經被帶到王爺的帳內，此時帳內只有王爺跟兩個內侍在。

帳內燈火通明，李大夫過去看傷的時候，生怕他會看不清楚慧娘身上的傷，專有一個內侍為李大夫掌燈。

只是李大夫一看見傷口，冷汗就順著額頭淌了下來。

再一看清楚帳內的人，李大夫就倒吸了口冷氣，真是要命，那些刺客傷誰不好，偏偏傷了王爺最看重的這位……

李大夫滿頭大汗，小心翼翼地道：「王爺，這種毒怕是朏地特有的，鄙人無能，從未見過，不知道藩王那裡是不是有能人能解……」

這話說得委婉，可慧娘的情況顯然已經不好了，看著躺著床上的慧娘，一種不祥的預感在晉王心裡掠過。

當時她若沒有過來，他也未必會被刺客如何，可是這份心意他是領了的。

此時天色已黑，慧娘覺得身體跟要燒起來一般，尤其是受傷的地方，好像有蟲子在鑽，又癢又疼。

她不知道身邊有誰，下意識地就抓住近旁人的袖子，哽咽哀求道：「我不想死，求你救救我……」

晉王平靜地看著她的面孔，她的手指緊緊拽著他的袖子，那副無助可憐的樣子，讓他心裡一凜。

他沉吟了片刻，很快吩咐道：「備馬。」

李大夫心思轉得快，知道王爺這是等不及了，這個時候喚大夫過來，只怕時間上來不及，最好的辦法便是親自送中毒的人過去。

只是王爺想親自送過去……

李大夫趕緊勸阻道：「王爺，切不可這個時候往回趕，回去的時候會路過『死地』，那地方當地人都不敢夜間穿行的，王爺，您是何等尊貴的人，這如何使得，不如讓屬下……」

王爺淡淡道：「本王不信區區一個死地能攔住我。」

李大夫嚇得要命，就算床上躺的這位再金貴，也不值得王爺親自護送，更何況現在天已經黑了，他趕緊給那兩個貼身內侍使眼色。

這下內侍就連外面的護衛都跪倒在地，更有護軍親自上前說道：「王爺，我等願代王爺前往。」

晉王一概不理，等馬一牽到，他立刻翻身上馬，為怕慧娘從懷中掉下去，他用斗篷纏住她的身體。

一手牽馬、一手懷抱著慧娘，腳下使力，跪在地上的護軍不敢再求，都紛紛上馬，跟了過去。

一路急行，馬刺不斷催著，哪怕是這些護衛親兵都有些悚然，沒想到王爺竟是如此不要命般地奔襲。

林慧娘只覺得自己被人抱在懷裡，那感覺一點都不舒服。

而且不知道怎麼地，在顛簸中速度又忽然慢了下來，她迷迷糊糊覺得自己的口鼻有東西蓋住，呼吸變得不那麼順暢。

而且眼前黑漆漆的，也沒有剛才的光亮了。

在黑暗中，她迷迷糊糊張開眼睛，她的身體很燙，就好像在發高燒，入眼的是密不透風的密林。

層層疊疊到處都是漆黑的植物，樹枝盤剝，黑暗中有幾個火把在照著，可是這個地方還是過於陰森恐怖了。

而且行走到了一個地方時，忽然有戰馬嘶鳴，前方探路的將領臉色大變地退了回來，小心稟報著：「王爺，前、面有鬼火……」

慧娘迷迷糊糊間眨動了下眼睛，好像在夢中一般，她抬頭往遠處看了看，真的就看到一幅奇異的畫面。

乍一看那景色恐怖到了極點，尤其是在這樣的密林裡，可是她很快就安靜下來。

她知道這個地方是沒有鬼的……

她想要說出來，可是身體太虛弱了，她的聲音低得跟蚊子一樣，斷斷續續說著：「那不是鬼火，是……磷化氫自燃……沒有鬼的……」

她不明白自己都這樣了，還要胡扯些什麼……

她覺著自己的身體很沉。

「要小心……瘴氣……」她試圖揚起頭來，因為角度問題，她看不太清楚抱著自己的人的樣子。

只覺著一片陰影下，那人的眼睛非常明亮。

她急促咳嗽了一聲，覺著嗓子裡發腥，不知道是不是毒在侵蝕她的五臟六腑，只覺得身體難受極了。

那人的手在下一刻撫上了她的額頭，他的手掌很暖，放在她額頭的時候，帶來的溫度非常舒服。

她身體在發冷，體溫一直在流失，她努力去依偎著這個人。

從他身上傳來的溫度，讓她覺著溫暖……

她忍不住流下眼淚。

在那個過程中她的身體就跟被撕裂了一般，整個人呼吸困難，她被一片漆黑籠罩，那地方沒有一絲聲音。

慧娘不知道自己等待了多久，時間像是靜止的，那感覺簡直比死還要可怕……

那種瀕臨死亡的感覺，那種被黑暗包圍的世界，她真的不想再經歷一次了……

【第六章】

死去活來

晉王拍拍床邊，「妳這樣心繫著本王，本王總要給妳個獎賞。」

慧娘吃驚地望了一眼晉王，原來他只是想要蓋被純聊天？

晉王笑了下，翻身將她抱在懷裡，笑著寬慰她：「稍等些時日，等我痊癒了，自然就會寵妳。」

說完這話，晉王自己都有些意外。

像是在夢中一般，慧娘覺得自己身體被撕裂一般。

在巨疼中，她隱隱看到了光亮，她的眼睛很不舒服，像被什麼糊住了，她努力想睜開眼睛，可是怎麼努力都睜不開，好像身體不是自己的一樣，到最後她用盡力氣，才終於睜開一小點縫隙，看到了眼前的一切……

只是那場景有些模糊，一盞宮燈，還有個男人，她頭上是帷幔似的東西……

而且身體好冷……

那個看著自己的男人，她隱約覺得那人的五官非常熟悉……像是晉王……

只是她很奇怪，為什麼晉王會陰魂不散地跟到她的夢裡……

而且晉王是什麼意思，他幹麼俯身看著自己？他的手指更是在她的臉上流連，像要同她說什麼，只是那聲音太遠了，她聽不到……

她剛想動一下手指，忽然一股巨大的力量讓她眼前一黑，她覺著自己的臉頰無比真實地疼了一下。

瞬間她就像被什麼東西拉回來一般，等她再睜開眼睛的時候，眼前的景色完全變了。

她依舊還在密林中，依舊被人緊緊抱在懷內。

之前的所謂宮燈，還有淺笑軟語的男子都消失不見了。

只有她在馬背上顛簸著，漆黑的夜裡，戰馬向前奔馳，而讓她從迷夢中驚醒的罪魁禍首此時還貼近她的臉頰處。

跟迷夢中的溫柔撫摸截然不同，此時的晉王見她要徹底昏迷過去，情急之下直接掐了她臉頰一把。

林慧娘神志已經不清醒了，她疼得唉了一聲，很不高興地蹙著眉頭，「你怎麼剛像個人，就又掐我……」

晉王沒理她的胡言亂語，不斷踢著馬刺，此處濃霧越來越多，不知道怎麼，他覺著嗓子像火燒一般，只能不斷催著戰馬向前疾馳。

一夜過去，直到天光放亮的時候，慧娘才終於從昏迷中甦醒過來。

她腦子昏沉沉的，有點不明白自己在哪裡，她只記得昨夜自己一直被人抱在懷裡，睜開眼時能看到的也是漆黑的夜色。

風從耳邊吹過，有人用手一直扶她的額頭，讓她覺得安全溫暖。

等她再醒過來的時候，她的身體明顯比之前好多了，她抬起胳膊看了看，傷口已經被包紮上。

此時身體已經輕鬆很多，胳膊雖然還有點麻麻的，可是終歸是好轉了，她小心打開包紮的地方看了看，就見之前黑紫色的傷口已經消腫。

只是很奇怪，怎麼她醒過來的時候身邊一個人都沒有？她一邊想一邊掀開被子走了出去，結果剛到門口，她就愣住了，很顯然昨夜晉王一夜疾馳，帶著她返回了之前的駐地。

只是變化太大了。

眼前簡直就跟群魔亂舞般亂糟糟的。

有很多像巫師一樣的人，在火焰高炙的火堆旁賣力跳大神，一邊跳一邊嘴裡念念有詞，只是都是些咒語似的東西，她也聽不懂。

另一邊的地上，更是有好多人密密麻麻跪著，不斷叩首。

藩王三拜九叩的，臉上塗抹上紅紅的顏料，不斷跟著一起叨念。

還有士兵拉來了活羊活牛，磨刀霍霍一副準備宰羊宰牛的架式。

林慧娘皺著眉頭想，這是要搞祭祀活動嗎？

她正愣神呢，一個捧著水盤的內侍一眼望見她，那內侍是去取水的，此時見慧娘醒過來了，驚訝地說：「妳醒了！」

隨即話音一轉，聲音沉甸甸地道：「只是大事不好了，王爺昨夜帶妳回來後，不知道怎麼就犯了迷病，這裡的大夫也看不好，藩王急急找了本地的巫師過來，說王爺讓林子裡的妖怪迷住了，正在做法呢……」

林慧娘就欸了一聲，不知道對方是不是太誇張了，那個壯得跟牛似的晉王會生病？

還是帶她回來的路上染上的？

她怎麼聽著那麼詭異不可思議呢？

她對昨晚的事兒倒是還有點印象，她記得自己中了刺客刀上的毒，中間她還做了個特別奇怪的夢，夢到自己躺在個奇怪的地方，有個跟晉王長得很像的男子在摸自己的臉。

她正在回憶呢，那內侍大概是太著急了，忙著說道：「現在妳這條命可是值錢了，搞不好咱們都得搭在妳這條命裡……妳不知道急匆匆趕過來的將軍們多後悔，都嚷嚷著，早知如此當時就算是冒著殺頭的罪也要攔住王爺……」

林慧娘聽得糊里糊塗的，趕緊跟著那個內侍往王爺的住所趕去。

果然進到房內，就看見待客的地方早擠滿了人，各將領都是後悔不已，明明剛打了勝仗，可這些將軍卻都如喪考妣一般，早有人八百里加急地把信兒帶往了京城。

一想到永康帝的反應，那些人大氣都不敢出一聲。

林慧娘原本還有點不相信，那個晉王別看他每天在王府裡懶洋洋的，可這一路不管是暈船還是水土不服，人家可是一點事兒都沒有，就他那個體格，沒道理只半夜穿過了個瘴氣林就病倒了吧？

直到看到床上躺著的晉王，慧娘才發現晉王不僅是病了，還病得很嚴重，怪不得藩王都跳起大神了呢。

要是晉王在他任內出了問題，這個藩王也就不用當了。

王爺身邊不乏伺候的人，此時臥室人很多，光圍在王爺床側的就有五六個，只是王爺這一病大家都亂了章法，每個人要做什麼、不能做什麼，都失了分寸，忙亂得就跟熱鍋上的螞蟻一般。

林慧娘注意到後覺得很不好，一般來說醫院都要有個探視時間的，而且這種發燒的病人不應該被人這麼圍著吧，再來不知道這些人是不是怕王爺吹風，居然都門窗緊閉著。

可這地天氣悶熱潮濕，這樣關著門窗對病人絕對沒有好處。

知道王爺身體不妙後，李大夫也被徵調了過來，老頭現在也是手足無措，在那裡急得團團亂轉，不斷跟其他大夫商議著：「王爺身體一直這麼燙，這可如何是好啊？」

那些大夫沒有一個敢出主意的，只知道低頭，一個主意都拿不出來。

林慧娘望了床上的晉王一眼，心說這傢伙身邊都是些什麼廢物啊，按說他這麼有本事的人，怎麼身邊從上到下的就沒一個能拿主意的呢！一遇到事兒個個都成了傻子。

她心情有點複雜，她是早盼著晉王遭報應的，只是做夢都沒想到，晉王的報應居然是因為他想要做好事得來的。

他做了那麼多過分的事兒，老天不罰他，現在他要救自己卻得到這麼個結果……

大概為了把脈方便，他的手是露在薄被外的。

她的視線掃過去，很快定在那裡，她想起昨夜一直撫著自己的手。

是他嗎？

她腦子裡有點亂，不過很快就下了決心，晉王現在這種情況送急診都夠資格了，沒道理被人這麼騷擾。

說做就做，慧娘的行動力是很快的，她幾步走到待客處，這種地方沒王府講究，臥室跟待客的地方相連著。

她也不管那些人都是什麼品階的，她一出去就對那些人說道：「房裡人太多了，這樣不利於王爺靜養，大家不放心的話可以出去等，或者派人守在外面，要是有消息我們會隨時通知各位大人的。」

那些人見慧娘穿著內侍的衣服，有些知道底細的，都知道王爺就是為了救這個人才染了這種怪病，想來此人在王爺心目中地位不低，於是那些人很快就退了出去。

林慧娘一等那些人出去後，又吩咐了幾句，讓人把門窗稍微打開一些，透透氣。

最近一段時間都是林慧娘在晉王身邊伺候，那些人一聽吩咐都乖乖去做了。
接著她又仔細問了李大夫。
只是李大夫也說不出個所以然來，軍營裡的大夫、藩王的那些巫醫，有用的沒用的都看了一遍，可是誰都沒見過這樣的病，當地人就算穿過死地造成身體不適，也沒病得這麼快的，更何況是體溫忽然升高。
林慧娘也覺得奇怪，那些兵士都沒事，怎麼就獨獨他有了問題？
到了這個時候，慧娘才伸手探了探他的體溫。
手指剛碰到晉王的肌膚就嚇到了，他體溫這麼高，是會燒壞人的！哪怕在現代社會發高燒，燒成這樣也是會出人命的，更何況是在這種地方！
怪不得這些大夫這麼著急，這可是急病！
這個世界最怕的就是這種急症了！
別的都能用藥調理，唯獨急症，來得快，現在的醫療手段壓根來不及的！
情急之下，慧娘想起自己做的藥用酒精，她記得還剩下一些，趕緊讓身邊的人取來，她小時候發燒的時候，媽媽就是用酒精給她降溫。
雖然不知道效果如何，但在這種地方也沒有更好的辦法。
只是自己不是專業的人，慧娘便把那小瓶酒精交到李大夫手裡說：「李大夫，這是能降體溫的東西，你兌一半的水，用帕子沾上擦晉王的四肢、額頭、腋下，應該有點效果……」
李大夫之前就已聽說過她這個祖傳的神藥，當時他都束手無策的傷兵，就是被這個東西給治好的。

只是王爺是何等尊貴的人，壓根不能有絲毫閃失，再來這藥是慧娘奉上來的，還是得由慧娘去做比較穩妥，這以後萬一有個什麼，自己也好推開干係。

李大夫一想明白這個，趕緊往後退了一步，拱手推讓道：「大人，此神藥既然是大人進獻的，鄙人實在沒見過也沒用過，還請大人親自給晉王用藥……」

慧娘心裡嘆了口氣，心說這哪是神藥啊，只不過是用酒精物理降溫而已，其實她也不知道效果怎麼樣，沒聽說過光靠物理降溫就能治病的，一般都需要找到藥去掉病根才能好，現在只能死馬當活馬醫吧。

她找人要了水，兌在盤內，擰了帕子，小心地用酒精擦拭著晉王的身體，身上倒是還好，有內侍幫著她一起脫衣服。

她本著醫者仁心的正直心思，擦拭著晉王的身體，只是在擦拭的時候，慧娘發現晉王的左肩上有個「王」字，這可太奇怪了，古代也流行給自己紋身嗎？

只是這個字像是被什麼燙上去的，看著也不怎麼好看。

不過眼下這種情況，也沒有八卦的力氣，慧娘看看便忘了，也沒往心裡去。

她小心地幫王爺降溫，只是等到擦到人魚線的時候，慧娘就給愣住了，臉上忍不住一紅，晉王這副身體真的不適合讓她這種大姑娘擦。

太容易引起不好的遐想……再加上晉王這個人平時再怎麼殘暴不招人待見，可當他安安靜靜躺著的時候，就憑這張臉仍能讓人忍不住想多看兩眼。

慧娘實在不想再跟他有啥親密接觸了，正想著要不要找人代替自己呢？倒是晉王忽然從昏迷中醒來，忽地睜開眼睛，一把抓住了她。

慧娘心裡一驚，剛要叫李大夫過來，她就聽見晉王很快說了句：「太子在哪裡？」

慧娘心裡奇怪，忙回了句：「什麼太子？」

「……哥哥……」到這句時，晉王的聲音已經微弱了起來：「……來不及了……」

「什麼來不及了？」慧娘心裡納悶。

倒是在晉王身邊伺候的人都倒吸了口冷氣。

朝中一直都有祕聞，當年迫於情勢，緊急登了大寶的是現今的晉王，等著永康帝回鑾的時候，晉王才將寶座交了出去。

只是此等事一直為人所忌諱，據說當日知道這事兒的人都被祕密處死了。

李大夫聞言臉色就是一變，王爺剛才說的該不會就是這件祕聞吧？

京城內的人誰不知道，當年永康帝遭人埋伏，生死未卜，要不是晉王及時勤王保駕，江山也許早就異主了，中間這一段祕聞一直是朝廷的禁忌，此時由晉王昏迷中說出來，房中眾人簡直都要嚇死了。

這種皇家祕辛是不能聽的，李大夫能在王府伺候這麼久，一是醫學精湛，另一個就是人夠機靈，懂得審時度勢。

他嚇得就往後退了兩步，房中早有機靈的趁著出去端水取茶的工夫躲了出去。

林慧娘哪裡懂這些，她也沒聽過這些傳聞，還以為晉王只是燒迷糊了呢，她便低聲寬慰著：「你哥哥永康帝好好的啊，估計陛下已經知道你生病的消息了，他很快就會派最好的太醫過來。」

聽了這些話晉王倒是又緩和了下來。

見晉王又老實了，慧娘便再度擰了帕子，正想找別人代替她幫晉王擦身體，結果那些人不是低頭去換水就是去擺弄窗戶。

林慧娘心裡奇怪，再一抬頭發現連身邊的李大夫都跑到待客的地方，跟那幾個大夫在低頭商量著下一步該用的藥。

慧娘也沒多想，見大家都在忙碌，她便一咬牙，心中自我催眠著：神志不醒的男人不算是男人！

她有什麼好猶豫的，別說是給他擦身體了，就是把他脫光光，她心裡除了噁心都不會有啥想法！

在她這麼一番照料下，也不知道是酒精起了作用，還是晉王的身體在逐漸恢復，慧娘看著晉王的情況似乎有好轉，他的體溫多少降了下來。

只是他幾次緊鎖眉頭，一副心事重重的樣子，幾次伸手要抓什麼東西。

慧娘知道他老毛病又犯了，她趕緊握著他的手，讓他安靜下來。

手指交織在一起，晉王就平靜了下來，看著他快速安穩下來的面孔。

她不禁感到奇怪，晉王這個人強大扭曲到這種地步，可為什麼睡覺的時候簡直跟小孩似的，總需要有人陪著？

她也不知道自己做的對不對，她也沒照顧過這樣的人，在體溫降下來後，慧娘又找人弄了些粥過來，她不敢餵他吃別的，只用粥給他潤了潤唇。

中間她一直寸步不離地守著他，其他人雖然也過來伺候，只是都打下手的，李大夫過來也無非就是診脈摸一摸晉王的體溫。

既查不出病因，灌下去的藥也不見效果，晉王始終都是半昏迷的。

那日子簡直難熬到了極點。

而且不光是王爺房裡著急，外面的藩王更是急得都要變成專業跳大神的了，原本只是在遠點的地方跳大神，後來大概是覺得離得遠法力不夠，那藩王就不斷往晉王的方向移。

到了後來慧娘都能聽到那鑼鼓喧天的跳大神聲響，也不知道是哪位信教的將軍，像不嫌亂似的，居然又把附近的什麼道家跟佛家的人都請了過來。

林慧娘算是開眼界了，她每次出去舒展胳膊腿，就能看見外面跟開廟會一般。

她正捶打著胳膊腿，因為在裡面守著晉王的時候，晉王一直拉著她的手沒鬆開過，她好不容易趁著晉王的手稍微鬆開，才趕緊跑出來休息。

只是還沒捶打幾下，就有內侍從裡面跑了出來，急急說道：「王爺，又在找妳……」

慧娘都無語了，她再轉身進去的時候，果然就見王爺在昏睡中不斷把手伸出來，向身邊摸去。

為了躲開晉王的追命連環爪，她試過很多種方法，比如往他手裡塞軟帕，可他壓根不上當，連摸都不摸，用別的人手暫時代替自己的呢，王爺又每次都能感覺手感不對，連碰都不碰那些人的手。

連慧娘都感到奇怪，難道自己的手上長了寶石，王爺還非得握著她的手不可？

不過晉王的體溫被控制住後，李大夫他們明顯鬆了口氣。

再見到慧娘的時候，李大夫及那些本土的醫生對她都畢恭畢敬，瓶子的酒精更是當寶貝似的，一直小心放著。

之前還隨便用了個皮袋子裝，現在也不知道李大夫從哪裡變了個漂亮的小瓷瓶，李大夫親自小心翼翼地把那點剩餘的酒精倒進去，倒的時候手更是止不住激動地直發抖。

而且這些學醫的老頭，總覺得絕世名藥必須是輕易得不到的，比如某年的雨水配著千載難逢的好藥，然後又要放置很多年才可以做出來。

慧娘原本想普及這種酒精的製作方法，可現在見到這些老醫生的樣子，她都有點囧了，心想自己還要不要告訴這些人，這玩意兒只需要個皮管子外帶一桶劣質酒就能提煉的？估計說出來這些老傢伙都能暈過去。

除了這些外，李大夫他們也沒閒著，雖然已經不需要給王爺降體溫了，可王爺的情況還是不怎麼好，那些大夫都要忙著會診繼續查找病根。

慧娘自己私下也琢磨過晉王的這個病。

這病發作得這麼快，可除了發燒沒別的症狀，她就想著每個人的體質不一樣，對那些士兵來說也許瘴氣不算什麼，可對王爺來說就反而是很厲害的東西，畢竟晉王體質再好，也是養尊處優慣了的人，伺候的人在他面前打個嗝都是天大的錯，估計他這輩子都沒聞過什麼難聞的味，遇到瘴氣這種東西，他能有免疫力才怪呢！

倒是在她這麼胡思亂想的時候，京城內的聖旨已經快馬加鞭到了。

一等聖旨到，眾人在外面紛紛跪拜接旨，原本嘈雜得跟菜市場一般的地方，突然變了一副樣子，安靜得掉根針都能聽到。

聖旨的內容很簡單，永康帝是個雷厲風行的人，立時便下令執行一直耽擱的撤軍。

自古以來，行軍便是大事，要不是晉王生病，這些將領早就該拔營了。

此時接了聖旨，那些將領不敢耽擱，都趕緊起來準備撤走事宜，在同一時間，永康帝也沒忘記他這個生病的弟弟。

另又有欽差親自帶了宮內的祕藥過來。

那些欽差都是永康帝身邊的心腹，就連一向寡言的永康帝都親自叮囑了幾句，那些欽差哪裡敢有絲毫怠慢。

一到了晉王病床邊，就命人拿出藥碗，接著欽差從一個精雕細作的木匣裡取出一粒赤色的藥丸。

李大夫消息靈通，一看這藥丸就猜出了這藥的來歷，當初永康帝曾給過晉王幾粒，晉王不知為何把藥全拿去餵了魚。

當時李大夫心疼得差點沒跳進池子裡去撈藥，此時見慧娘一臉好奇，李大夫便悄聲告訴慧娘道：「這是宮裡的祕藥，乃是張道長親自煉製，專為關睢宮內的貴人備著的，天下最稀奇的藥材用了無數，不知道煉了多久，用了多少寶貝才煉出來的……」

張道人？還有上等藥材，各種寶貝，還得煉製？

道士能煉丹藥、煉出火藥來，這得多肥的膽子才敢吃這種人煉製出來的東西啊！

林慧娘再一看那藥丸的顏色，總覺著那成色很像是含了某種金屬，她心裡就很不舒服。

而且那晉王是不是也感覺到了，緊閉著眉頭不肯吃藥，欽差小心翼翼地餵到嘴邊，晉王就是不肯張嘴。

這個時候又不能捏著晉王的鼻子灌進去，欽差急得都出汗了。

看著化開的藥水怎麼都餵不進去，李大夫連忙用眼神示意慧娘，意思讓慧娘過去幫著灌藥，最近晉王進水還有吃藥的時候，都是慧娘哄著喝的。

偏偏這個時候慧娘沒看見他的眼神。

因為她心裡正腹誹著，這種金屬丸子能把好人吃成死人的好吧，永康帝這個當哥哥的是怎麼想的，這種腦殘事兒也做！

欽差見無法餵進去，他連忙問李大夫他們：「你們可還有什麼法子？」

這些人在晉王身邊伺候久了，肯定是有法子的。

李大夫忙推舉慧娘道：「最近都是由這位內侍親自餵王爺……」

慧娘一聽這個，只得硬著頭皮上前。

那欽差見她過來了，便把手裡的東西都遞給她。

慧娘不情願地接過去，心想瀕死的人怎麼可以給他餵化學元素，雖然哄著晉王的話還是那些話，可畢竟心裡有事兒，說出去的語調就不如之前的自然，她頓了一頓，手裡拿著藥碗，低聲說著：「晉王，欽差大人帶著藥來給您治病了，這藥是張道士煉製的，據說是神仙妙藥包治百病……」

病榻上躺著的王爺，這下眉頭皺得更緊了，長長的睫毛抖動了下，他眼睛都沒睜，直接手一揮便把那藥碗碰掉在地上，摔了個稀爛。

慧娘嚇了一跳，沒想到晉王的反應會這麼激烈，她一臉慌張地蹲下去撿那些碎渣。

那欽差眼睛很銳利，在慧娘蹲下去的時候，立刻察覺到眼前這個內侍有些不對勁。

這個內侍動作明顯過於秀氣了，尤其是蹲下去的動作，怎麼看都像是個女兒家，欽差知道晉王是沒避諱的，他心裡明白，這多半是晉王出來帶兵不便帶女眷，就想了這麼個折中的辦法，讓隨著來的女人裝扮成小內侍。

晉王爺荒唐又不是一天兩天，欽差是個機敏的人，當著眾人的面他也不點破，再來這些人都是晉王爺身邊伺候的，估計慧娘的身分，這些人早都猜了個八九不離十。

此時見餵不進去藥，讓欽差有些著急，可也沒有辦法。

他是永康帝的心腹，早就聽聞這位晉王最不喜永康帝迷信仙家之法，對那些煉丹的道人更是從不假以顏色。

現在這樣，欽差也不好真給晉王灌藥，更何況永康帝派來的太醫正在日夜兼程地往這裡趕，估計很快就要到了。

林慧娘捧了寶貝的藥，原本還挺擔心的，等收拾了碎渣再起身的時候，卻發現欽差並沒有追究她的意思。

她多少鬆了口氣，而且在那之後太醫院的人很快就趕了過來。

等太醫院的人抵達之後，她才明白那位永康帝對這個弟弟還真是發自內心的好，這次來的太醫院眾人，由從二品的尚醫監率領著，隊伍龐大得很，而且除了這些人外，還又另派了內侍跟丫鬟。

那些太醫都是一等一的用藥高手，只是很多都上了歲數，一路顛簸過來甚是辛苦。

到了這個時候也不敢多做休息，就趕緊給晉王診脈。

古代的醫療手段雖然有限，可好在所謂的名醫卻是厲害得不得了，唯一的問題就是晉王身分尊貴，不敢有任何差池，雖說皇家自古情薄，可晉王同永康帝的關係卻是與眾不同。

很小的時候，兄弟兩個就為彼此試藥，一旦一方有了不適，另一個就會親自試藥，而且神奇的是，同一副方子，對這兩位貴人都有用。

太醫院上歲數的人誰不知道這段過往，誰不知道晉王同永康帝親厚得跟一個人似的，這樣的千鈞重擔壓下來，眾人治療得非常保守。

而且尚醫監此次從宮裡帶了一枚仙丸，據說這小小的仙丸當日曾救過永康帝的命，只是永康帝也拿不準此藥的功效，一時間拿不定主意，交給他見機行事。

事關重大，尚醫監也不敢輕舉妄動，右左為難之際跟幾位同僚一起商議。

慧娘在旁邊伺候王爺的時候，就看見有幾個太醫在慎而重之地圍著一個錦盒，那些人目光那麼凝重，表情又嚴肅，慧娘忍不住好奇起來。

她在取水的時候，特意瞅了那錦盒一眼，只是離得遠，瞅得不是很清楚，隱隱覺著那盒子裡的東西有些眼熟。

裡面盛放的東西不像是古代的藥丸，也不是什麼針灸梅花針，那麼小小的一個，顏色又特別奇特，看著外形總覺得特別眼熟，特別像是那個……薄荷糖！

可隨即慧娘就把薄荷糖給否決了，不可能的，那些絕頂的醫生都腦子進水了嗎？這麼多人圍觀一顆薄荷糖，而且那麼大一個盒子就只盛了一顆薄荷糖，這是啥天價的薄荷糖啊！

再說了，這個時代上哪兒找那種東西去啊？

慧銀沒再多想這個，她現在只負責好好伺候王爺就行。

隨著日子一天一天過去，也不知道是這些人的藥起了效果還是晉王自己緩了過來，晉王終於漸漸意識清醒了。

只是身體還是有些不適，起來躺下都需要人扶著。

晉王又不喜歡別人靠近，最後都要由慧娘來做，偏偏晉王看著不胖，可不知道哪來的分量，每次她扶著晉王起身的時候，都覺著晉王重死了。

而且就算再遲鈍，慧娘也感覺到現在的晉王對自己……簡直就跟離不開一般。

她也不覺得自己做了什麼了不得的事兒，她只是跟大家一樣在照顧王爺罷了。

再說大家都是這樣的，幹麼王爺就要對自己這麼另眼相看啊？

就因為她在他昏迷的時候是最貼身伺候的？可是王爺應該不會知道啊？那時候他不是昏迷的嗎？林慧娘百思不得其解。

不過可以肯定的是，自從晉王恢復神志後，那些想要表現的人就前仆後繼起來。

之前都不知道躲在哪裡的那些內侍，這個時候也會冒個頭，努力在王爺面前晃一晃。

就在各路人馬努力求表現的時候，那個一直跳大神的藩王，也跑過來表了一番功勞。

藩王來的時候，晉王剛吃過晚膳。

他精神還不錯，見有人覲見，便坐起身。

不用他開口，慧娘就找了個軟墊放到他身後，讓他靠著。

她在做這個的時候，兩人之間的默契就連身邊的人都感覺到了。

明明慧娘待在晉王身邊並不久，可是兩個人簡直就跟多少年的主僕一般，已經到了不需要說話，慧娘就能領會的地步。

晉王見了藩王西諾也沒什麼特別的表示。

倒是藩王趴在地上，痛哭流涕地說著：「晉王如今康復，實在是我等的洪福，我一直在外面為殿下祈福，我的大女兒多婇更是為了殿下向火神起誓，只要殿下能夠康復，她便為火神獻上童男童女。」

慧娘聽到前半段的時候，都要笑死了，心想要是禱告有用的話，她之前每天晚上咒晉王遭天譴，怎麼也沒見他被雷劈死啊？

可聽到後半段，她忽然又愣住了，不可置信地往藩王大女兒多婇的方向看去，給火神獻上童男童女，是指把小男孩、小女孩送到廟裡去嗎？

藩王的女眷裡面，多婇的容貌最是出眾，那種豔麗就好像是罌粟一般，尤其是那雙黑眼睛，簡直跟有魔力似的。

而且在慧娘看向多婇的時候，多婇也在打量著她，只是多婇的目光壓根沒放在慧娘身上，而是若有所思地望著晉王。

晉王正眼都沒瞧這個藩王，只淡淡道：「心意領了，下去吧。」

那個藩王原本還想套近乎，這個時候只得起身，倒是他帶著家眷起來的時候，慧娘發現完全就是一副懶得敷衍他的樣子。

那個藩王的大女兒明顯是抬頭毫不顧忌地看了一眼晉王。

多婇長得還真是漂亮，眼睛就跟帶鉤子一般。

慧娘不知道晉王有沒有注意到。

反正等那個多婇出去時，慧娘就覺得多婇眼睛裡多了一層深意。

等人一走，林慧娘正想繼續去給晉王倒水潤嗓子，她忽然感覺自己的手上一緊。

晉王已經握住了她的手腕。

慧娘有些意外，她低頭望了手腕一眼。

就聽晉王狀似隨意地說了句：「我出去活動下筋骨，妳休息下，晚上記得陪寢。」

話說是這麼說，可他臉上的表情，卻不像是隨便說說的，他說話的時候眼睛直盯著她的面孔。

那目光就跟有溫度一般，看得慧娘直起雞皮疙瘩。

她的臉更是像抽搐了一般，心說這流氓不是才剛好？他就不能多歇一天？而且大家都這麼熟了，他怎麼還能對她下這種手啊！

她悶著頭也沒答話，心裡實在奇怪，晉王怎麼就這麼鍥而不捨呢，她還以為他這次病了後就不會提這事兒了呢！

晉王見她低著頭不搭話，還以為她害羞了，他的拇指在她指腹上輕輕劃過。

他沒對女人做過這種動作，可昏迷的時候，從她手心裡傳過來的溫度，總是引著他想要更親近她。

甚至再見了她，看著她的面孔，他都有種要醉了的感覺，他從沒有這樣的感覺。

慧娘被他摸得身上一陣陣直起雞皮疙瘩，尤其等晉王出去活動筋骨的時候，她在臥室內就展開了豐富的想像。

當然那些想像並不是無厘頭的，她是很務實的人，自然略過了那些害羞的事，直接想的是等做完了那些，她是不是就要離開了？

因為在群芳樓的時候，那些教習嬤嬤是這麼教她的，伺候完王爺，等陪寢結束後，就該撤了。

可問題是她要撤到哪裡去？

最近幾天她一直都跟著王爺的，日夜不休地伺候照顧王爺，累了就在窗戶那邊的榻上擠一擠。

難道等完事兒後，她還要在窗戶那邊的榻上睡嗎？

而且她還能像現在這樣跟晉王相處嗎？

她一想都覺得特別尷尬，覺得自己就跟被人用過的床單一樣，用過了就扔在牆角。

正在她抓心撓肺鬱悶的時候，慧娘忽然聽見門口有聲音。

就見之前那個藩王的女兒，居然一聲不響地走了進來。

慧娘心裡很奇怪，王爺的地方一般人是不能隨便進來的。

可多婇進出得卻很自在，那些原本想要攔下多婇的人，也都被多婇身邊的人打發了。

主要是王爺身邊的人都機靈著呢，見這位多婇長得如此漂亮，立刻就明白這是怎麼回事了。這女人這個時間過來，多半是要自薦枕席的。

既然是這種事兒，又是這樣標緻的美人，誰敢再攔著壞了王爺的好事兒。

倒是林慧娘有點反應不過來，不過多婇身邊的丫鬟很快就把慧娘手裡的東西接了過去。

多婇很會做人，身邊的人更是賞了慧娘跟其他幾個人一些碎銀子，叮囑著：「你們都先出去吧，今晚這裡有我們伺候王爺。」

慧娘這才反應過來，她原本還愁眉苦臉的呢，現在一見有主動爬王爺床的人，簡直都想跑過去抱住對方親一口以示感激！

對方可是藩王的女兒，她不過是個小丫鬟，於公於私，她都可以溜了。

這麼一想，慧娘拿著那些碎銀子，痛痛快快地就把地方讓了出來。

只是出去後，慧娘不知道該去哪裡，她在這裡沒有別的居所。

她正琢磨著要不要跟李大夫或者其他的內侍說一聲的時候，老遠就看見晉王已經活動完筋骨回來了。

他走路的步子很輕快，顯然身體已經恢復得差不多。

而且不知道是不是月色的關係，慧娘覺得此時披星掛月而來的晉王，臉上的表情出人意料的柔和溫暖。

他髮黑如墨，俊美非凡，她不知道怎麼了，心裡竟動了一下，倒不是心動，她只是在看到那張臉的時候心虛了一下。

可很快就轉過身去，努力把自己藏在一頂帳篷後。

她默默想著，惡男配爬床女，簡直就是標配中的標配，就讓他們該幹麼便幹麼去吧！

慧娘一邊躲著一邊往外走。

自從上次晉王遇刺後，晉王周圍的護衛多了不止一倍，那些巡邏的人更是不時過來。

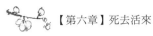

幸好那些人都認得慧娘，慧娘沒被盤查便走了出去，只是出了王爺的住所後，一時間也不知道要往哪兒走。而且糟糕的是，她不知道怎麼的就想起當初教習嬤嬤教的那些事，比如歡愛後如何善後、如何收拾床……

慧娘就想著，一會兒王爺不會還需要她過去收拾吧？不過想來那個什麼藩王的女兒有帶通房丫頭的吧?估計用不到自己的，只是慧娘還是忍不住心虛，沒緣由地有點緊張，尤其剛才晉王的表情，讓她簡直想要遁走啊。

此時還在軍營內，只是很多軍營已經拔營了，大部分都空空的，慧娘走了一段路就發現自己不能再走了。

她正琢磨著要不要找個地方先休息，倒是有一堆正在烤火的兵士，老遠看見她若有所思地走著，趕緊迎了過去，嘴裡更是連連喊著：「大人!大人!」

慧娘驚了下，然後就看見跑過來迎自己的人裡有一個瘦瘦的小傢伙，她一眼就認出來了，這不是當初自己用藥用酒精救過的小木頭嘛!

其他的人，她也隱約覺得很眼熟，估計都是她幫助過的人。

小木頭再見她又驚又喜的，一個勁兒拉著她的胳膊，對身後的眾人說：「咱們的恩人在這裡呢!」

那些人嘩的一下就圍了上來，七嘴八舌地道謝，有幾個更是激動地要跪下磕頭。

林慧娘被那些人熱情地簇擁到火旁，這些兵士都是粗人，之前因為慧娘救了他們的事兒一直想報答她，只是她是王爺身邊的內侍，他們這些當兵的無法報答，現在既然遇到了，怎麼也要表示一番。

在她坐下的時候，小木頭怕地上髒，還特意找了乾淨的毯子給她鋪在地上。

紅紅的火，還有這些熱情的人，讓慧娘心裡暖暖的。

她知道雖然內侍是有品階的，可是對這些戰場上的男子漢來說，這種去勢的人是被瞧不起的，大家都是表面客氣而已。

現在這些人對她卻絕對是打心眼裡客客氣氣、恭恭敬敬。

她坐下後，其中一個更是把烤好的肉獻給她。

這種烤肉很有異域風味，不知道是撒了什麼香料吃起來怪怪的。

慧娘推託不掉，稍微嘗了一口。

歲數最大的那個人，一等慧娘坐好便主動說道：「恩人，我們一直想報答您，可不知道該怎麼報答，您要有什麼吩咐，只要說一聲，我們兄弟幾個絕對是二話不說就去做！」

慧娘沒覺得自己有做過什麼了不得的事兒，她趕緊擺手說：「那不算什麼，再說我也沒什麼需要你們去做的。」

那些人見她不肯說便道：「那就先記著，哪天您想起來了，只要您吩咐一聲，我們兄弟幾個絕無二話。」

其中一個喜歡打聽的，倒是想起什麼來，忙趁機問她：「聽說您的神藥還救了王爺。」

慧娘愣住了，沒想到外面都傳成這樣了，一個藥用酒精罷了，哪有那麼厲害，她趕緊解釋：「沒有這麼厲害，再說這東西壓根兒不是什麼神藥，只能幫著降體溫而已，是那些太醫的功勞，光用那個不吃藥可不行……」

「您真謙虛，這下您可立了大功了。」

慧娘覺得這些人有點迷信自己的那個酒精，她不好再辯解什麼，只笑了笑。

倒是看著周圍，她忽然有些奇怪，想起之前有聖旨說拔營的事兒，她便問道：「你們不是都要撤走的嗎？」

「永康帝是明君聖主。」這些當兵的對當今聖上很是恭敬，笑著回道：「聖主體恤我們這些傷兵，特意讓我們休養好後再走。」

另一個也點頭附和著：「咱們能遇上這位聖上，可是咱們的福氣，當年我家鄉鬧災，永康帝派人賑災減免稅賦，那可真是仁君。」

慧娘不懂這些，她只知道當初在林府的時候，家裡富足得很，感覺百姓也挺安居樂業的，怎麼看這位永康帝還真是挺得民心的，估計永康帝最大的短處就是有這麼一個人品負值的弟弟了。

說話間，倒是那些人想起件事情，也跟著問：「對了，恩人您在王爺身邊伺候，怎麼想起到咱們這邊？」

慧娘這才喔了一聲，有點尷尬地說：「王爺今晚用不著我伺候……」

其中一個消息靈通的立刻便說了出來：「我聽說藩王的女兒過去了，看來還真有這事兒啊……那位可是個……」

那話雖然話沒直說出來，可也是一臉的不屑，「化外之民懂什麼，信什麼火神，把個七八歲的孩子綁起來烤，簡直作孽，這樣狠毒的心思，還對外說是為了咱們王爺祈福，真不怕折壽……」

慧娘吃了一驚。

她還以為進獻童男童女，是送去出家呢，看來她還是太天真了，她聽著都覺著頭皮發麻，怎麼會有這麼殘忍野蠻的事情發生？

一時間她神情複雜地往王爺所在的地方看去，她忽然不舒服了，晉王本來就夠兇殘的了，再加上這麼個搞邪教的，萬一兩人一拍即合，那簡直就是給人渣插上了鳥人的翅膀，以後晉王府裡就更不是人待的了。

她臉色忽然變得難看，那些人也猜出她是怎麼想的，忙在旁邊安慰她道：「大人您放心，那種女人巴不上咱們王爺，咱們晉王可不是個一般的人，夜御七女的人物，什麼沒見過，這種路邊花一般的女人，還想攀上咱們王爺，也不想想她爹只不過是一個藩王嘛。」

在這些人七嘴八舌地議論這些事兒的時候，晉王那早已經進到了寢室。

他心情非常不錯，簡直有些雀躍，等內侍人掀起竹簾時，他忽然想起慧娘容易害羞，他忙打發那幾個貼身內侍。

等再走進去的時候，他很快便聞到一股甜香。

這香氣跟他以往聞慣的不大一樣，他沒想到慧娘還有這種準備，一時間非常欣喜。

一路走去的時侯，地面還特意撒了花瓣，他看到後嘴角微微勾起，神情越發溫和，跟以往不同，此時的床上有專門的紗簾阻擋著。

隱約間能看到裡面有個羅衫輕解的女子，那副姿態簡直嫵媚到了極點。

晉王見多了慧娘的正經樣子，沒想到她居然也有這樣勾人的時刻。

他原本有些迫不及待，可到了此時卻忽然止住了步子，他長這麼大以來從沒這麼對過一個女人，也從沒想過在與女子燕好前需要做這麼一番。

可他就是停頓了片刻，一種暖意在體內瀰漫，他聲音略微沙啞道：「窈窕淑女，寤寐求之。」

他慢慢掀起床紗。

在晉王掀起床紗的時候，在屋外跟人一起烤火吃烤肉的慧娘正在剝烤地瓜。

剛開始那些兵士都是揀著最好的烤肉給她吃，古代的肉金貴，只是慧娘在晉王身邊天天都有吃，倒是烤地瓜她覺得新鮮，就用小木棍去挑了挑。

結果這下好了，她沒經驗，一下濃煙就被挑了出來，風一吹直接都撲到她面前。

幾個當兵的趕緊用手護著她，幫她搧去那些濃煙。

小木頭更是笑著從火炭裡掏出那個地瓜，左右手換著，一直不那麼燙手了，才交到慧娘手邊，小心叮囑她：「恩人，小心燙。」

慧娘不好意思地笑笑。

剛才濃煙嗆到眼睛裡，她眼睛都酸酸的了，拿到地瓜後，眨巴眨巴，眼淚都流了下來，她趕緊用手揉了揉。

結果這一揉眼睛，眼睛反倒是紅了。

小木頭他們都笑了，趕緊又要找水給她洗洗眼睛，大家正七嘴八舌聊天給她找水呢。

忽然就聽見王爺所在的地方喧鬧起來，慧娘跟小木子他們當下就愣住了。

而且就在這個時候，慧娘看見有人往自己的方向奔來了，那人手足無措地叫道：「壞了、壞了，王爺怒了！王爺正叫人找妳呢，快回去吧！」

慧娘的腦袋嗡地響了一聲，她都忘記把手裡的烤地瓜放下，在路上慧娘直問那個人：「王爺到底怎麼了，他為什麼怒了？」

「嚇死人了，我們原本在外面伺候，忽然聽見有女人哭，隨後王爺拎著個脫光光的女人出來，也不管對方是誰，直接扔在院子裡，還吩咐把之前在房裡伺候的人都綁起來，後來發現裡面沒有妳，王爺又下令趕緊去找妳……」

慧娘嚇壞了，她沒想到轉眼間殺人魔又怒了！

等跟著那人跑回去後，就見王爺住所外，果然有人被捆在樹椿上。

那些都是之前在房內伺候的，當時藩王女兒進來，都把人打發出去了。

此時這些人一個不落地被捆在樹椿，有人正在挨個地抽他們鞭子，每鞭下去都有哀嚎聲響起。

這些還不算什麼，之前還揚言要伺候王爺的多婇，這個時候披頭散髮，身上近乎一絲不掛地正在王爺的門前縮著呢。

多婇的貼身丫鬟也是嚇得縮成了一團。

慧娘看到這一幕，手腳都嚇得冰涼了，她也不知道是不是多婇沒伺候好，還是怎麼得罪了王爺……

等她進去的時候，就見房內倒是還跟以前似的，桌椅都沒有變化。

寢室內倒是地上掉著紗簾，像是被人一氣之下扯下來的。

晉王坐在窗戶那邊的榻上，她進去時，晉王也不看她一眼。

慧娘怕得要命，一進去直接就跪在地上，也不敢吭聲。

在這段靜默的時間裡，院外一直都有鞭子打在人身上的聲音傳進來，中間還夾雜著淒慘的求饒聲。

慧娘的頭皮一陣陣發麻，她一直都是屋裡管事的，如果多婇進來的時候，她不出去，那些內侍也未必會跟著出去，是她存了私心，想著既然有爬床的了，自己就不用陪睡了……卻沒想到會闖出這種亂子來！

「過來。」晉王終於開口了，只是那話冷冷地特別磣人。

慧娘不敢抬頭，她跪著蹭了過去，頭更是低低的，連看都不敢看晉王。

晉王一肚子的火，他低頭盯著她的腦袋，她把頭低那麼低幹麼？看不到她的臉孔讓他更加氣悶，他直接用腳去挑她的下巴。

結果這一下卻把慧娘嚇到了，慧娘還以為他要抬腳踹她呢，這位可是一腳就能把刺客踹飛出去的。

慧娘立刻就蜷縮著身體往後縮了一下。

倒是在她躲的時候，晉王忽然瞟見她手裡抱著個什麼東西，他立刻皺眉問道：「妳拿的什麼？」

慧娘這才想起來自己還抱著烤地瓜，她一下就呆住了，可是都被問了，她只得老實回道：「烤、烤地瓜……」

晉王眉頭都要皺成川字，他俯下身居高臨下地問她：「本王讓妳在房裡等，結果妳去烤地瓜？」

慧娘嚇得手一個哆嗦，那倒楣的地瓜啪地一下就掉在地上，摔成了軟軟的一灘。

慌張中，她終於抬起了頭，「王爺我……」

直到這個時候，晉王才看到慧娘的樣子，她一路跑過來的，頭髮有些凌亂，再加上之前弄地瓜的時候被煙熏了眼睛，所以眼圈看上去紅紅的，很像是才哭過。

晉王不知道她是為地瓜流的眼淚，只以為她是有了心事，他心思微動，想著她一個人在外面默默流眼淚，他便不再那麼氣了，反倒語氣和緩了很多：「起來吧。」

說完他還親自從地上扶起她。

慧娘不敢說話，頭低低地望著地上摔成一灘的地瓜。

他拉住她的手，她的手指冰涼冰涼的，他心有所感，便把她的雙手放在手心中暖了一暖。兩個人離得對方很近，慧娘剛才還覺得自己要倒大楣了，這會兒不知道晉王怎麼又跟變了個人似的，不僅扶她起來，還握著她的手不放。

只是隨後發生的事兒，讓慧娘整個人都不好了。

晉王直接身體一轉，就把她壓到軟榻上。

這榻很窄，兩個人疊在一起的時候，不管怎麼掙扎都會碰到對方。

慧娘的臉立刻刷白，她猜晉王剛才肯定沒有盡興，這是要拿她接著來啊。

她深呼吸了下，室內還殘留著那種香甜的味道，她聞到後總覺得很不對勁。

那味道過於甜膩勾人了，聞到後腦子都輕飄飄的。

王爺的意思已經再明顯不過，他現在馬上要對她做那件事！

只是外面時不時傳來的哀嚎聲實在太碜人。

慧娘都不知道晉王的興致怎麼會這麼好，怎麼就能聽著這種慘叫還能發情？就算她認命了，可她也不想被做這種事的時候，還有這麼多慘叫聲伴奏。

慌亂中，慧娘含著眼淚哀求著：「王爺、王爺，求您饒命，那些內侍都是您從王府裡帶出來的，這些人雖然該死，可若在這種地方打死了，只怕王爺一時間不容易找到這麼順手的下人，再來當初王爺生病的時候，他們一直都忠心耿耿地伺候王爺，沒有功勞也有苦勞……求王爺饒他們這一次……」

慧娘急急地說完，晉王卻沒有放開他，他的目光別有深意，在她臉上逡巡。

慧娘的臉脹得紅紅的，她不敢再動，就算沒談過戀愛、沒跟男人接觸過，也知道這個時候自己不小心的一個碰撞就會引起擦槍走火的慘案。

她焦急地嚥了口口水，急迫的樣子也不全然是裝的，「王爺……現在您身體才剛好，就要這樣……我不是不想伺候王爺，實在是要以王爺的身體為重，若您有個什麼萬一，就是殺了我全家都賠不起的……」

晉王微微挑了下眉頭。

慧娘緊張得直嚥口水，她也不知道這些話對這位已經獸性大發狀態的男人到底有沒有用？一般來說這種母蚊子都不放過的人，都到這點上了，哪裡還有這個自制力。

晉王聽過這話，倒是將她更貼近自己，笑著道：「妳倒是貼心。」

他用手挑著慧娘的下巴，那態度曖昧叢生，簡直就跟要隨時吃掉她一般，低低笑道：「怎麼這麼體貼我？」

慧娘臉紅脖子粗的，被逼得直冒冷汗，「因為、因為……王爺是金貴的人，不能有任何閃失……」

晉王顯然對她的回答不怎麼滿意，眼睛飛快瞇了一下。

慧娘不知道哪來的勇氣，被逼到這個份上，腦子一抽就回了句：「是因為……因為我仰慕王爺……可是王爺，奴婢再想著您、念著您，也是想您身體能好，一時的歡愉不值什麼，可身體要是養不好可是一輩子的事兒，以後的好日子還長呢，王爺您……」

她也不知道自己能不能糊弄過去，倒是晉王臉色忽地不好起來。

她還以為自己說的話給王爺噁心了呢，她正想說該怎麼圓回來，卻見王爺很快從榻上站起身，幾步走到熏爐那邊，面色忽然凝住，一副想要研究熏爐的樣子。

慧娘之前是覺得屋內的味道有點怪，這味道甜膩膩的不如晉王之前用的那些清爽。

可顯然晉王發覺出不對勁了，他很快地對外面吩咐道：「鞭刑先停了，那些內侍等回京再處理，快宣太醫過來。」

晉王這話說得快，那邊執行得也快，太醫院的人便匆忙走了進來。

只是那些人都戰戰兢兢的，不明白王爺深夜把人宣過來幹麼。

慧娘這個時候早已經從榻上下來，把衣服整理好，一副垂首低頭的乖巧樣子。

王爺的寢室內空間並不大，那些太醫只跪在外面不敢進來。

倒是王爺坐在一邊的椅子上，指著那熏爐，吩咐那些太醫：「查查這裡都有些什麼？」

這時，有懂這些旁門的太醫才從地上站起來，走到寢室內。

熏香爐裡還有香氣不斷往外散，那人先是嗅了嗅，這一嗅，太醫的臉色刷地就白了。

另一名太醫見狀立時也走了過來。

那人也顧不得燙了，直接用手撚了一些香灰，這下兩人對看一眼，皆是大驚失色的樣子，再回過神來的時候，直接跪倒在晉王的面前，慌亂磕頭道：「屬下該死，這香雖有催情的作用，只是……藥性過於霸道，旁人輕易不會用的……更何況王爺身體剛剛痊癒，這香是斷斷不能用的，而且不光不能用，王爺最近一段時間餘毒未消，就連房事都要能免就免……屬下認為用這香的人必定居心不良，有謀害王爺之意。」

這一番話說完，房內的人都是大氣不敢出一聲。

王爺才遇刺過，此時又有人在熏香上動手腳。之前還能說那些刺客是亂黨的餘孽，可這次已經不那麼簡單了，顯然是有人預謀要謀害王爺。

晉王臉色未變，沉吟了片刻，便下令讓人把多媃帶到面前。之前還指望爬床改變命運的多媃，此時已哭成淚人兒，倒是進來的時候，有護衛見她赤身裸體的實在不雅，給了她件衣服。

等多媃進去後，晉王並不開口說話。

倒是剛才檢驗香灰的太醫，見到她被拿進來後，自然知道這是怎麼回事了，忙拿著香灰問她：「這是妳的香嗎？」

多媃早都嚇傻了，她之前脫光了在床上等著，哪知道王爺一看到她就臉色大變，直接把她拎了出去，此時又被問到香的事兒，她嚇得臉上都沒了血色，怯怯說道：「是我帶來的……這香……原本是我用來……讓王爺高興的……法師說用了這個……王爺就會對我一心一意……」

此時房間內更是安靜得可怕。

眾人都不敢說什麼，慧娘頭皮發麻，心裡忍不住想，王爺也不是那麼好當的啊，這一波一波的暗算……這下又不知道要掉多少人頭呢！

這下事態擴大了，慧娘沒想到只是點個熏香，竟可以牽連到這麼多人，很快藩王西諾一家老小都被捆了過來。

雖然知道這種地方只是附屬國，可是看到晉王在這裡的生殺予奪，還是對著這地方的藩王，慧娘都能感覺到自己的呼吸有些發急。

眾人更是噤若寒蟬。

在眾人審著多媄的時候，那藩王西諾臉色慘白，趴在地上直喊冤枉，一邊喊一邊在外面扯著嗓子解釋著：「王爺啊，屬下真是冤枉，我女兒只是要撫慰王爺……這些香也是我女兒誠心求來的……」

而且不光是藩王一家，那個給香的法師也被叫來。

讓慧娘他們開眼的是，這位法師都這個時候了，居然比藩王還有架子，衣袖飄飄帶著仙氣一般，哪怕是被抓拿過來的，都臨危不懼。

慧娘隱約記得，之前這位法師還在外面跳了好久的大神。

那法師見了王爺，臉上竟然一點驚懼的意思都沒有，一臉從容地道：「晉王殿下，這些香都是火神賜下來的，之前王爺能夠遇難成祥，都是我在火神面前祈福求來的，王爺您可不要錯怪了好人。」

周圍的人卻是嚇得倒吸口涼氣，真是化外之民，也不知道打聽打聽他眼前這位晉王爺，可是最討厭這些煉丹仙法的，當年先帝最寵的一位道士，就是被才十一歲的晉王親自砍了腦袋。這位法師是想等著被劈碎了餵魚嗎？就算他深得藩王的寵信，就算在當地是名氣不小的法師，可是在晉王面前又算個什麼呢？

奇怪的是一向厭惡這種人的晉王，聽後卻沒有勃然大怒，反倒笑著問道：「既然如此，不知法師都有什麼神通？」

那法師還真挺有能耐的，以為自己的小伎倆忽悠住了晉王，忙雙手交疊施禮道：「不才，正有一個小小的法術。」

晉王也由著他，簡直就跟看戲一般。

那法師很快召集著自己人忙碌著，沒一會兒，就把鐵鍋抬了過來。

慧娘知道古代的鐵鍋可不是一般人能做的，尤其是這種大鍋，估計這是藩王的用品，現在這個人能隨便指示別人拿來用，慧娘忍不住看了晉王一眼。

跟晉王的視線就對在了一起，她心裡一顫，忙垂下頭去。

這個法師還挺能裝神弄鬼的，弄好了那口大鍋後，那法師又讓人在大鍋內倒上油。

在旺火燒下，鍋內的油很快就翻滾了起來。

這法師也不說什麼，又找了一把銅錢扔了進去。

然後就裝神弄鬼地在那嘴裡念念有詞。

之後在眾人的尖叫聲中，法師就跟耍雜耍一般，直接把手伸到熱油鍋內撈出了銅錢。

那動作又快又精準，尤其是手伸到熱油裡的樣子，驚得周圍的人都目瞪口呆。

為了顯示自己的法術高明，那個法師特意把手舉起來給周圍的人看。

有些當地人，早都知道這個法師的法術高明，現在親眼見到了，更是嚇得直往地上跪，嘴裡不斷念著火神保佑的話。

慧娘看了卻直想翻個白眼，心想這種火神保佑還包郵呢！怎麼這麼低級的騙術都能得逞啊？這種電視臺都不知道解密多少次了。

可這話又不能對周圍的人講。

而且到了這個時候，那個法師更是得意洋洋，特意把那些炸過的銅錢獻給晉王。

那些護衛也有點半信半疑的，忙接了那銅錢放到晉王面前。

晉王並沒接那種「神物」，表情淡淡的。

倒是那個法師自以為得逞了，鎮住了全場的人，很快也說道：「王爺，今天是火神進獻的日子，既然王爺看到了我的法力，那現在何不親眼看看我們給火神進獻童男童女。」

見晉王沒搭話，那個法師膽子更大了，忙找人帶來兩個七八歲的小孩。

那兩個小孩一看就是窮苦人家的孩子，面黃肌瘦的，一副營養不良的樣子。

此時被人捆在木樁上，那兩個孩子早嚇傻了，不斷發出嗚嗚的聲音。

只是不管那兩個孩子如何不樂意，法師的人都沒有停下，很快就在木樁邊堆了柴火，一副準備燒孩子的樣子。

聽到進獻童男童女是一回事兒，親眼看到則是另一回事。

慧娘嚇到了，她直往那兩個孩子那邊看，她不明白那麼多兵士護衛在，怎麼就能任由這麼恐怖的事情發生？

而且那些當地的官員民眾，更是一副跪地磕頭跟著祈禱的樣子。

她心裡發寒，忍不住往晉王那邊看去，晉王始終都是無所謂的樣子。

慧娘這下心裡更怕了，不戳破這個大騙子的話，這騙子還會忽悠更多的人，現在這個地方的人基本上都要被這傢伙忽悠住了！

只是自己勢單力孤，也不知道晉王是個什麼意思，居然還能心平氣和地全程圍觀。

在焦急中，慧娘一眼就看到小木頭他們也在圍觀的行列。

只是晉王身邊都有護衛，那些人離得遠。

慧娘見晉王身邊那麼多人跟著，她忙低頭往小木頭他們那邊走去，等走到了，小木頭也認出她來。

慧娘來不及說別的，只扯過小木頭，她也不知道自己這樣做對不對，而且這種事情她沒有親自試驗過，萬一出了麻煩，到時候還不好收場。

可現在人命關天，她不去做，就得眼睜睜看著燒童男童女了。

她索性心一橫，直接對小木頭他們說：「小木頭，你能儘快幫我找些黃丹、焰硝、硫磺，最好是磨成細末捲在紙條內，然後放在燈盞內，一會兒可能要用，對了，你一定要幫我保密！」

小木頭他們早就想報答她，現在見恩人吩咐下來了，雖然不知道那些東西是做什麼的，可也很快答應著跑去找了。

慧娘長吁口氣。

等她再回到晉王身邊的時候，那法師已經在準備燒孩子。

慧娘趕緊鼓起勇氣喊了出來：「法師請慢，剛剛看你的法術很厲害，我也想試一把，不知道法師肯不肯？」

那個正在得意的法師，不知道那話是從哪說出來的，他往四下看了看，很快就看見一個個子不高的內侍從人群中走了出來。

那內侍樣子清秀，嘴邊有兩個酒窩，一看就是個招人喜歡的樣子。

法師心裡納悶，不明白王爺身邊伺候的人怎麼會想要跟自己鬥法？

只是他還沒來得及琢磨透，慧娘已經走到那口油鍋面前。

她深吸口氣，等一靠近那口油鍋她也是心裡發虛，尤其是被火一烤，而且四周還有無數目光在往她這個方向看呢。

眾目睽睽之下，她手心都出汗了，她趕緊穩住自己，虛張聲勢地說：「法師，我前段時間差點中毒死掉，在生死之間，我看到有一處亮光，還有一個法相莊嚴的仙人，那人告訴我說他便是火神，讓我一定要好好善待百姓，不要再弄這種童男童女進獻了，為了證明這個，他特意賜了法力給我，讓我展示給你看。」

說罷慧娘便把手快速插到油鍋裡，她之前偷偷觀察過了，這個騙子的手上不像是抹了蠟，那麼就只有一種可能，這個油鍋裡下面是醋、上面是油。

因為醋的沸點低，還不到溫度就會沸騰起來，連帶著上面的油都會像是開鍋了一樣，饒是這樣，在手伸進去的時候也要小心，一定要快，不然仍會燙傷的。

所以她把手插入油鍋的時候，速度特別快，完全是憑著感覺從油鍋裡一撈。

還真是趕巧了，居然真給她撈到了銅錢。

雖然早有預感這油鍋的溫度不高，可必定是滾著的油，她做完後才察覺到自己的後背都被汗浸濕了。

她不敢多做停留，生怕那個「法師」瞧出她在膽怯，她趕緊把撈出來的銅錢交給之前的護衛。

那護衛愣在當場，沒想到王爺身邊還有這樣的人。

護衛便把她撈出的銅錢呈了上去。

到了這個時候，晉王才親自低頭去看了看那銅錢，再抬起頭來的時候，便對著慧娘明顯笑了一下。

那大騙子沒想到居然強中自有強中手，自己這個專業騙子還能遇到騙子。

自己已經是騙子中的頂尖高手了，居然還有這麼個忽悠人不帶眨眼的。

慧娘在這個空檔，已經連忙讓人把那兩個孩子放下來。

她正準備回去呢，倒是那個不怕死的法師忽然出聲阻止她道：「既然妳說妳是火神派下來的，他沒教妳一點法術嗎？」

慧娘真想噴他一臉，她這下沒辦法了，眼睛往四下看，也不知道讓小木頭他們找的東西到底好不好找？

也虧得是找小木頭他們幫忙，他們自從受傷後，跟軍醫就很熟，此時慧娘交代下去的東西都是藥材，他們人又多，很快就把東西準備妥當了。

那些人都是行軍的人，走路也快，等過來的時候，慧娘正被那個法師為難呢。

慧娘一見了小木頭他們，心裡就是一暖，只是那些人離得他們遠多了，她趕緊快走了幾步，直接走到那些人面前，故意大聲說：「你們有人拿了燈盞嗎？我需要借用一下。」

這話好像是衝著好多人喊的，可誰會拿那種東西，倒是小木頭幾步走出來，很快把東西遞給她。

慧娘深吸口氣，心說可千萬別被人發現端倪啊，這種低級只能騙弱智的騙術，到底行不行啊……

她很快找了身邊的人點燃了那個燈盞，那火焰看著也跟別的燈盞區別不大，慧娘心裡也是緊張，不知道小木頭他們靠譜不靠譜，再來那三樣東西，她當初都是從電視上看來的，她也不知道行不行。

她托著那個燈盞，走到那法師面前，裝模作樣地說：「既然你覺得我是假的，你可以吹吹看這個燈，如果我是假的，你自然可以吹滅，如果我是真的，那麼就說明火神是認我，不認你的。」

那法師哪裡會跟她客氣，真就吹了起來。

只是那燈盞看著普通，火苗也不大，可任由法師吹了幾次，都不見火苗弱下去。

這下圍觀的人都嘖嘖稱奇起來。

一時間包括晉王身邊的那些太醫都議論紛紛，大家都沒見過這樣的奇事兒，慧娘也沒想到這種腦殘的事兒居然還真給大家糊弄住了，只是晉王看向她的表情越來越深。

她總覺得晉王很快就會識破她，因為他的表情有點似笑非笑。

不過晉王很快便不再看她，而是衝那位法師，他大概是心情不錯，連帶著語調都不那麼陰沉，反倒跟開玩笑一般，做出為難的樣子，「法師啊，本王現在糊塗了，也不知道你們究竟誰是真身派來的，要不這樣，你回去問問你家主子，為什麼要一次派兩個過來。」

話一說完，那法師就知道要倒楣，只是已經晚了，他連辯解的話都沒來得及說，就被那些護衛堵住了嘴，直接捆在了樹樁上，很快的，之前要燒童男童女的火堆被燃了起來。

那法師連帶著法師的幫手，都被一起烤了。

慧娘沒想到轉瞬間還真有人被燒了。

一直都不怎麼吭聲的王爺，在做這種事的時候卻是雷厲風行，直接吩咐下去，不光是法師的那些弟子，就連藩王的一家老小都被押解了過來。

之前還圍觀的眾人這個時候都驚呆了，沒想到這事兒會鬧大成這般，就算藩王西諾不是什麼要緊的人，可也是地方上的首領，此時干係重大，可在轉眼之間，卻被晉王幾句話給抹了去。

一時間大家大氣不敢喘一聲，明明夏夜天熱，各人卻都出了身冷汗。

晉王在做完這些事兒後，卻是跟倦了一般。

他起身對著身邊的人道：「你們都退下吧。」

太醫院的眾人自然趕緊走了，其他那些內侍護衛則各就其位，各自忙碌著。

慧娘卻是有點傻眼，她剛才光顧著救人，風光是風光，可是這位王爺是個喜怒無常的人，誰知道她這麼做，是讓王爺高興了呢，還是不高興了呢……

所以一等慧娘進到王爺寢室，她撲通一聲就跪了下去。

她剛才那麼忽悠大家實在也是逼不得已，她可以解釋那個人是怎麼騙大家的，只是時間緊迫大家未必能聽懂。

她是偷了懶，想著將計就計，能忽悠就忽悠住。

可晉王是個聰明人，她知道他那人輕易忽悠不住，索性進到房內跪下後，便實話實說道：「晉王，我沒有法術的……我只是……看不得那人騙人……」

明明之前她露的那手把全場的人都鎮住了，可慧娘只要在房內對著晉王，就覺著自己跟耗子見了貓一般。

晉王卻並不搭話，他坐在床沿上，靜靜看著她的眉眼。

慧娘的長相不算太討他喜歡，他以前只是喜歡她眼睛裡的機靈勁兒，還有她時不時露出的溫柔笑意。

可此時他卻覺得這個慧娘長得特別合自己的心意。

慧娘跪在地上，一動不敢動地解釋著：「我討厭那些裝神弄鬼騙人的人，以前逛廟會的時候就看到過……覺著他們很壞，我便私下裡偷偷看，琢磨他們都是怎麼騙人……其實那些東西都很簡單的，那油鍋裡並不都是油，那是分了上下兩層，下面其實是醋，上面的油不過是擺設……然後燈那個，其實是我做了手腳……」

床上坐著的晉王，少有地帶上了笑意，「妳還算機靈，上來吧。」

那樣子明顯是要讓她上床啊。

慧娘嚇了一跳，不明白他怎麼又想起這齣了，她聲音都發顫了：「王爺，您……您要保重身體……太醫剛……」

晉王有些不快，「修身養性的事兒本王知道。」

他拍拍床邊，逗她，「妳這樣心繫著本王，本王總要給妳個獎賞，上來吧。」

慧娘也不知道他要獎賞些什麼，她不情不願地上到床上，她也不敢主動寬衣解帶。

只是她上去躺好後，就發現晉王也沒有對她餓虎撲食，更沒有過來扯她的衣服，他只是跟她一起躺著，那副樣子簡直就是要純蓋被聊天似的。

慧娘吃驚地望了一眼晉王，晉王也正在往她這邊看，他笑了下，翻身將她抱在懷裡，寬慰她：「稍等些時日，等我痊癒了，自然就會寵妳。」

說完這話，晉王自己都有些意外，可他的確是想寵著她的，之前他只想睡她，可現在他反倒不那麼著急了，跟那些比，他更想逗逗她，多跟她閒談幾句，讓她多陪著自己。

【第七章】

親近

「妳這個釀酒的方法不錯，不嘗嘗嗎？」

「不用了，我不會……」她話還沒說完，他已經一把拉住她，勾起她的下巴親了下去。

他笑著看她急得臉都紅了，跟愛不釋手般，忍不住又伸手捏了捏她的臉頰。

他是越來越喜歡逗她了。

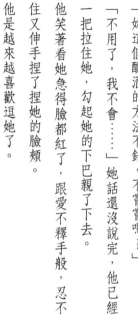

這位晉閻王說他要修身養性，可誰知道大半夜他睡得迷迷糊糊，萬一又不想修身養性了怎麼辦啊？

所以睡歸睡，蓋被純聊天歸蓋被純聊天，慧娘也保持了絕對的警覺心，結果這位晉王還真挺有自制力的，居然就這麼安安穩穩地睡著，睡得比她還香甜。

慧娘提心吊膽，到了很晚的時候才迷迷糊糊睡著，等她一醒過來，她就知道壞了，床那側空蕩蕩的，顯然之前睡在上面的晉王爺早就起來了！

她居然比王爺起得還晚！

她一個激靈，趕緊從床上坐了起來，可問題是王爺幹麼不叫醒她啊？

他昨晚是睡在裡側的，她只占了床邊邊而已，王爺要下床的時候怎麼也要經過她的吧，他是怎麼看待睡得沉沉的自己？

他是邁過去的嗎？慧娘一想到這個頭髮都要豎起來了。

她真想不出王爺起床後，看見她還睡著，會是什麼樣子？

她正琢磨著，倒是外面聽見裡面有了動靜，很快就有兩個小丫鬟走進來。

都是穿著淡藍色衣服的小姑娘，看著歲數不大。

而且那些小丫鬟進來時還拿了一身女裝。

慧娘見到兩個小丫鬟就愣了下，趕緊問道：「妳們怎麼會進來？」

其中一個歲數大些的忙福了福說：「姑娘，我們是從藩王府裡挑出來伺候姑娘的。」

說著那兩個小丫頭就要服侍她換衣服。

慧娘一肚子的疑問，不明白怎麼好好地會給她安排小丫鬟。

不過在那兩個小丫鬟的服侍下，她很快地換上女裝。衣服雖不是專為她訂做的，可款式大小倒還算合身。

其中一個小丫頭更是端來洗漱的東西，服侍她洗漱。

慧娘平時自立慣了，現在被人這麼伺候著，就覺得渾身不對勁，不過那兩個小丫頭一看就機靈。

亦步亦趨地跟著她，其中一個性子活潑的在伺候她梳頭的時候，更是主動說道：「我們聽說是要伺候姑娘時，可開心了呢，那個假法師不知道糟蹋了我們多少人，稍微有個不順心就說我們是妖精附體，可是平日裡那個假法師只會欺男霸女，無惡不作，我還聽說您用仙藥救了好多人，哪裡像那個假法師，您才是真的仙人護佑……」

慧娘聽了哭笑不得。

說話的時候，另一個丫鬟又端了一些珠翠過來，慧娘不習慣戴這些，最後只選了一副翠色的耳環。

等她收拾妥當再出去的時候，晉王爺也剛用了早膳回來，兩個人在過道上不期而遇。

這種藩屬國可不如京城的公共設施完善，路大部分都是泥土路，王爺住的又是兵營附近，所以路面就更是一般了。

此時遠遠的還有一些藩王府的人，跟一些留下的傷兵在附近。

王爺被那些精壯的護衛保護著，過來的時候，就看見三個嬌俏的女孩擋在面前。

當頭的那個一看到他，更是臉上一紅，趕緊垂首。

王爺身邊的親隨很多，除了護衛外，李大夫最近也是緊跟著他的。

李大夫還是頭次看到慧娘穿女裝的樣子。

而且有些不知道內情的護衛乍一看到慧娘都吃了一驚，沒想到王爺真在身邊帶了個女人過來，這些天這個女人還扮作了小太監。

一時間兩邊都停下了腳步。

慧娘垂手而立，明顯是讓出了道，等王爺他們先過去，她再走。

只是晉王卻沒有立刻離開。

他站在那裡也不說什麼，只細細打量慧娘。

他有段時間沒看到她穿女裝的樣子了，這些衣服都是從藩王府裡翻出來的，樣子新是新，可畢竟有些番邦的味道。

她現在這一身打扮過於素淨，窄袖蠟繪，不如京城內的雲髻高聳，簪步搖釵。

慧娘都不明白自己在尷尬個什麼勁兒，可不管是周圍人看他們的目光，還是晉王落在她身上的視線，都帶著那麼點曖昧不清的味道。

她心口發緊，頭皮發麻，總覺著四周的人都在緊瞧著她。

她又沒有什麼國姿天色，值得這些人一直瞧嗎？

而且一向眼高於頂的晉王今天也不知道怎麼了，他哪裡這麼看過人……

而且在看了好一會兒後，晉王居然還清了下嗓子，「妳去進膳，晚些再過來伺候。」

慧娘有些意外，她之前不知道餓著肚子伺候他多少次，這次他怎麼想起要讓她先用膳了？而且不知道是不是她多心了，他這次說的不太像是命令，倒有點話家常的感覺……

等她到膳房用餐的時候，慧娘心裡就很忐忑，她能感覺自從恢復了女裝後，那些王爺帶出來伺候的人，包括膳房內的人對她都客氣了三分。

只是也有些態度反倒變得更嚴肅的人，那些跟在王爺身邊的太醫，自從得知她是女兒身後就炸開鍋了。

她還沒用完膳，其中一位太醫就奉了尚醫監的命令，趕緊過來提點慧娘。

那人見在膳房用餐的慧娘，左右都沒什麼人，便恭恭敬敬說道：「姑娘，我是奉尚醫監的命令來的，王爺的身體剛好一些，太醫院的意思是王爺還是要禁一禁房事，望姑娘一定要記在心裡，只有王爺好，咱們才能好，而且臨出京前聖上是有旨意的，只要能保了王爺身體無恙，大家便都有賞，可要……」

那人不敢把犯忌諱的話說出來，只拿眼睛望著慧娘，暗示她：王爺身體不好，大家就都不好了，姑娘一定要切記。

慧娘聽了個滿臉通紅，心想幹麼要獨獨把她拎出來教育。

她坐在餐桌旁，臊了個臉面通紅，可話都說到這份上了，她也不知道該怎麼解釋，告訴對方自己跟王爺還只是蓋被純聊天，還沒發展到那個程度呢。

這種事顯然沒法開口啊，她臉紅得都能滴出血來，最後只能尷尬點頭道：「我懂得，你下去吧。」

那太醫退下去後，慧娘長吁口氣。

等她進了膳再回去時，就見四周的僕婦變多了。

這裡除了從王府帶來的人外，還有一些藩王府裡伺候的。

只是這種地方不如王府規矩嚴，東西簡陋不說，那些人也都跟一團散沙似的，就連藩王駐地的院牆也不過是到胸口高。

她身邊也不像晉王左右都有人保護著，走到一半，慧娘就覺著有什麼東西衝著自己扔過來，虧得她身邊的小丫鬟機靈，連忙傾身幫她擋住。

忽然間，慧娘身邊就竄出來好幾個不知道是從哪兒冒出來的人，那些人瞧著都是藩王府裡的管事。

此時這些人嘴裡都罵罵咧咧，不斷喊著：「妳這個妖婦，居然設計陷害我家法師！還不快快現形！」

那些人一邊喊，還一邊拿著鹽巴、爛菜葉子往她身上丟。

更有人直接往她身上潑一些香灰，嘴裡念念有詞喊著：「我們法師法力高強，一定會浴火重生！妳這種妖怪又算什麼……」

慧娘身邊的小丫鬟因為擋在前面，當下便被撒了一臉的香灰。

這一下護衛被引了過來，正要把那些鬧事的人抓起來。

倒是離得更近的藩王府僕人們匆匆跑了過來，那些人以前都是在藩王府內伺候的。

此時一見昨晚做法的仙人被壞法師的信徒圍攻，當下就圍了過來，對著那些扔爛菜葉、鹽巴、香灰的信徒們一陣拳打腳踢，把那些人打得跟豬頭一般。

直到把這些人打得鼻青臉腫後，護衛才把鬧事的人抓了起來。

慧娘被驚到了，不明白怎麼好好的場面會變得這麼混亂，自己的面前會聚集這麼多人。

而且人群中還擠出兩個七八歲的小孩子，一見到她，那兩個孩子便跪在地上，爬著要摸她的腳。

慧娘看那兩個孩子覺得眼熟，還沒想出來在哪兒見過，那兩個孩子已經說了出來：「謝謝仙人娘娘救我們，我父母是藩王府裡的奴才，昨晚本來要把我們捆起來燒的，要不是仙人姐姐，我們都要被燒死了……」

慧娘這才想起來，這是昨晚差點被烤的小孩子，只是那一聲仙人喊得她直起雞皮疙瘩。而且這些人絕對不是嘴上隨便喊喊的，是真的把她當做仙人看了。

在那邊不斷磕頭。

慧娘從沒遇到過這種情況，她有點手足無措，「不用客氣……我不是什麼仙人……」她做這些事只是不想親眼看到這麼小的孩子被燒死。

只是那兩個孩子早就認定了她是救苦救難的仙人，現在見了她，把昨夜趕製出來的花籃遞上去。

慧娘不好拂了小孩子的心意，連忙接了過來。

一看到這一幕，那些藩王府內的僕役就更加激動，有幾個更喊道：「求仙人給我們賜點藥吧，聽說您的藥可以把舊傷治好……起死回生……」

其他還有人試圖要摸她的腳，雖然知道這是當地表達尊敬的一種方式。

可這麼亂哄哄地被人摸腳還是把慧娘驚到了，她沒想到裝神弄鬼可以這麼抬人氣。

周圍的護衛也發現人群越聚越多，護衛長忙跑過來將慧娘一行人護送回去。

等慧娘再趕回去的時候，晉王大概已聽說前面發生的事兒。所以一等她進到房裡，就看見晉王正似笑非笑地看著她，慧娘也不知道他在笑什麼。

她雖然沒被香灰直接噴到，可臉上也沾染到一些。

晉王居然還有心情逗她一句：「仙人，妳可有什麼仙法要施展嗎？」

慧娘卻不敢把他的話當玩笑，她心裡就是一個咯噔，看他表情知道他在調侃自己，可是又覺著這個人喜怒無常，不能掉以輕心。

她也就小心翼翼低著頭回道：「王爺……您別開玩笑了，我能有什麼仙法……而且所謂的靈丹妙藥更是簡單得很，王爺要想知道的話，我帶王爺去看怎麼做……」

她後來一直沒什麼機會跟人提做藥用酒精的事情，剛才那些人求藥，她忽然覺得藥用酒精很不錯的，而且又不是大規模殺傷性武器，將其推廣的話對老百姓至少是件好事。

晉王沒想到她會這麼說，他剛下令把那些撒鹽巴、香灰的都砍了頭，還讓那些兵士去追繳剩下的信徒，可聽見慧娘提到這些後，他忽然有了興致，想知道那些人口中的仙藥都是些什麼東西。

等跟著慧娘過去，晉王就看見擺在地上的東西，一看就很簡陋，房間更是密不透風。

見她按部就班做著，晉王忙摒退了人，此時這個地方只有他們。

慧娘早就有過經驗了，這個時候做得很有條理，對於燒火的溫度啊，還有那些過濾的東西，她都胸有成竹，只是在等待的時候，這地方有些悶熱。

她一直小心地偷偷觀察晉王的表情，怕這位活閻王會忽然不高興，不過晉王看起來倒是一副感興趣的樣子，一點都沒嫌這個地方簡陋悶熱。

終於做出第一批的時候，慧娘心裡高興，趕緊把提煉的酒精倒在一個準備好的罈子裡。

她正想繼續做第二批，倒是晉王聞著味道湊了過來，用手直接沾著酒精嘗了嘗。

慧娘趕緊說：「王爺，這個還不是成品呢，清洗傷口的話還要濃度更高一些，這個還不夠濃。」

「已經夠了。」

晉王說完又用手沾了一些成品嘗了嘗，很快地露出驚訝的樣子。

慧娘想的都是怎麼把這東西積極推廣出去，可偏偏這位王爺是半個酒鬼。

當初釀酒的時候，有酒匠特意把酒代替水來釀酒，以期能釀出更烈的酒，可不管怎麼努力都釀製不出來，沒想到現在竟然得到了。

這酒味濃郁，喝起來很香醇。

他是喜歡品酒的人，一喝就知道這酒好得很。

「妳這個釀酒的方法不錯。」他還難得誇了她一句。

這下慧娘就有點傻眼。

她沒想到他會舉一反三，把好好的藥用酒精，往高濃度烈酒上聯想，雖然知道這種釀酒的辦法早晚都會被發現的，可是……慧娘還是覺著有種做了好事又被帶歪的感覺。

她本人是不愛喝酒的，也不懂白酒的好處，唯一的印象就是這麼高度數的酒會喝醉人，然後就是酒駕醉酒鬧事那些……

慧娘都想噴死自己，現在好了，眼瞅著大批的重度酒鬼就要橫空出世了啊。

只是提煉的辦法已經被他知道了，不做也不行了，她之前準備的那些劣等酒材料都被製成了好酒。

而且在做這些的時候，晉王是慣會享受的，自行想透了高濃度烈酒的事兒後，他便大剌剌等著慧娘給他提煉美酒，為此他還找人專門備了瑤璲等著品嘗。

那玉製的酒杯很漂亮，此時他面前還放了很多瓜果。不光是這些，就連慧娘盯著溫度的樣子，都是賞心悅目的，她那副全神貫注的樣子，非常特別，他很早的時候就知道自己最喜歡盯著她的眼睛看，那時候他還不知道為什麼，可此時他隱隱有了感覺，她那眼睛裡像是有火花一般，清澈明亮得讓人心動。

慧娘這次的提煉手法熟練很多，沒多久就提煉出烈酒，因為這次是特意找了好酒提煉的，所以等一拿出來，慧娘都能聞到那種濃郁的酒味，她不懂這些，只覺得這種酒的味道比之前的酒好聞許多。

而且瞧得出晉王很開心。

在看到那些酒的時候，晉王先倒了一杯品了一口，看他的表情應該是滿意的。

慧娘忍不住想，這就算是頭號酒鬼出爐了嗎？

偏偏這位酒鬼還不知道什麼叫自覺兩個字，喜歡跟人分享，晉王在喝過這種酒後，問她道：「不嘗嘗嗎？」

慧娘忙搖著頭，「不用了，我不會……」

只是她的話還沒說完，他已經一把拉住她，勾起她的下巴，親了下去。

慧娘被親得目瞪口呆，嘴裡更是一下溢滿了酒香味，她這才驚覺晉王只是要嘴對嘴地餵她喝酒。

她嚇得一邊掙扎一邊喊著：「王爺，請您……」

他笑著鬆開她，看她急得臉都紅了，愛不釋手般地忍不住又伸手捏了捏她的臉頰。

他是越來越喜歡逗她了。

藥是雙刃劍，當初搞出阿司匹靈的人不也搞出海洛因了嗎，就好比現在的自己，慧娘想著做藥用酒精，結果做出烈酒了。

慧娘看著這些第一批喝了烈酒後的酒鬼，心裡止不住地搖頭。之前的太醫、護衛雖然高看她，可那些人自從喝到這種酒後，已經不只是高看她的態度了，簡直都當她是酒仙一般。

慧娘忍不住想，這些酒鬼啊……

而且不知道是不是自己多心了，慧娘在房裡再伺候晉王的時候，就發現飲過烈酒的晉王似乎笑得比平時多了一些，只是那笑容一點都不讓人輕鬆，反倒讓人心裡害怕。

慧娘這才想起來，晉王該不會是醉了吧？

他之前藉著喝酒的時機曾親過她一下，嚇得她到現在都膽戰心驚的呢，此時見他隱隱有了醉酒的樣子，慧娘就想著要躲遠些。

因為她想起之前王府裡說過王爺酒品不好的事兒，都說他一旦喝醉了就喜歡責罰人。

而且是不問事由地亂責罰人！

他平時神志清楚時都已經夠能折騰的了，這個時候喝醉了，慧娘都不敢想晉王會折騰成什麼樣子。

慧娘當下就想開溜，只是周圍還有那麼多內侍，慧娘知道自己跑得了和尚跑不了廟，只好硬著頭皮伺候著。

周圍伺候的人也察覺到了王爺的異樣，個個都面色如土，心裡默念阿彌陀佛求著王爺能饒過自己。

只是在靜謐的等待中，那些內侍忽然發現酒醉的王爺罕見地沒有發火。

那個好像隨時都會耍酒瘋的晉王，在看到慧娘的時候，表情明顯變了一變。

慧娘心裡緊張，尤其是被這個醉鬼死死盯著的時候，她都覺得是頭大老虎在打量自己。

她頭皮一陣陣發麻。

王爺只靜靜看著她，沒有做別的，慧娘頭皮發麻發脹了一會兒，漸漸冷靜下來。

她心裡默默想著，不要當王爺是大老虎，就當他只是個普通的醉鬼好了。

她想了想，然後很快吩咐周圍的人去拿醒酒湯過來。

在等著醒酒湯的時候，晉王的手指輕輕敲在桌上。

然後他像注意到什麼般，忽然出聲問道：「你們躲那麼遠做什麼？」

四周的內侍都倒抽口冷氣，實在是身不由己，嚇得止不住往後退的，沒想到晉王居然發現了！

周圍的人立刻安靜下來，簡直就跟要溺斃的人一般，驚恐地等著王爺發作。

一旁的慧娘卻在此時出聲了，哄著他說道：「王爺，怎麼會遠，我不就在您身邊嘛……」

他抬起頭來，不知道是醉了還是怎麼的，他的眼神看上去不那麼混亂了，反倒是有些銳利。黑如墨的頭髮，點漆一般的眼珠，看人的時候，簡直可以攝去人的三魂七魄。

慧娘不敢跟這樣的眼睛對視，她慌忙低下頭去。

晉王忽然伸手拉住她的胳膊，帶著她往前走了一步。

慧娘慌亂間，跟他靠近了些。

就在這個時候那醒酒湯端了過來，有人哆哆嗦嗦地送到慧娘手邊，慧娘就冷靜下來，柔聲說著：「王爺，喝點醒酒湯吧，不然明天會頭疼的……」

他要是頭疼，就又有很多人要倒楣了。

在她這麼做的時候，周圍的人都眼巴巴地看著慧娘跟馴獸師般靠近這個危險的晉王。

誰也不知道下一刻會發生什麼，房間裡靜得掉根針都可以聽到。

在死一般的靜謐中，等她抬起頭的時候，就看見晉王好像對她笑了一下。

那一刻冰消雪融，倒不似剛才的凌厲。

慧娘多少鬆了口氣，知道晉王不太會發怒了，她趕緊繼續跟哄孩子般哄著這個酒鬼，「喝點醒酒湯吧，這東西對您是有好處的。」

到了此時晉王的臉上竟然有了微澀的樣子，「妳伺候我喝。」

慧娘心裡奇怪，心說這人還真是喝多了，這副樣子簡直就跟情竇初開的小夥子一般。

問題是有夜御七女的純情男嗎？

不過她還是乖乖拿起勺子，這醒酒湯還有點燙，她稍微吹了吹，才餵給他。

慧娘一勺一勺餵得很小心，她低眉順眼的樣子，被旁邊的火燭照著，有股說不出的溫柔嫻靜。

晉王也收斂了周身的煞氣。

這一刻兩人的樣子，都要把周圍人的眼珠子瞪出來。

只是慧娘還在怕呢，她壓根不敢多看晉王一眼。

可四周的內侍卻瞧得清楚，他們在晉王身邊伺候過一段時間，誰不知道晉王喝醉的時候，都是拿身邊下人的性命去醒酒的。

王爺這副樣子他們是頭次見到，更別提晉王會這麼老實地被人餵醒酒湯了！

那簡直就像有人在給老虎順毛還能活下來一樣！

慧娘並不懂這些，她只是慶幸自己又從嗜殺成癮的晉王手裡多活了一天，餵完了這碗醒酒湯，她又伺候著晉王寬衣睡下。

晚上的時候，她幾次去查看晉王的情況，見晉王一直睡得很安穩，慧娘多少放心了些，她就怕晉王會忽然暴起鬧事，她現在只覺得身心疲憊。

每天都伺候這種喜怒無常的殺人狂，真不是一般人能做的。

等到了白天，慧娘也不知道這個王爺還記不記得昨晚的事兒，她倒是跟往常似的，照舊去伺候他。

只是伺候他進膳穿衣的時候，慧娘隱隱覺著此時的晉王似乎有那麼點不一樣，可究竟是哪裡不同，她也說不上來，總覺得現在的晉王似乎比以往要好說話了一些，脾氣也似乎好了很多，不動不動就杖斃人了。

而且晉王身體好些後，就開始準備回京的事兒。

再來永康帝的家信也到了，這位當哥哥的雖然是天子之尊，可對這個弟弟卻是打心眼裡疼得不得了。

來的信可不是什麼聖旨朱批，只是哥哥對弟弟的叮囑。

一向聖明簡潔的永康帝，在信內不斷叮囑著弟弟要保重身體，切不可貪歡誤了身體，如此等等。

晉王心裡知道自己出來久了，永康帝多半在盼著他回去。

啟程回京的時候，還是跟來時一樣日夜兼程。

這一路上舟車趕著，慧娘來的時候早就飽覽了沿路風光，回去時因為都在忙著趕路，慧娘跟晉王除了進膳休息，一切相安無事。

倒是她身邊兩個藩王府裡選出來的小丫鬟都一副目瞪口呆的樣子。

跟那種藩屬國比，中原的風貌自然是與眾不同，那兩個小丫鬟都被中原腹地的富饒景象震驚到了。

只是不知道晉王是出於什麼考慮，這次少有地選擇走陸路，也虧得這樣，慧娘不用再痛苦暈船了。

只是永康帝惦念著晉王的身體，所以一路上還是風雨兼程。

路上每到驛站總有地方官員要款待巴結晉王，只是晉王不喜歡那些繁文縟節，一概不理不見。

可這一番弄下來，慧娘身邊跟著的兩個小丫鬟卻是開了眼界，藩王西諾已經是藩屬地的頭領，可跟晉王這樣的人比，差距太大，這種才是真正的皇家氣派。

日夜趕路，終於趕回京城。

王爺因為有永康帝這個當哥哥的盼著，便讓慧娘他們先回王府，他則去宮中覲見。

慧娘跟著大隊人馬便往王府趕去。

她原本沒覺得什麼，可等到了王府，才發覺有些不對勁，她才剛從馬車上下來，就已經有人在外面準備攙扶著她。

明明之前她跟王爺去藩屬地的時候，都沒人這麼照顧她的。

而且進到王府這一路走去，王府上下的人對她都客客氣氣的，自打她進獅子院開始，一路上就不時有人過來跟她打招呼。

慧娘心裡感到奇怪，她不知道的是，最近這一段時間，王府裡早聽說了她受王爺寵幸的事兒了。

那些人都是以王爺的喜為喜，以王爺的憂為憂的，知道王爺現在正寵著慧娘，那些人都是機靈的，立刻開始巴結上她。

一路上問好的聲音不斷。

這下連後面那兩個藩屬地跟來的小丫頭也有了些變化。

尤其是小鸝像變了個人似的，她悄聲對一同進府的小雀說：「還是這裡厲害，咱們那藩王府邸簡直就是鄉下農村一般。」

小鸝自從進到王府內，就難免有些窮人乍富，一路上看著那些亭臺樓閣，簡直就跟到了畫中一般。

再加上她跟在慧娘身邊伺候著晉王，最近不知道晉王是怎麼了，心情少有的不錯，對著她們這些伺候的人也不再隨意責罰，小鸝連帶著沾光。

此時，被人這麼一路巴結著，小鸝就有些飄飄然，忍不住同小雀道：「這才是王府裡該有的樣子，妳說王爺得有多少女人，其實要論美貌的話，妳我也不差啊？」

小雀嚇了一跳，她們都是跟在後面的人，她忙往左右看了看，趕緊捂住小鸝的嘴，「妳這丫頭，當初在藩王府裡過的是什麼日子，如今林姑娘對咱們多好，從沒有為難過咱們，妳可別動別的心思，不然就太沒有良心了！」

小鸝卻是沒理這個，她年紀還小，忽然到了這種花花世界，看著周圍的亭臺樓閣，才知道人間能富貴成這副樣子，再說她每日都要伺候那位俊秀無雙的晉王，她哪裡還收得住心。

前面的慧娘哪會知道這兩個小丫鬟的心思，到了府裡，早有王嬤嬤過來迎接她了。

就連長得黃鼠狼似的李長史也老遠走了過來，跟她打招呼道：「姑娘辛苦了，一路上咱們王爺多虧了姑娘……」

慧娘知道李長史是慣會看王爺臉色的，知道林麗娘在這人手裡，便也點點頭，客氣著：「都是我分內該做的。」

李長史一副就像知道了什麼內幕般故作神祕地道：「姑娘，以後咱們都是一家人了，麗娘在我那裡好得很，我想著等她生下兒子就給她扶正。」

慧娘隱隱知道這是李長史在對自己示好，她心裡明白這一切都是晉王對她好才帶來的。

慧娘便也笑了笑，帶著自己的兩個小丫鬟先去正房那裡，準備給王爺收拾房間。

她這邊回到王府準備收拾王爺的東西，倒是那邊王府的偏院內，還有姓林的家人在日夜盼著林慧娘的消息呢。

這些天林家一家老小一直都在王府裡的小院子裡住著，開始還只是按時給個飯菜，漸漸不知道為什麼，王府裡的人對他們越發客氣。

到了最後連宵夜都有了，王姨娘住了這一段日子，居然胖了一圈。

而且自從知道慧娘回來後，王姨娘就嚷嚷著要過來看慧娘。

那些管事的人知道慧娘正得寵，見王爺不在府內，也是想做個順水人情，由李長史安排著，王姨娘跟林老爺終於在正房處見到慧娘。

他們來的時候，慧娘正指揮著幾個小丫鬟收拾東西，雖然王爺的房間天天都有人收拾，可畢竟今天剛到府內，怎麼也要收拾得十全十美，不要觸了王爺的忌諱。

見王姨娘他們過來，慧娘先是愣了一下，她趕緊引著林老爺跟王姨娘到廂房處。

王姨娘眉飛色舞的，王爺的住所她還是頭次進來，雖然沒進到房內，可是站在門口往裡一望，那簡直就是神仙才會住的地方。

等一到了廂房，王姨娘便拉著慧娘的手，親熱地對慧娘說：「慧娘，妳如今伺候王爺伺候得好，就要再進一步，不要忘了妳麗娘妹妹，妳們都是同一個爹的孩子，到了哪兒都分不開的骨肉親情……」

林老爺卻是越發擔心受怕，他比王姨娘想得多一層，這種隨時可以到家去拿人、給一家老小輪棍子的王爺，能是輕易伺候得好的嗎？

林老爺把王姨娘拽到一邊去，小心叮囑女兒：「伴君如伴虎，如今妳進到這種地方，萬事都要小心，切不可莽撞，咱們林家不求妳飛上枝頭，只求著平平安安就好。」

王姨娘早被迷了心竅，尤其是最近李長史對她客客氣氣的樣子，簡直都要當她是丈母娘一般，王姨娘心裡的盼頭大著呢。

見林老爺說這種喪氣話，王姨娘便不高興地說：「老爺說的什麼喪氣話，你家祖墳冒青煙了你還怕成這樣，這分明是咱們林家要飛黃騰達啊，慧娘妳不要聽老爺的，老爺就是膽小，可王爺喜歡妳啊，妳就要把握住，咱們一家的富貴都在妳身上呢，不為別的，生下一男半女的，還能少得了妳的好日子嗎……到時候全家都能沾妳的光……」

慧娘很是無語，心說這不是耗子要給貓當三陪[7]嗎？簡直是嫌自己不夠命大，她無奈道：「姨娘，妳怎麼發傻了呢？妳還不知道我當初是怎麼進王府的嗎？如果不是李長史逼咱們家，我跟麗娘妹妹何苦要受這個苦，就算咱們林家不是什麼官宦世家，可是找個正經人家給人做正室，好好過日子也是有的……現如今，別的不說，之前的那頓棍子難道妳就忘了？晉王是個好相與的人嗎？妳以為這些日子，我又是怎麼熬過來的？」

王姨娘不以為然道：「妳這什麼話，給王爺做側妃，都是有品階的，能跟咱們平民百姓比？王爺現在要緊著妳呢，妳就得順杆爬，我聽李長史說，王爺要給妳請側妃的名分呢。」

慧娘暗暗吃了一驚，再一聯想周圍人對她的態度，立刻就有些明白了。

只是但凡腦子清楚的就該知道，晉王那人壓根沒把她當人看的，就算當個側妃，那不也是說完蛋就完蛋的事兒嘛，更何況王爺喜怒無常，殺人如麻，當他的側妃能有什麼好。

注釋

7 三陪：指大陸官場中陪吃、陪喝、陪玩的現象，或是酒店中陪飲、陪喝、陪跳的酒店小姐。

林老爺卻是個有腦子的，並不覺得他們小門小戶的能出什麼側妃，再來也是真心疼女兒，兩人都不理王姨娘的胡言亂語。

林老爺嘆息道：「慧娘，妳雖是女兒，爹也為妳留了東西，以後不管際遇如何，咱們林家總有妳的地方，俊生是個懂事的孩子，他知道妳這個當姐姐的不容易……只是妳一定要好好保重，千萬不要想些沒用的，咱們小門小戶的，只求平平安安便好。」

慧娘心裡感動，壓著眼淚道：「爹，孩兒明白，我雖然是做夢都想離開這個地方、想躲開那個人，可為了林家，我會小心處事，不讓你們為難的……」

話音剛落，慧娘就聽見身後有門響動的聲音，她吃了一驚，沒想到會有人跑到廂房，她忙轉身一看，就見房門只是打開了而已，壓根沒有人要進來。

倒是王姨娘離門比較近，當下走過去看了一眼，隨即王姨娘的臉就變得刷白。

王姨娘見到一個冠帶錦衣的男子正往正房的房間走去，那人被人簇擁著，簡直眾星捧月般，不消多想就能知道，在王府內能有這氣派的還能是誰啊！

可這人顯然把房內的話都聽了去。

而此時廂房門口還站著兩個內侍呢。

那兩個內侍臉上一絲笑容都沒有，只冷冷盯著裡面。

王姨娘嚇得要命，忙揪著那內侍的衣服問他，「哎呀我的天啊，那是王爺嗎？怎麼晉王爺來了你們也不傳一聲！這可怎麼辦啊，我們那都是說家常話，王爺沒聽到吧？聽到也不要往心裡去啊！」

王爺的兩個貼身內侍都想笑這個王姨娘太沒腦子了。

王爺剛從宮內回來，便迫不及待地想要見慧娘，知道慧娘跟家人在廂房後，沒讓人傳就親自找了過來，然後就聽見什麼「我不想，我是被逼的，我做夢都想離開」的話。

這些內侍當下就覺得王爺的表情有點不對，不過王爺是喜怒不形於色的人。

他面上不顯，反倒在門外站了片刻，晉王爺才吩咐了他們一句話。

現在見王姨娘他們傻了一般，那些內侍也便傳著口諭道：「林姑娘，王爺剛吩咐了，讓妳再學學規矩。」

說完那些內侍不管三七二十一便找人開始攆林家老小。

這下王姨娘也知道闖禍了，林老爺更是跟篩糠一般，這下不光是他們兩個人，就連還在偏院內的一家老小，都被連踢帶踹地趕出了王府。

林慧娘要完蛋的消息立刻在王府裡傳開了，當時在王爺身邊的內侍不少。

那些人耳朵都尖著呢，沒有不透風的牆，林慧娘為什麼倒楣的，多多少少就透出了些消息，漸漸大家都知道了，林慧娘純屬是自己找死。

好好地在背後說什麼不想伺候王爺，覺得在王府不如在林府裡快活的混帳話，就晉王的那脾氣秉性，女人撲到懷裡都不見得眉頭皺一下，更別提還有人敢在背後嘀咕著不樂意了。

王爺若還要她，那才叫太陽從西邊出來了呢！

小雀她們原本正在房內收拾東西，見晉王進去，忙躲了出來。

只是很快地她們也聽到了消息，知道慧娘倒楣了，小雀便開始擔心慧娘的情況，倒是那個小鸚從開始的驚訝後，很快就又有了別的想法。

她覺得這是千載難逢的好機會，她們雖是慧娘身邊的丫鬟，可也是一併伺候晉王的，現在慧娘不在了，因晉王並沒另外要人，那些管事知道晉王心情不好，也不敢隨便指派，現房內就只有這兩個小丫鬟伺候著。

一等確認了這個消息，小鸚自覺自己的機會到了，忙塗脂抹粉，特意抽空換了條粉色的裙子，想好好在晉王面前露露臉。

她這裡得意洋洋地等著時機，倒是慧娘那裡簡直跟變了天一般，自從被王爺下令學規矩後，她很快就被幾個教習嬤嬤「請」了過去。

【第八章】側妃

慧娘奇怪地看著晉王走到她面前，把手裡的東西直接塞進她懷裡。

她手忙腳亂地接了過來，懷中的小傢伙軟軟的，抬起小腦袋不斷左右搖擺。

晉王刻意把臉扭到另一邊，並不看她，只淡淡道：「拿去玩吧。」

慧娘心想，她這麼大個人了，竟被人吩咐去玩鴨子……是不是有點怪啊！

那些教習嬤嬤算是接了個燙手山芋，樹活精人活老，這些教習嬤嬤都這麼大歲數了，一琢磨也就明白過來，王爺這次罰人是雷聲大雨點小。

要知道晉王比閻王還要閻王呢，要就直接杖斃，哪裡會氣得讓人過來學規矩，這顯然是想罰又不知道該怎麼罰了。

再一聽理由，那些教習嬤嬤都覺著稀罕，伺候王爺的通房丫頭，居然敢私下說不想伺候王爺。

也不知道這小姑娘是欲擒故縱，拿喬使手段呢？還是中間有了什麼差錯？可她們卻是聽過這位林姑娘的大名，都知道林姑娘跟王爺同進同出，王爺十分寵愛，更有人說這位林姑娘早晚會是側妃。

既然是有過這樣經歷的人，就不能隨便教育。

琢磨到了這步，教習嬤嬤們哪裡還敢太為難林慧娘，再說她在王爺身邊伺候那麼久了，什麼規矩自己還不清楚嗎？

所以接了慧娘過來的時候，那些教習嬤嬤們並沒有怎麼折騰她。

倒是小鸝自從慧娘被帶走後，自以為遂了願，生怕被人搶了頭功。

見晉王在房間內，就開始張羅著要進去給王爺倒茶。

她進去的時候，那些內侍看到了，只是事到如今，大家都知道晉王心情不好，誰也不想觸這個楣頭，只顧自己保命，見有小丫頭主動湊過去找死，那些人誰也不敢出聲攔著。

等小鸝意氣風發進去的時候，王爺正在低頭看書，房間裡很安靜，旁邊熏爐內不時有煙飄出來。

整個房間靜謐安寧，晉王表情沒什麼變化，坐在那裡如同一幅畫。這樣絕世無雙的男子，這樣富麗堂皇有如人間仙境般的房間。

小鸝緊張地嚥了口口水，正想過去倒茶，可因想著讓自己的身量顯得婀娜多姿，一個沒留神就把茶水灑在晉王的袖子上。

晉王原本正低頭看書，袖子被一杯水灑到了，他立刻瞟了一眼小鸝。

小鸝知道自己犯錯了，可她卻沒有自覺，主要是她沒見過晉王處罰身邊的人。她一直都跟著慧娘，在王爺身邊伺候的時候，不管出了什麼問題，都有慧娘在旁邊化解，小鸝哪裡會知道這是要杖斃的罪。

現在見灑了水，她還想起以前她也把水灑到晉王的袖子上過。那是在驛站的時候。當時她坐車坐累了，伺候王爺的時候就有些閃失，原本灑了茶水後，她很擔心。

因為灑的是熱茶，只是她還沒來得及做出反應，慧娘已經趕緊過去掀開晉王的袖子，一邊吹，一邊低聲問晉王說：「燙到了嗎？」

小鸝至今都記得晉王那時臉上的表情，他完全沒有生氣的樣子，反倒是笑了一下，還順手摸了摸慧娘的手。

現在見茶水灑了，小鸝也沒覺著多緊張，她忙學著慧娘當初的樣子，就要過去掀晉王的袖子，嘴裡甚至還學著慧娘的口吻說著：「王爺，燙到了嗎？」

結果這一次晉王臉上的表情卻是涼了下來。

他直接喚了外面的人進來，他懶得吩咐，只做了個帶下去的手勢，那些在外面的內侍哪一個不會察言觀色，早些時候從晉王房裡拖出去打死的還少嗎，當下就扯著小鸝往外走。

小鸝這時才發覺不妙，那些拉她的人臉上一點表情都沒有。

她被嚇到了，知道自己被帶出去要出事兒，她急得直哭，不斷哀求著：「王爺、王爺，我不是故意的……王爺……我是一直伺候您的小鸝啊，我以前也灑過茶水的……王爺……」

一直在院子裡等著吩咐的小雀，早已看見小鸝從裡面被揪了出來。

小雀當下就嚇得腳直發軟，臉更是嚇得刷白，只是誰都不敢吭聲求饒，小鸝原本還想多喊幾聲呢，只是她的聲音很快便沒有了，早有人拿了東西塞住她的嘴。

看著被拖出去消失不見的小鸝，小雀渾身直哆嗦，不斷想著慧娘趕緊回來吧，晉王現在簡直跟換了個人一般。

只有晉王一個人的時候，晉王簡直就跟剛從籠子裡放出來的吃人老虎一般！

院子裡的人都有一樣的想法，知道現在的晉王是惹不得、碰不得的，院子裡頓時鴉雀無聲，簡直就跟墳場一般。

倒是在偏院的慧娘自從被帶過來教育後，就老老實實等著被責罰。

只是在等了片刻後，慧娘發現這些教習嬤嬤並沒有難為自己，不過是在她面前重複了一些規矩，然後就給她關在房間裡，關是關，可也沒有難為她，一天三餐都有人準時送來。

起初房門還是關著的，可過了一天後，房門就被打開了，然後慧娘閒暇的時候便可以跑到院子裡曬曬太陽、散散步。

再往後就連院門都不擋著了，讓她隨意走動散心。

慧娘心裡奇怪，不過她是看得開的人，既來之則安之，既然王爺給她一天，她就好好的享受一天。

倒是那些教習嬤嬤心裡沒底，一直在等著晉王的消息。

只是左等右等都沒等到，教習嬤嬤也便摸出了規則，知道晉王是既不想重罰，又不想輕饒了。

最後她們索性每天抽出半個小時來教育慧娘，剩下的時間就讓慧娘自由活動。

慧娘這麼待了兩天後，很快就適應了新生活。

這個地方睡覺有單獨的床，吃飯有單獨的桌子，既不用晚上伺候王爺睡覺，也不用吃飯的時候戰戰兢兢要考慮王爺有沒有吃好，只有自己一個人的日子，真是悠閒又快樂。

再來新地方吃得不錯，有菜有肉，米飯、饅頭都有。

晚上還有一頓小點心當宵夜，中午天氣熱還給份西瓜水果。

這麼過了三四天後，慧娘忽然就愛上了這樣悠閒不用擔驚受怕的日子。

在適應了這樣的日子後，她就開始擴大散步的範圍。

可這一擴大範圍，慧娘就發現自己不知不覺跑到群芳樓的範圍去了。

等慧娘認出那是群芳樓的時候，當下就知道壞了，正想趕緊回去。

忽然就見三個人從樓裡走了出來，其中一個人一邊往她這邊走一邊嘻嘻笑道：「欸，這不是大紅人林慧娘嗎？妳怎麼有空跑到這裡來了？」

慧娘知道自己現在正倒楣呢，肯定就有這種落井下石看笑話的，她本來不想理會。可這些人還特意跑過來圍住她，一個比一個能說，在那裡冷嘲熱諷，「聽說王爺連去軍地平亂都要帶著妳，簡直是寸步不離寶貝得不得了，可是怎麼今兒王爺的心肝寶貝獨自跑這種地方來了？」

「聽說是有人拿喬，想抬身價。」

「喔，拿喬，怎麼拿喬法？說來我聽聽……」

「還能怎樣啊，不就是裝腔作勢說不喜歡王爺啊，想要離開王府嘛，以為天下的男人都是一樣的，裝模作樣、欲擒故縱就可以勾人，誰知道玩錯了，咱們晉王壓根不吃這套！」

慧娘十分鬱悶，只是想走也走不了，那三個人把去路都擋住了，一副我們好不容易得到機會數落妳的樣子。

慧娘沒辦法，只得抬頭瞪著那些人，「妳們別擋路好嗎？」

對面的人冷笑一聲，「妳張狂什麼，妳以為還是受寵的時候嗎？告訴妳吧，今天王爺派人來了，說要群芳樓送三個姑娘過去。」

慧娘心想跟她說這個幹麼呢，他找一百個也跟她沒關係啊，於是嘴裡回道：「妳們都去了才好呢，跟我有什麼關係。」

「只怕表面沒關係，心裡早就介意到不行了吧，誰知道下次王爺還會不會想起妳來，萬一要是忘了妳，妳還能在那個偏院裡天高皇帝遠地逍遙？」

慧娘都不知道自己怎麼得罪到這些人，好像被晉王寵就是原罪似的。

明明大家在晉王眼裡不過是寵著的貓狗，跟不受寵的貓狗的關係，還內鬥個什麼啊。

她冷冷回道：「我怎麼想跟妳們有什麼關係？妳們現在倒是要好好關心一下自己，要知道王爺讓送三個人過去呢，妳們還不趕緊打扮打扮，不多花些心思讓王爺記住自己！可別忘了可是一次三個！」

說完她找了路就走。

不過這話還真是提醒了這三個草包，這三個歃血為盟的好姐妹，瞬間也明白了，自己高興得太早了。立刻臉色都有些晦暗不明，在心裡琢磨著一會兒見了王爺，怎麼能更吸引王爺的注意力。

慧娘倒是生了一肚子悶氣，心說那種王爺她又不稀罕，這些女人成天找她爭風吃醋不是閒瘋了嘛。

她再往回走的時候，還是照著原路返回的。

只是就有這麼倒楣的事，有條小徑，她平時都走過無數次了，每次經過這裡都沒碰到人，這個時候卻是一下就碰到了人。

原本很小的地方，此時居然有七八人在呢，在那些內侍環繞的地方，正有一個人坐在石凳上。

她一下就呆住了，沒想到狹路相逢，會在這樣偏僻的地方遇到晉王。

此時坐在石凳上的晉王，擺出一副我只是順道過來下棋的樣子。

慧娘有點不知所措，連忙向晉王身邊的內侍看去，那些人悄悄做了個噤聲的動作。

這下她什麼都不敢做了，只好垂首在一邊候著，想著王爺下完棋她才走。

王爺正跟自己下棋，下得很慢，每一步都要考慮很久，那副認真的樣子，慧娘看在眼裡，不知道怎麼就想起在趕路的時候，晉王要跟她下棋的樣子。

她壓根不會下圍棋的，五子棋倒是能湊合玩兩盤。

那時候晉王完全是一副拿她解悶的態度。

五子棋那東西對晉王來說太簡單了，明明她棋藝那麼差，晉王卻還是跟她玩了好多盤。

而且不光是下棋，在路上的時候，有很多閒暇的時間，趕路是最枯燥的，很多時間，晉王都會跟她閒聊個幾句。

慧娘起初戰戰兢兢，可人在趕路的時候容易疲倦，疲倦了就會走神，不知不覺跟晉王說到某些物理上的問題時，她忍不住會說出一兩句來，晉王領悟力很強。

其實有些話題他們聊得還是很好的……

晉王也不再動不動就殺人，反倒是脾氣好了不少。

此時再見了晉王，慧娘的心情就很複雜，她也知道晉王對自己已經算是法外開恩了。

小徑內很安靜，明明是遮涼的地方，此時卻陰沉沉的。

晉王的臉色說不出好壞，他最近一段日子照舊是閒著，他向來是名閒散王爺，沒事就折騰人玩，明明早都習慣的生活，可最近不知道為什麼，覺得這樣的時間越發難熬了。

以往總有慧娘在旁邊，跟他說幾句話。

只是一想起她說的那些話，他又如鯁在喉。

此時在這條路上靜待著她過來，可真的等她過來了，他卻並不想去看她，他想等著慧娘主動開口認錯。

卻沒想到慧娘只會眼巴巴瞅著他。

晉王在心裡罵了一句，過了好一陣子，他才緩緩落下一枚棋子，慢條斯理問她：「妳規矩學好了？」

慧娘咬了咬唇，她再遲頓也知道王爺在給她送橄欖枝了……只是她剛清淨了幾天，實在不想這麼快就回到那種生死線一般的地方，她小心壓低聲音回道：「王、王爺……奴婢駑鈍，規矩還在學著呢……」

「知道妳笨。」晉王一臉我早知道的樣子，隨即給了她一個天大的臺階，「現在房裡缺人伺候，妳先回來掛上差。」

慧娘頭皮卻是一陣發緊，簡直就跟要被推到火坑裡一般，每天吃飽了不用怕被打死的日子，她還沒過夠呢。

她偷偷望了晉王一眼，繼續說道：「奴、奴婢腦子笨，只反省四天還沒來得及參悟到自己所犯的錯誤有多嚴重，奴婢想要繼續反省反省……」

這下旁邊伺候的人都目瞪口呆了，這慧娘簡直就是個棒槌啊！

王爺什麼身分，現如今都主動給她臺階下了，這位林姑娘倒好，貼上來的臉面不要，硬要撕下來，還要繼續反省！

那些人頓時嚇得都不敢抬頭，直覺王爺要發火了。

果然晉王很快從棋盤上抬起頭來，他望著林慧娘的臉，饒是八風不倒的性子，也隱隱有了風雨欲來的意味。

他直接問了出來：「妳想繼續反省？」

慧娘是打心眼裡怕他的，緊張得差點咬到舌頭，結巴道：「王、王爺……我怕自己伺候不好……」

晉王手裡捏著一枚棋子，他從不是跟人客氣的性子，世上有什麼，只要他想要，向來都是直接拿了便是，現如今他都奇怪，自己怎麼唯獨對她客氣了起來？

他眼裡閃出一抹惱色，吩咐著身邊的人：「你們都退下。」

那些人不明白這是什麼意思，可聽了王爺的吩咐，還是小心退了出去。

在慧娘偶遇王爺的時候，群芳樓內正在進行著激烈的內鬥，一根頭簪、一朵絹花，還有鞋子衣服用的胭脂，都是妳死我活的爭奪主戰場。

三個歃血為盟的姐妹表面不說，心裡都暗自比著的，心裡都想著今天要拔得頭彩，怎麼也得讓王爺對自己印象深刻！

只是這麼折騰了一番後，卻又有小太監過來，看著她們這麼人仰馬翻地捯飭自己，小太監臉上都露出了鄙視的樣子，直接對她們說道：「妳們今天不用過去伺候了。」

正使勁收拾著自己的三人，當下就愣住了，其中一個人更是一臉詫異地拉住小太監的胳膊問道：「這是怎麼個意思，晌午才有人傳話要我們晚上打扮妥當過去！怎麼好好地又不讓我們去了，是要明晚才過去嗎？」

那小太監哪裡管妳什麼可惜不可惜、倒不倒楣的，這種連王爺的床都摸不著的女人，他壓根也用不著客氣。

小太監抽出胳膊來，一臉無所謂地回道：「剛王爺遇到林姑娘了，晚上有林姑娘伺候，自然就不用妳們過去了。」

他可是剛伺候過王爺的，當時王爺讓他們出去的時候，他還在心裡嘀咕呢，只有管事的那位內侍機靈，很快讓人找了幔子把周圍的林子都遮掩住。

饒是這樣，他們在幔子外還是聽到了些聲響。

等晉王再從裡面出來的時候，更是親自抱著林姑娘。

這下什麼都不用說，大夥兒都明白剛才在林子裡發生什麼事了。

就連管事的內侍都趁著人少時，悄聲同他們這些小內侍說：「這位林姑娘的道行不淺啊，嘴裡說著不要不要，可看到沒，王爺還就中意她了，這一手欲擒故縱玩得可比群芳樓那些強多了，有她在王爺身邊，咱們的差事也都好當些，所以咱們以後得把這位林姑娘供起來，好好伺候著。」

林慧娘知道自己被強了，還是被按在石桌上被強。

按說她應該哭天抹淚要死要活，或者恨不得殺了那個缺德王爺才是，再不濟也要神情恍惚夜不能眠，然後第二天以淚洗面吃飯不香才行。

可慧娘不知道是自己心太大，還是早有心理準備，以致於在這件事發生後，她表現得異常冷靜。

既不哭也不鬧，被王爺一路抱回到主屋後，她還能頭腦清醒、意識明白地沐浴更衣。

等洗好澡，吃過晚膳，她還能若無其事地進到王爺的寢室內，踏踏實實地睡一覺。

一直等到第二天起來的時候，她才漸漸有了感覺，周身上下說不出的疲倦，不能啟齒的地方，隨著身體的動作，更是有一種鈍疼的感覺，心情跌到了低谷。

只是很快就有專業的王嬤嬤過來了，之前王嬤嬤就照顧過她，此時知道慧娘被王爺一路抱著進主屋，王嬤嬤心思多活泛啊，立刻就知道慧娘正是需要這份東西的時候。

此時不巴結討好，什麼時候才要巴結討好啊！

王嬤嬤便專給她送了一盒香膏似的東西。

遞給慧娘的時候，王嬤嬤一臉神祕地告訴她：「姑娘，這是閨房裡的東西，姑娘初經人事，這樣東西定然是少不了的，抹上去可以去疼，再來王爺正疼著姑娘，晚上少不了還要伺候，姑娘可以把這個放在床邊，要是有不方便了，生澀的時候，就趕緊抹一些上去……」

慧娘再單純也明白王嬤嬤說的是什麼東西了，原本還以為是胭脂盒呢，此時一聽明白了，她簡直就跟燙到一般忙把那盒東西扔在小炕桌上，臉紅脖子粗的，話都沒跟王嬤嬤說上一句，就趕緊找人送走了王嬤嬤。

等王嬤嬤一走，房裡就剩下了小雀跟她兩人。

小雀自從她回來後，便又被叫過來伺候，最近小雀做夢都想著慧娘能夠回來，沒有慧娘在王爺身邊的日子，那簡直是提心吊膽生不如死啊。

現在見慧娘起來了，小雀又趕緊叫了外面伺候的人進來。

這次進來的人慧娘都認識，正是之前跟她伺候過王爺的小巧跟紅梅。

小巧跟紅梅兩個孩子都是單純的人，此時見了慧娘，兩個人也是百感交集，她們忙取了衣服過來，小心伺候著慧娘穿衣。

伺候的時候，慧娘忽然想起什麼，趕緊問了一句：「欸，小雀，跟妳一起的小鸝呢？」她記得小鸝一直都是跟小雀在一起的，怎麼今天唯獨沒見那個孩子？

小雀原本還在高興呢，一聽了這個，眼圈當下就紅了，忙忍著哭聲說道：「姑娘，小鸝沒福氣再伺候妳了，就在妳被帶走的那天，小鸝便被人從王爺房裡拖出去打死了……」

慧娘眼圈也跟著紅了，心裡想著，伺候這種王爺，真還不如去摸老虎屁股呢。

小巧她們一時間也都靜了下來，各安本分地伺候著她穿衣打扮。

現在慧娘的衣服全沒有了當日的素淨，她平時就怕自己被王爺惦記，所有的衣服不是綠色就是土黃色，頭上更是一點花俏的東西都不敢用，偏偏還是被按在石頭桌子上做了個遍。

現如今她也就死心了，給什麼就穿什麼吧。

她在這裡梳洗打扮，那頭晉王卻是有些不一樣。

他比往日都要早起一些，起來後他也沒有驚動慧娘，而是自己先去膳廳用早膳。

等用過早膳後，他並不急著回去，而是去後花園逛了逛。

他以往逛園子都是走馬觀花，此時卻是走走停停，一逛逛了好久。

甚至有個專養珍禽的地方他都逛到了，此時正有幾隻丹頂鶴在走來走去，姿態優雅，聲音清俊，旁邊植著松樹，兩相配在一起顯得分外高雅。

只是他剛看了幾眼，就見在這樣一群卓爾不凡的丹頂鶴中間，居然竄出一隻好像黃毛鴨子似的小傢伙，那小傢伙探頭探腦，東跑西顛，見了人居然都不知道害怕的，還要往他們這裡跑。

晉王有些意外，倒是旁邊專門負責珍禽院的人連忙輕聲稟報：「王爺，這是小丹頂鶴，剛孵出來沒多久，還小呢，沒長開。」

晉王盯著小傢伙看了一會兒，少有地笑了，不知道怎麼的，這小傢伙的眼睛讓他想起了慧娘的那雙眼睛，她的眼睛也是這樣清澈單純，一旦有什麼讓她好奇感興趣的，眼睛也跟著會閃閃發亮一般。

他很快吩咐了一句，讓人抱了那隻小傢伙就準備回去。

等他回到居所的時候，慧娘已經梳妝完畢。

那些伺候的人從銅鏡內看到晉王進來，忙躬身從房內退了出去，此時房內就只有慧娘跟晉王單獨在一起。

慧娘心裡一緊，說不出的緊張害怕，身體更是下意識戰慄了起來，昨天他對她做的那些事，更是跟電影畫面般從她面前閃過。

不管她怎麼用力掙扎反抗，都無法推開他半分。

他充滿了攻擊性，他在她身上的樣子，現在想起來慧娘仍覺得膽戰心驚。

她低著頭，不知道該怎麼辦，也不知道該怎麼再去面對這個人。

只是在這個時候她聽到了很奇怪的聲音，那聲音像是小禽類發出的。

聽了幾聲後，慧娘忍不住抬起頭來，往晉王那裡看去。

然後她就看見晉王手裡正托著一樣活物。

那小傢伙有點像是鴨子，毛色不是很漂亮，可是毛茸茸的，加上一對米粒似的小眼珠，樣子可愛極了。

慧娘奇怪地望著，倒是晉王踏步上前，走到她面前，把手裡的東西直接塞到她懷裡。

慧娘這才手忙腳亂接了過去，那小傢伙軟軟的，被她摟在懷裡，很不適應地抬起小腦袋來，不斷左右搖擺。

她有些納悶，不明白這個強姦犯，給自己這麼個東西幹什麼？

晉王把活物塞給她後，便坐了下來，他刻意把臉扭到另一邊，並不看她，只淡淡道：「拿去玩吧。」

慧娘不明所以，心說他忽然塞給她這麼個東西，就為了讓她拿去玩嗎？她這麼大個人了，被人吩咐去玩鴨子……是不是有點怪啊？

不過既然可以躲出去，她肯定是願意的。

她趕緊抱著這個小傢伙出去了。

等她出去的時候，小巧跟小雀她們也是驚了一跳，不過那些女孩子年紀還小，聽說這是王爺送給慧娘的玩意兒，小巧就跑到盥衣局那裡要了個木盆。

在等著木盆的時候，慧娘一直抱著小鴨子，這小東西非常好玩，小小的身體毛茸茸，她原本心情鬱結，現在有了這麼個柔軟的小傢伙在懷裡，倒是舒服了一些。

有了木盆後，紅梅又張羅著給木盆內裝滿水，幾個人這才把鴨子放進去。

把鴨子放在水裡後，小巧她們才發現不對勁，在那兒直說：「這鴨子看著腿好長啊！而且嘴巴也不對！」

她們正說著呢，原本人少又安靜的正房院內，忽然熱鬧了起來。

進來了好多內侍，又有幾個內侍抬了個大魚缸過來。那是專門放在露天養魚的魚缸，個頭很大，釉色漂亮，圖案栩栩如生，由四個內侍抬到院內的角落。

很快又有人拎著水桶，往那魚缸裡注水。

然後又有人把一些錦鯉撈了過來，依次放進去。

一個專門負責布景的人過來，在魚缸內安植了些睡蓮。

慧娘她們都有些意外，沒想到王爺會有這樣的興致，要在院子內養魚。

王爺住的地方雖然講究，可要說裡面的擺設包括院子內的布置，都是怎麼簡單怎麼來。

而且不光是這些，很快的還有人拎了個鳥籠過來，小心地把鳥籠掛在一邊的遊廊上。

整個院子的風貌頓時都變了個樣，院子裡既有了魚，又有了鴨子，此時還有了一隻叫聲清脆的鳥，在不斷鳴叫著。

正在她們納悶的時候，指揮著眾人收拾院子的老太監走了過來，笑著對慧娘解釋道：「姑娘，我剛聽見您身邊的丫鬟說這是鴨子，姑娘可別誤會了，您手裡逗的可不是什麼鴨子，這是王爺從珍禽處專給您帶回來的小丹頂鶴，除了這些，後花園還有專門養梅花鹿的地方，王爺已經吩咐過了，姑娘要是喜歡，讓人牽幾頭過來解悶，另外姑娘還想要什麼，也只管吩咐著。」

慧娘身邊的小巧及紅梅她們，臉上都忍不住露出笑來，明眼人都看得出來，王爺這已經是寵起她們林姑娘來了，現在這麼折騰院子，弄得這麼熱鬧，多半是要給林姑娘解悶用的。

慧娘卻是什麼都沒說。

剩下的時間裡幾個小姑娘聚在一起，不斷逗著小丹頂鶴玩。

現在那些內侍比以往都要機靈了，早有人瞅準了機會，拿了小坤凳給慧娘，慧娘也不進房，就一直在外面，看小丹頂鶴累了，她就過去看魚，看魚看累了，她就過去遊廊聽鳥叫。

一直到了午膳的時候，慧娘才不得不回去。

往常晉王都是在膳廳吃的，此時卻是少有地在正房擺了一張餐桌。

那桌子不大，菜式多以清淡的為主。

明明已經夏末了，可不知道為什麼最近幾天卻特別熱，所以晉王讓人房內放了一些冰來散熱。

慧娘進食的速度很慢，她飯量也不大，吃飯的時候始終都是低著頭。

倒是晉王吃完後，望了她一眼，很快又讓人給她盛了一碗荷葉粥，慧娘也不吭聲，乖乖接了那碗粥喝了下去。

兩個人一直都沒有說話。

明明該是沉悶的氣氛，可小雀跟紅梅她們卻覺得房內氣氛很好，當初她們伺候晉王的時候，晉王冷得簡直就跟冰窖一樣，旁人輕易靠近不了，可此時就像寶劍已經收到了劍鞘中，王爺也沒有了那種凌厲殺氣。

雖然房內照舊很安靜，可是內裡伺候的人卻不那麼害怕了。

總覺著今天的正房內有些不同，有那麼點花前月下的感覺。

一直到了晚上，臨要陪寢的時候，慧娘照例要去沐浴。

等她沐浴好後，小巧被王嬤嬤特別叮囑過的，雖然不懂那些房中的事兒，可該提醒的還是要提醒著，小巧便臉紅紅地小聲提醒慧娘說：「姑娘，之前王嬤嬤送的藥膏，姑娘要不要再抹些……王嬤嬤說姑娘不要害臊，別人想有這份福氣還沒有呢，姑娘既然有了，就要趕緊抓住。」

王嬤嬤也是為了慧娘好，怕慧娘剛得寵，萬一讓王爺掃了興，再失了寵可就壞了，畢竟那麼多女人都盯著王爺的床呢，男人不都是沒吃到的時候喜歡，可等吃到了就會膩。

她可是很看好慧娘的，還指望著慧娘能夠跟王爺長長久久在一起，以後自己有個什麼差池，也好有慧娘在旁邊照應著。

只是慧娘聽到小巧的話後，卻尷尬得都說不出話來，她趕緊搖了搖頭，也沒再要那個什麼香膏，只想趕緊把這夜熬過去。

夏天天黑得晚，等慧娘進到寢室內的時候，王爺早已經在床上等著她了。

她不想走到床邊，雖然知道那是自己的最後一站，可還是走到蠟燭那裡，裝作剪燭花的樣子。

倒是晉王一直在等著她，那目光肆無忌憚地落在她的身上，有如針芒在背，到最後終於是受不了，深吸口氣想著，縮頭一刀、伸頭也是一刀，早砍早了。

她弄完了燈花，低頭走了過去。

晉王早知道她是個沒有服務意識的人，完全不懂得在床上討好他，只會在床上一躺，眼一閉地等著。

不過他也沒指望她能有什麼花招。

他的動作放得慢了一些，可也說不上多體貼，他本來就不是體貼的人。

倒是下面的慧娘忽然明白為什麼之前群芳樓裡一次就要三個了，他這樣的，一個人確實是有點伺候不過來。

她努力放鬆自己，想著這一夜趕緊過去，只是別的都還能忍，她唯獨受不了王爺親吻她的嘴唇，她總覺著他親得太多了些，也太纏綿了一點。

這麼過了一夜，一直到第二天晌午，慧娘才昏昏沉沉睜開眼。

到了此時慧娘的嘴唇都腫了，而且一看見外面的日頭，她心裡就知道壞了，她這是睡到多晚了，就想趕緊起來，不然那些人會怎麼想呢，林慧娘被晉王爺折騰得都下不了炕了！

只是身體不爭氣，全身上下跟被推土機碾過一般，她剛努力下床走了兩步，身體就有些超負荷運轉。

慧娘最後無奈地坐了回去，她還真是被晉王折騰得下不了炕！

她無可奈何地縮在床上，由著小雀端水伺候。

小巧跟紅梅她們沒在裡面伺候，此時院子裡正熱鬧著呢，既有小丹頂鶴又有鳥有魚的，早兒起王爺不知道怎麼的心情不錯，又找人牽了一頭小梅花鹿過來，那小傢伙跟大兔子似的，窩在一邊的花草裡不動了，只眨巴著小眼睛四處望著。

小巧跟紅梅在那裡左看右看，稀罕得不得了。

整個院子都不再是墳場了，忽然間生機盎然起來。

就在這個時候，院內的人忽然見外面有人歡天喜地跑了過來，那人一面跑，一面嘴裡喊著：「宮裡傳旨來了，林姑娘，妳快快準備接旨吧！」

林慧娘在房內還以為自己聽錯了，可小巧跟紅梅很快地都慌慌張張跑了過來，幾個人手忙腳亂伺候著她起來。

小巧、紅梅左右攙扶著她，小雀更是手忙腳亂地給她穿戴整齊。

等她們幾個再出去的時候，宮裡的人也到了。

院子裡的人跪了一地，慧娘這才知道那聖旨居然還真是單給她下的。

她心裡納悶，跪下去聽旨的時候，腦子裡更是亂糟糟，都沒怎麼聽清楚那傳旨太監的話，而且內容也很簡單，就寥寥幾句話而已。

林慧娘只聽到什麼側妃，謙恭的詞。

等那太監宣完旨意，慧娘還在暈乎乎的，她就立刻被人給圍住了。

不管是不是院內伺候的，就連王嬤嬤都趕了過來，眾人七手八腳地恭喜她，小巧她們也都是喜氣洋洋，紛紛對慧娘施禮道：「恭喜姑娘……」

「什麼恭喜姑娘，打嘴打嘴！是恭喜林側妃……」王嬤嬤高興地雙手合十，一邊念著阿彌陀佛，一邊不斷說著：「我就知道林側妃是個有福氣的！」

一時間裡外的人都過來道喜了。

慧娘被圍得裡三層外三層的，直到這個時候她才明白過來，這是晉王剛給她領了小老婆執照，要讓她當專業小老婆啊！

既然有了林側妃，晉王府裡就要擺酒宴客。

這些事兒雖說有宗人府來操辦，可也是王府裡的一件大事兒，李長史等人也跟著忙碌了起來。

隨著林慧娘成為林側妃後，林慧娘的住處成了問題。

按規矩，林慧娘是不能在晉王身邊住著的了，應該單留一個院子給她。

慧娘剛知道這個消息的時候喜出望外，結果很快就聽見操辦此事的王嬤嬤跟她說：「林側妃，您不用擔心，這些都是規矩，雖說林側妃要有自己的院子，可是王爺早已經示下了，等宴完客，林側妃照舊在他房內伺候。」

慧娘的心情立刻就不太好了，不過有個完全屬於自己的小院子還是很讓人高興的事兒。

王府地方大，院子很多，王嬤嬤優先給她推薦了兩個離得晉王近的，結果慧娘一概不要，最後千挑萬選硬是相中了後花園的一個院子。

那院子離晉王的主屋很遠，從晉王的住處到那個院子裡，光走就要走上半天的路，更別提那院子被一片梅樹擋著，連大門都不怎麼顯眼。

王嬤嬤都不知道該說這位林側妃什麼好了，心想哪有住這麼遠的，王爺都下令了讓她隨便選，這個時候就趕緊找個離王爺最近的便是了，哪有這種提前住進冷宮的選法？

她趕緊勸慧娘道：「林側妃，這地方以前是專門用來賞梅的，只是王爺一次都沒來過，後來就鎖了起來……雖然說院子還算乾淨，可是一年半載都不見得有人過來，更何況這裡離得王爺住處這麼遠，林側妃也要為以後考慮。」

慧娘卻覺得這地方挺好的，一來是離晉王遠，二來這個地方院子大，一看就能養雞養鴨，種點花花草草，弄個黃瓜番茄什麼的，再者院外不遠的地方有大片的果園，果園雖然都是觀賞性質的，可是當季的瓜果也有了，這種既可以種田、又可以養老的地方哪裡找去，她都想立刻住進去。

她便告訴王嬤嬤道：「這裡好，清淨。」

見她拿定了主意，王嬤嬤也不好再攔阻，很快就將裡面布置出來，新的家具，門窗也都一律換新。

忙著收拾院子的時候，林家那邊也得到信兒，很快地林老爺被請進王府。

只是去送信的人沒說清楚，林老爺還以為王府又要抓人去輪棍子，嚇得戰戰兢兢，一直等到了獅子院被李長史迎進來後，林老爺才曉得是他家慧娘飛上枝頭成了側妃。

林家不過是個賣胭脂的小商戶，就算家境尚可，可也絕不敢奢望自己家能出這麼一位從四品的側妃，林老爺又是驚又是喜，可過後又覺著這福分太大，未免有些心驚肉跳。

等再見了女兒，林老爺便千叮嚀萬囑咐：「慧娘，現如今妳是這般的身分了，行事說法就更要小心，再不可出半點差池！」

慧娘忙點頭應著，林老爺心裡還是疼女兒的，見如今慧娘混出來了，就想起當日慧娘倉促間被送出林府的事，忙說道：「現如今，妳出息了，連帶著麗娘都沾光，我進來的時候，李長史跟我說要扶正妳麗娘妹妹當正室，現在就是妳這兒……當初爹是想給妳大辦的，可當日妳離家那麼倉促，現在既然妳有了名分，我再找人給妳置辦些東西送進來如何？」

慧娘趕緊回道：「爹，不用麻煩了，我這裡都有的。」

林老爺明白這個道理，王府裡扔的都比他家的東西值錢，林老爺又叮囑了慧娘幾句，終究是興高采烈地走了。

等送走了林老爺，慧娘又在新院子內待了一會兒，她最近算著日子，覺得月事該來了，果然到了傍晚的時候，就把月事兒給盼來了。

慧娘止不住地高興，人逢喜事精神爽，等吃飯的時候，都多吃了半碗。

等吃完飯後，慧娘更是破天荒跟晉王說起話來。

她最近都沒跟晉王正常交流過，一則是她心裡不舒服，一想到這位都給自己發了小老婆執照了，她就心裡膈應。

再來也沒那閒時間，晉王只要晚上見她，就一準要忙一晚上。

現在終於盼來了月事，一等吃過了飯，慧娘便迫不及待地請假，裝著一臉為難的樣子，對椅子上的晉王道：「王爺，我今天身子不舒服，來了月事兒，怕是不能伺候王爺了。」

晉王抬起眼皮來掃她一眼，自從他跟慧娘半同居在一起後，他就一直在主屋內進膳。

此時內侍宮女都退了出去，房內只有他跟慧娘兩人。

慧娘被他看得頭皮都發麻了，晉王倒是沒說什麼，只淡淡地吩咐她：「把桌上的匣子取過來。」

一邊的小桌上倒真有個小匣子，慧娘納悶地取了過來。

那是個木頭匣子，沒有漆過的，盒子上有一股淡淡的木香味，聞起來很好聞。

拿過去後，晉王打開了匣子，對她道：「這是宮裡賞下來的，妳收起來吧。」

慧娘好奇地往裡看了眼。

就見盒內放著一個乳白色的小球，小球是鏤空雕製的，非常精緻。

慧娘在王府裡也是見過些稀罕物的，起初並不覺著有什麼，可等仔細看過之後，才發現那球裡還套著一個小球呢，而且當她拿起來後，就發現那豈止是套著一個球，其實是套了好多好多的小球，而且每一個球上都是相同的花紋！

問題是不管她怎麼找，都找不到任何接縫的地方，這顯然是一個套著一個硬雕出來的，可這些層層疊疊的小球，該是什麼樣的技藝才能雕刻出來？

林慧娘立刻驚呆了，她真沒想到古代還有這樣神奇的技藝！當下抬起頭看了晉王一眼。

晉王卻是心裡明白，為什麼宮裡會賞下這樣東西。

永康帝多半已經知道了他的心思。

再來他這麼大歲數，頭次想要納側妃，做哥哥的想送份賀禮也是情理中的事兒，只是不管是朝上的規矩，還是家裡的規矩，都沒有做帝王大哥的給弟弟的小妾送賀禮的道理。

更何況永康帝是聖明君主，便只能把東西給了他，讓他私下轉交給慧娘，而且這樣東西，還有一段過往。

此時的慧娘卻早被那精巧的東西迷住了。

她一邊看一邊琢磨這東西該是怎麼做出來的？如果單靠手工的話，也太巧奪天工了吧！

「這東西是怎麼做出來的？」慧娘忍不住問道。

自從被強後，林慧娘已經好久沒主動跟他說過話了。

外面夜色朦朧，燭光照得人的臉色分外好看柔和。

晉王望著那個精巧的球，卻是陷入了沉思。

他伸手從慧娘手中接過那只球，一邊把玩著一邊道：「這是同心球，妳現在拿的是七個球套起來的，我以前砸開過九個球的，我仔細看過，每一個都是實心雕成的。」

慧娘聽得都想罵人啊，她手裡的這個已經讓人看眼花了，這敗家王爺啊！居然還砸過一個九套球的！

這種東西不比金銀，可以隨時弄出來，她都不敢想做出這樣的東西需要用多少心血，而且這種匠人絕對是百年，不，是千年都難得一遇的！哪怕是她所在的世界都未必能仿造出來！他居然因為好奇給砸了！

她皺著眉頭，哪怕是膽小，可還是忍不住嘀咕了句：「你砸這種東西幹麼？」

晉王卻是笑著捏了下她的臉頰道：「沒辦法，我跟哥哥都喜歡。」

他口吻淡淡的，就好像在說一件無關緊要的事兒一般：「我們總不能為這個東西，兄弟起了嫌隙。」

慧娘這下更是納悶了，他嘴裡的哥哥指的是永康帝嗎？永康帝也喜歡的嗎？

聽他的口吻好像是很久前的事兒了，當時兩個人為這個爭吵過？

她止不住地奇怪，再一聯想歷史上那些兄弟父子相殘的事兒，慧娘就覺著陰惻惻的。

她偷偷打量著晉王，心裡忍不住想，因為皇帝也喜歡就不能留嗎，這麼恐怖？

其實她完全想多了，這事跟皇權霸業毫無關係。

晉王那麼做只是因為他跟哥哥喜歡什麼、不喜歡什麼，從小都是一樣的，他看上的哥哥必定也會喜歡，可每次都是哥哥讓著他的。

當年他不懂事，可既然後來知道了，他怎麼還能奪他哥哥心愛之物？

可他要是退回去，就哥哥那說一不二的性子，也未必還會再要，與其兄弟倆彼此為難，還不如索性把那樣東西砸了一了百了。

倒是看到慧娘那副緊張的樣子，晉王忽然笑著湊到她面前。

果然慧娘很快就往後躲開，一副你要幹麼的樣子。

不管歡好了多少次，慧娘都是這副緊張的樣子。

晉王被她逗到了，忙把她扯到懷裡摟著。

慧娘被晉王抱在懷裡，覺得特別尷尬，而且他這次大概是考慮到她有月事，只是單純抱著她而已。

她現在已然是被強習慣了的狀態，他忽然不那麼禽獸了，再在房內這麼溫情脈脈地抱著她，慧娘渾身都想起雞皮疙瘩。

慧娘遲疑了一下，她很想找些事兒去擾亂這種曖昧的氣氛。

她很快就想起白天的事兒了，她還有好多需要請示的問題呢！趕緊拿出那些事情來打亂這片寧靜。

她總覺得在這片寧靜下，有什麼東西在血液裡流動，她甚至能夠感覺到晉王的體溫。

那是很不妙的感覺，甚至比她被王爺強了還要恐怖！

本來王府內的事兒是輪不著她管的，可王府內還沒有王妃，她這個林側妃就成了半個管事的，有些決斷不了的事或者下面的婆子們想要討好的，便會主動來請示彙報。

一來二去的，她便也從一個無所事事的林通房變成了林管事。

她也沒相關經驗，更沒有長久的打算，只是時間久了，隱隱發現王府裡弊端真是多啊，她實在受不了這麼散沙般的管理方式，索性就做了些改進。

現在她跟個小管家似的，把那些事兒都一一彙報給晉王聽。

雖然是想擾亂兩個人的氣氛，可在她說這些事情的時候，晉王看她的表情卻是越來越專注了。

晉王靜靜聽著，她的語調輕柔，表情靈動，而且思維很清晰，說的話又非常簡潔，就連他那些長史下人都少有她這麼能幹的。

他覺著很新鮮，握著她的手，輕輕揉捏著她的手指，到最後情不自禁地把她的手指放到唇邊吻了下。

哪怕是慧娘有了月事不便伺候，他也是留下慧娘，晚上讓她陪著自己。

日子過得很快，轉眼間便到了擺酒當天，後花園內熱鬧非凡，賓客來了不少。

只是林慧娘的家裡人，不管什麼側妃不側妃的，也不過是個被納的妾室家人，按規矩，林慧娘的娘家人不能出去跟那些王公貴族坐在一起。

最後就由王嬤嬤等人安排在她的小院裡單擺了酒席，款待她的娘家人。

當天晚上，林老爺早早就來了，另有林家的幾個親族也跟了過來，林家畢竟是小門小戶，現如今攀上皇親國戚，哪怕是個側妃也是了不得的大事，眾人臉上都喜氣洋洋。

只是按理說王姨娘是不能過來的，可王姨娘太鬧騰了，在林府裡又是求又是哭的，林老爺是個厚道人，知道王姨娘不過是想見見世面沾個光，也便帶了來，再來從小伺候慧娘的奶娘，因想著慧娘，也一併過來了。

一家人從下人門進王府，小巧早在門口等著迎接林側妃的家人，另有王嬤嬤也一路引著，終於是把林家人引到了慧娘所在的院內。

院子早就布置出來，單有個桌子擺著，另還有些丫鬟在那等著伺候他們。

一時間慧娘的院子內熱鬧了起來，外面更是點上了宮燈。

林老爺滿面帶笑地同那些親族內的人應酬。

院外是男人們，內裡則是慧娘同幾個女眷。

因院外有娘家的男賓客，慧娘不好出去，便跟著奶娘和自己的丫鬟在內裡吃席。

王姨娘現在早改頭換面了，哪裡還有點當初在林府的樣子，現如今見了慧娘簡直恨不得把自己貼到慧娘身上。

嘴裡不是我家姑娘，就是我家林側妃的，那副樣子就連奶娘都看不下去。

倒是王姨娘很給奶娘面子，知道這位奶娘親手帶大慧娘，不管在外在內，就算是在林府裡，也都對這位奶娘客客氣氣的。

所以奶娘雖然不齒這樣的小人，卻也是沒法說她什麼。

王姨娘是沒見過世面的，此時見了那些山珍海味，簡直是甩開了腮幫子吃。

只是吃到一半的時候，王姨娘忽然就發覺院外的人動靜不對，原本還熱鬧的氣氛，忽然靜了下來。她往院外一瞧，就見不光是吃席的那些男賓客，就連伺候的丫鬟、內侍，都是垂首而立。

此時外面進來一群人，裡面有一位錦衣男子，正在往他們這邊走。

林老爺早嚇得從椅子上站了起來，其他的男賓們則是連動都不敢動。

晉王看了他們一眼，略點了下頭，算是打過招呼。

等進到房內，早有人幫他掀開珠簾，待他一進去，裡面的女眷們立刻就退了出去。

此時的慧娘正在床上坐著。

她穿著粉色的衣服，頭髮攏了起來，梳得高高的，上面插著一枝簪子，耳朵上掛著翠色的耳環。

手腕更是少有地戴了手鐲，越發顯得她肌膚雪白，文靜賢淑。

晉王自小就孤僻，這種場面也只是稍作應酬，便轉了過來。

他沒有洞房花燭夜的感覺，再來這是納妾並不是娶親，可他心裡卻有些雀躍，見到慧娘的瞬間，整個人都不由自主笑了出來。

慧娘早看見他進來了，不知道是不是蠟燭的原因，此時的晉王完全沒有了煞氣。

他神情柔和得好像一個……情竇初開的男人……

她心裡有點奇怪，說不上這是什麼感覺，既不是厭惡也不是喜歡。

她愣愣看著他走過來。

納側妃沒有什麼儀式，既沒有蓋頭，也沒有交杯酒，只桌子上擺放了些瓜果茶水。

見晉王進來，林慧娘忙從床上站起來，小心倒了杯茶，遞給他道：「王爺，喝點茶潤潤嗓子吧。」

晉王靠近她，那眼神沉沉的，慧娘知道他多半又要讓自己坐他腿上。

她心裡有點不大樂意，不過還是被他攔腰抱住，放在腿上。

他最近總喜歡這麼抱著她，一抱就是好久，晚上的時候也當她是抱枕一樣。

慧娘渾身彆扭。

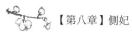

倒是他拿了一塊蜜餞給她，慧娘不得不張嘴吃了下去。

等吃完的時候，她便聽見他在她耳邊說了一句：「過幾天我帶妳去君山，那是父皇當年罰我面壁的地方，風景美極了，有面石壁上還有我刻的字呢，到時候我指給妳看。」

外面一直靜靜的，等晉王從她房內出去後，王姨娘她們才敢進去。

王姨娘已然是看傻眼，一進到房內，就直說道：「我的老天爺，這樣俊的男人，竟然會是晉王爺，為何外面都說他是……」

奶娘掃她一眼，王姨娘這才驚覺失言了，她剛差點把王爺連母蚊子都不放過的混帳話說出來，嚇得趕緊躲到一邊。

倒是奶娘見著方才的場面，寬慰了不少，王爺這時候還抽空過來看慧娘，看來王爺是真寵著慧娘的，奶娘便歡喜道：「我家慧娘是側妃了，又這麼得王爺的寵，這以後都是好日子了，要是夫人還在不知該多開心啊，以後再也不會有人欺負咱們林家了，就連俊生的前途都有了。」

慧娘知道奶娘指的是之前被李長史欺負的事，如果當時不是被那麼欺負，她也不會被逼著送到這樣的地方。

可到現在，對林家來說反倒是因禍得福。

慧娘也不好說什麼，忙跟奶娘說了些貼己話。

內裡的女眷都說說笑笑的，到臨走的時候，王姨娘更是拽著慧娘的手說：「林側妃，現如今妳麗娘妹妹就要被李長史扶正了，以後大家就都是一家人了，李長史那就要麻煩您多留心照應著……」

慧娘哭笑不得，止不住想，這王姨娘腦袋裡是不是都是豆腐渣啊，怎麼會覺著李長史是一家人呢？她難道忘了，當初可是這位長史把林家禍害慘的。

就李長史那樣的人，跟他還有什麼好說的。

倒是林老爺見酒席散了，忙又進來同慧娘說了兩句。

瞧得出來林老爺現在是打心眼裡高興，現如今縣太爺見了他都要客客氣氣的，更不用提林家那些親戚朋友，那簡直都是恨不得貼上。

林老爺少不了又要過來叮囑她幾句，都是些妳要爭氣，本本分分的話。

等人走後，院子外只剩收拾殘羹冷炙的人，那些人手腳輕快，沒多會兒工夫，院子裡就乾乾淨淨的了。

慧娘忙了一天，也有些累了，房內的被褥都是新的，她正準備脫衣服睡下，就有王爺身邊的人來叫她過去。

慧娘沒辦法，又趕緊收拾了下，往晉王那裡趕。

被折騰了一晚上，到了第二天，天才剛亮，慧娘就聽見有什麼在撓她癢似的。

她睡得迷迷糊糊，揉了揉眼睛，再睜開眼睛的時候，就看見晉王正在床沿俯身看她。

窗子是半開著的，早上的太陽從窗戶照射進來，攏在他的身上。

他的表情少有的柔和愜意。

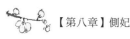

慧娘昨天被他折騰得要死要活的，渾身都不得勁，迷迷糊糊起床的時候，已經有丫鬟進來端了銅盆。

銅盆內的水是溫熱的，慧娘走過去彎腰洗臉，洗好後，又有人拿了帕子給她擦臉，然後便是上粉、點朱唇、畫眉。

她這邊收拾著，那邊晉王很快便穿戴完畢。

慧娘還是頭次見他穿絳紫色的長袍，她忍不住打量了他一眼，立刻就發現他今天穿得額外騷包。

那絳紫色的袍子上有暗紋，又鑲了些銀絲滾邊，他腰上繫著配飾，乍一看去都有些金光燦燦的感覺。

只是他氣質實在好，哪怕穿得這麼花花綠綠的衣服，腳下踩著彩繪的刺繡靴子，也不覺著輕浮，反倒是周身的貴氣。

因為是納側妃的儀式，第二天早起後也沒有什麼繁文縟節，慧娘這種品階的也搆不上去宮裡給皇太后請安。

等兩人從房內一先一後出去的時候，便先到了膳廳用早膳。

在用膳的時候，倒是有人過來跟晉王彙報出行的事。

慧娘聽他說過去君山的事兒，沒想到居然還真是說走就走。

等吃過了早膳，早已經有馬車在獅子院內候著。

那些隨行的人早把需要的東西裝上車裡，另有些隨行伺候的人更是早早就候著了。

慧娘沒想到只是隨便的一個出行場面都要這麼大，前面有開路的馬隊，他們是坐在中間的馬車上，長長的隊伍看不到盡頭。

慧娘卻是沒什麼需要帶的，只帶了小巧一個小丫鬟。

君山倒是不遠，就在離京不遠的地方。

走了半天便到了山腳下，慧娘從馬車內出來，抬頭看了看君山，剛到山腳下的時候，並不覺著這裡景色如何，可等再往裡走，才發現山裡別有洞天。

尤其是上山的地方有一條小徑，不時可以看到長得奇形怪狀的松柏。

只是上山的路很不好走，慧娘跟小巧坐著專門的馱轎一路往上，倒是晉王他們那行人居然徒步都比她們速度還快些。

這麼一路走著，馱轎前的馬兒脖子上拴了鈴鐺，隨著動作一晃一晃的，就有清脆的鈴聲在山路間飄蕩。

慧娘不時看著兩邊的松柏山景，有很多地方都開了黃色及粉色的野花。

走了好一會兒，終於是到了半山腰的位置。

那裡有一塊平地，依山而建了一座道觀。

只是年代久遠，不知道為什麼那道觀裡並沒有道士，等慧娘到的時候，早有王府的人迎了出來。

有兩個小丫鬟及一個內侍伺候著她下了馱轎。

侍引她進去的時候，便看見王爺已經在露臺上等著她。

此時半邊天的山峰都是紅的，顯然是到了夕陽西下的時候。

風徐徐吹著，就連慧娘都覺著精神一振，神清氣爽。

別看這裡地勢不是很高，可不知道為什麼，往山下看去，居然還有雲霧繚繞，簡直就跟人間仙境似的。

慧娘沒出聲，陪著晉王看了一會兒晚霞。

等進到住處時，房內早有人來收拾過了。

擺設都很簡單，再往裡看，裡面還擺了一張拔步床。

此時已經到了夏末初秋時節，白天的山上氣候宜人，到了晚上多少有些涼意。

暖爐熏香都已經備上，進到房內不覺著潮濕，反倒鼻尖都是淡淡的香氣。

從窗子往外看，外面的天色已經暗了下來，只覺著黑漆漆的，雖然有宮燈照著，可略顯陰森。

待進了房內後，小巧又為慧娘加了件披風。

此時膳房的人已經準備好晚膳。

只是在這種半山腰進膳，感覺跟在王府完全不一樣，而且裡面的菜點肯定是專門準備的，全都是些山菌野味。

幾個手腳輕快機靈的內侍在旁服侍著，小巧一直在旁邊幫她打著扇子。

慧娘慢條斯理地吃著，她知道他肯定沒有度蜜月的心思，這次的出行完全就是瞎貓碰到死耗子，或者是他想出來散心了。

她低頭吃飯的時候，晉王一直有意無意地在看她。

慧娘又不是傻瓜，知道他對自己的態度有點奇怪，可慧娘真是一點別的想法都沒有，別說自己是被他強的，就算他正經要追求自己，她也沒膽子找這樣的人談戀愛。

不過出來玩還是挺開心的，尤其這裡這麼安靜。

等吃過飯後，天色徹底暗了下來，傍晚時看風景還好，一旦天黑了，就覺著山裡挺陰森的。尤其是到了夜裡，不時能聽到野獸的叫聲，她也分不清楚那是什麼動物在叫。

可顯然晉王的玩興剛起，等吃過晚膳，他又要帶她去看早些年的那塊石壁。

專有掌燈的人在前面提燈照明。

天黑黑的，雖然有人掌著燈，可到了那面石壁後，慧娘還是沒看清楚上面有什麼。

石壁就在建築物的後面，而且所謂的石壁壓根不是人工雕刻出來的，而是山裡的一塊石頭，不知道是被雨水沖刷，還是被人刻意磨平的，反正慧娘需要抬起頭來才看得到。

晉王指給她看那些字跡，故意逗弄她：「妳能猜出來哪些是我刻的嗎？」

天這麼黑，那些字跡哪裡看得清楚，而且慧娘猜著這些字，多半都是寫上去，後又找人鐫刻的。

她仔細辨認了一番，才瞧出幾個字來，她又不是沒見過他的字，自然一眼就認出來，便指著左側的那些說：「王爺，那是您的字吧？」

只是她有些好奇，她知道晉王必定是跟大家學過書法，所以字跡寫出來漂亮很正常，再來晉王的脾氣秉性，天皇貴冑的霸氣，可神奇的是，旁邊跟晉王寫在同一高度的字，跟晉王的字擺在一起卻絲毫不遜色。

跟晉王灑脫霸氣的字跡相比，右邊的字跡看上去要工整端正得多，可是在工整處又絲毫不覺著呆板，反倒是規整勁健，雍容爾雅，很有種君子端方、溫良如玉的感覺。

慧娘忍不住走過去仔細看了看。

兩邊字跡靠得很近，晉王並不知道慧娘在看的是他哥哥的字跡，他好久不曾來過這個地方，現如今想起之前的事兒也是感慨萬千，同她道：「這裡還是我和哥哥練劍的地方。」

當年父皇把他囚禁於此，當時還是太子的哥哥，日夜兼程趕過來探望他，回去後還被父皇責罰。

慧娘沒想到他們兄弟感情那麼好，她安靜聽著晉王話當年。

「那年狄億進犯，我跟哥哥在這裡立下誓約，想著有朝一日可以平定狄億，卻不想第二年賀將軍便將狄億趕了回去。」

慧娘跟在他身邊，晉王帶她去了幾個地方，雖然晉王說起往事很開心的樣子，可慧娘忍不住四下看了看，就覺著這座山到了晚上分外嚇人，他們這一趟已經帶很多人上山了，可到了晚上還是會覺得冷清。

她忍不住想，當年晉王到底是犯了什麼錯，先帝要將他囚禁到這種地方，而且聽著他當年歲數還挺小似的？

不管有多少人跟著，年紀那麼小的一個人被弄到這種地方面壁，也會覺著冷清寂寞吧？

慧娘跟在晉王身邊，一路陪著他。

兩個人就好像在山間散步一般，一直到很晚的時候，晉王才帶著她回房休息。

他回去照例還要沐浴更衣。

早已經有東西備好了，只是以往那些伺候他沐浴的人，這次都沒跟過來。

慧娘只得自己親自過去伺候他，想給他脫衣。

結果才脫了一件，她就被晉王拉到了木桶裡，整個人都濕漉漉的。

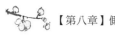

慧娘被他嚇得夠嗆，幸好他只是逗逗她，很快便鬆開了她。

在慧娘小心翼翼伺候他沐浴的時候，慧娘忽然留意到一樣東西，他左肩上燙了一個「王」字，那字跡開始燙上去的時候肯定太倉促了，現在又隨著長大，早已經模糊不清。

她用帕子輕輕擦拭著，原本還算正常的速度，在擦拭到這處時，下意識就慢了下來。

其實這字跡她之前見過好幾次的，只是床事她太緊張了，大部分時間她都是閉著眼睛，這次是頭次看得這麼清楚。

倒是她這麼悶悶幫他擦拭身體的時候，一直閉目養神的晉王，忽然開口道：「那是先皇弄上去的。」

慧娘當下就欸了一聲。

她有點奇怪，皇家有這樣的講究嗎？

孩子一出生就要燙字？

可是古代都是犯錯的人才會刺字的吧？

大概是知道她會驚訝，晉王無所謂地道：「我同永康帝是雙生子，當日降生的時候，父王怕弄混了，特意燙的。」

慧娘吃了一驚，她還是頭次聽到這種事兒。

只是不知道為什麼，在聽到雙生子三個子的時候，她隱隱有了一種怪異感，總覺著自己好像忽略了什麼。

在她走神想著這些事的時候，晉王已經轉過身了。

他也不管她有沒有擦乾淨，直接摟著她到床邊，把她壓在床上輕輕吻著。

慧娘掙扎了一下，可很快就停了下來，她平靜地放鬆身體，努力深呼吸著。

她的頭髮披散在床上，燭光柔和地打在她的臉上，表情平靜地看不出任何情緒，眼睛裡更是沉沉地沒有絲毫火花。

房梁很高，她在被壓到床上後，便把視線調高，試圖去看房梁上的畫來分散注意力。

只是晉王很快便發現她的神遊天外，他扳住她的頭，強迫著她看向自己，他望進她的眼睛裡，俯身吻住她。

一時間室內春光無限。

不知過了多久，半睡半醒間，慧娘好像做了個奇怪的夢，她像是又回到了剛穿越來的時候，遠遠看見有個少年半浸在水中，那少年身邊似乎還有流淌的血跡。

她沒有多想，直接跑了過去，她還以為那是附近玩COSPLAY的人遇到了危險。

她走過去使勁把人從水裡拽出來，她本來想用手機報警，可是不知道為什麼一格信號都沒有。

就在她不知道該怎麼辦的時候，那少年卻醒了過來。

那是一雙幽靜的眼睛，可以把人魂魄都吸進去的眼睛。

她不知道怎麼的，心裡悸動了一下，呼吸一緊，慌亂中，她猛地睜開雙眼，剛才的夢境消失了，她從回憶中醒了過來。

她這才發現自己正被人抱在懷裡。

遠處桌上的蠟燭還沒熄滅，熏爐仍燃著熏香……

室內靜謐得好像可以聽到自己的心跳。

她從那人懷中抬起頭來，便看到那張似曾相識的睡臉。

眼前的人跟她救過的那個少年十分相似……

可是……

她以前只是覺著奇怪，現在仔細看著晉王的眉眼，她恍然間似乎明白過來！

雖然晉王跟她救過的少年很相似，可是晉王的性子卻是一點相似的地方都沒有！

那少年沒有絲毫冷厲的感覺，只讓人覺得老成沉穩。

晉王顯然還在似睡非睡的狀態，下意識伸手把慧娘抱在懷中，手輕輕摸著她裸露在外的肌膚。

慧娘的身體一縮，像被電到一般，努力挪開了一些，她聲音都有些發顫：「晉王，你以前有沒有在水邊遇險過？」

晉王還在熟睡中，在睡夢中皺了皺眉頭，不怎麼高興地嘟囔了句：「沒有……」

不知道哪裡的晨鐘傳了過來，過了片刻，晉王終於睜開眼睛，他昨夜睡得很沉，他從小到大，很少有睡得這麼沉的時候，現在有慧娘在身邊，卻總能夠身心放鬆得忘記了時辰。

他舒展胳膊打了個呵欠後，才撐起身體，他由上而下望著身旁的慧娘，看她若有所思的樣子，他勾起嘴角笑了下，忍不住用手指勾起她的一溜頭髮，俯下身親了親她的嘴唇臉頰後，輕聲問了句：「妳今天怎麼起得這麼早？」

這林側妃還真是沒白納，自打這位林側妃在王爺身邊後，大家就發現晉王爺身邊下人的存活率提高了。

從君山回到王府已半個月，居然至今沒有打死打傷的情況發生。

那些跟過去君山的人逢人便說道：「在君山上，王爺心情很好，每日都帶著咱們林側妃四處遊覽……」

現在大家開口閉口都習慣叫林慧娘是「咱們林側妃」，好像這麼一叫，等到自己倒楣的時候，林側妃就一定能夠幫自己一樣。

「那簡直就是花前月下，好不快活，別看林側妃她爹是個賣胭脂的，可我看那行動做派，比閨秀還要閨秀，穩重得很，笑不露齒，吃飯的時候更是斯文，對咱們下人也好。」

另一個人忙不迭地插嘴道：「王爺原本興頭很好，要圍山打獵，可因為咱們林側妃在，王爺只打了半天獵便回來了，回來的時候還特意給咱們林側妃帶了一隻小兔子，送她玩。」

「就是現在放珍禽園裡的那隻嗎？」有在後花園伺候的人便想了起來，「我說怎麼好好的，珍禽園裡養起了兔子。」

說話間卻是有個上歲數的嬤嬤走了過來，眾人一個沒留神就被瞅見，那嬤嬤當下咳嗽了一聲。

待那幾個說閒話的丫鬟一看見這位嬤嬤，臉色都變了，紛紛垂首站好，一副等著被訓話的樣子。

不為別的，只因這位衛嬤嬤是皇太后指派下來專門伺候晉王的。

雖然衛嬤嬤這人老成，平日裡並不怎麼管事，可畢竟身分擺在那兒呢，這可是當媽的找了人專門來看護自己兒子的，就這個地位，王府裡沒人敢得罪。

衛嬤嬤冷冷瞄了眾人一眼，她歲數越來越大了，身體也不大得勁，再來晉王又不是個好相與的，別說是她這種身分的人了，就算是皇太后親自來了，晉王也不見得給兩分面子。

所以衛嬤嬤一向是低調不理事的。

前段時間雖然知道王府裡亂糟糟地納了位側妃，可想來王爺都這個歲數了，別說是側妃，正妃都要娶的。

她便沒去打聽，只在自己的小屋內養病，只是現如今不管到哪裡都能聽見這種混帳話，什麼林側妃如何了得、如何得寵、如何被晉王爺當心尖一樣的疼，衛嬤嬤便心裡生了計較，什麼林側妃，不過就是個妾罷了。

哪裡有正妃沒入門，就有個妾這麼張狂的，簡直都當自己是女主子了！

再者晉王是那樣的人嗎？

誰不知道晉王是天下最荒唐的男人，只怕是那小側妃自以為有些手段，在王府內故意虛張聲勢罷了！

衛嬤嬤正要教訓這些多嘴嚼舌的下人幾句，忽然見到從遊廊走過來一個穿粉衫的漂亮小丫鬟。

那丫鬟梳著嬌俏的丫髻，頭上還插著花。

衛嬤嬤覺著眼生，特別問了身邊的人一句，立刻就有人小聲回道：「這就是林側妃身邊的小丫鬟。」

衛嬤嬤沒動聲色，連忙讓人把小雀找了過來。

小雀半路被人攔住了有些意外，她是從藩地跟過來的，等走過去的時候，就看見有個上歲數的嬤嬤被好幾個人圍著，這個嬤嬤跟她見過的王嬤嬤及教習嬤嬤都不大一樣，感覺冷冷的，不愛笑似的。

小雀還是頭次見到衛嬤嬤，她不知道裡面的利害關係。

雖然心裡覺著奇怪，可小雀也沒多想，走過去後，客客氣氣地問道：「嬤嬤，不知道您叫我有什麼事？」

衛嬤嬤臉上一絲笑意都沒有，從上到下打量了她後才問：「妳這是要去哪裡？」

小雀是個傻乎乎的孩子，也沒什麼多餘的心眼，當下就實話回道：「回稟嬤嬤，我剛擦桌子的時候，不小心把王爺房裡的插屏弄倒了，林側妃讓我找個別的先替著，我正要去庫房取呢。」

「喔，摔了個插屏……」在衛嬤嬤喔那麼一聲的時候，身邊的人都知道這要不妙，王爺房裡的東西很多是御賜的，那個插屏能是隨便摔的東西嗎？

「是那個玻璃插屏嗎？」衛嬤嬤繼續追問。

小雀欸了一聲，有些意外，「嬤嬤妳怎麼知道？」

衛嬤嬤暫態就笑了，「這就是了，那插屏啊，一共只得了兩個，一套給了如今的永康帝，如果我沒記錯的話，現在那個應該就在長樂宮內擺著呢，還有一個就是咱們王爺房內擺著的，妳說這樣的一件東西被妳摔了，該是什麼罪？」

小雀一聽就傻眼了，嚇得直跪在地上，不斷磕著頭，「嬤嬤，奴婢實在不知道，而且那插屏也沒有碎，只是底座有些不好了，林側妃的意思是先換個別的來，那個拿去修……」

衛嬤嬤也不管她要怎麼解釋，吩咐左右一聲：「帶這混帳丫頭去覲見王爺，讓王爺看看他房裡的都是些什麼能人。」

這下周圍的人都傻眼了，都不明白林側妃怎麼會得罪到這位衛嬤嬤。

雖然對方只是個有臉面的嬤嬤，可這是皇太后派給晉王的，衛嬤嬤要是在太后面前說上兩句不好的話，可就有林側妃倒楣的了。

說話間，早有知道不妙的人，一溜煙跑去給林側妃通風報信。

等通風報信的人到的時候，慧娘正在魚缸邊看魚呢。

今天本來挺好的，只是在打掃的時候，小雀不小心把插屏碰倒了，不過慧娘也沒太在意，那玻璃又沒碎，只是下面的底座有些受損，她琢磨著找個手藝好的人修修就行，哪知道轉眼就會出這樣的事兒。

她忽然聽見外面有人上氣不接下氣地喊著：「林側妃，大事不好了，剛小雀半路遇到衛嬤嬤，衛嬤嬤知道她摔了玻璃插屏的事兒，說要帶她去王爺那兒治罪呢。」

慧娘納悶地抬起頭問身邊的人：「哪個衛嬤嬤？」

王府裡的人多，她到現在都沒認全。

報信的小丫鬟告訴她道：「是宮裡派來專門伺候王爺的……」

可說完後，小丫鬟又有些欲言又止的樣子，大家平時都很喜歡這位沒架子的林側妃，可也都知道衛嬤嬤不管事是不管事兒，可一旦管事的話就是大事……就算林側妃是個有品階的，可王嬤嬤背後還有皇太后……

小丫鬟不好再說下去，通風報信後就又扭頭跑了。

聽了這些話後，林慧娘愣住了，沒想到會發生這種事，這王府也太大了，怎麼半路還會跑出個衛嬤嬤。

她趕緊問了晉王現在在哪裡，隨後指揮著身邊的人說：「快把之前的插屏拿過來！」

等有人把插屏拖出來後，她又仔細檢查了遍，覺著東西沒什麼大礙，才深吸口氣地走了出去。

晉王爺最近都是跟林慧娘在一起，今天確是少見地跑到書房不知在忙著什麼。

等慧娘到的時候，衛嬤嬤早已經進去好久了。

慧娘走近書房的時候，就聽見裡面衛嬤嬤義正辭嚴地說：「王爺，如果今兒個我不小心砸了樣東西，明兒她又不小心碰了樣東西，不管誰砸了什麼、碰了什麼，都不管的話，以後王府裡還有個全活東西嗎？所謂賞罰分明，都是要上面的人給下面的人立好了規矩才好辦事的……」

慧娘聽得心驚肉跳，止不住想，這是要做啥啊，這就要開出宅鬥副本了嗎？

她能否天天做做微積分、學理論物理，自我折磨修煉不？

宅鬥這玩意實在太摧殘人了！她還不如天天做微積分自我了斷呢！

等她進去的時候，那位衛嬤嬤倒是從椅子上站起來向她施禮，只是施禮是施禮，可表情卻是冷冰冰，明顯是瞧不起這位賣胭脂出身的林側妃。

慧娘心裡有些忐忑，她能瞧出衛嬤嬤對自己的不懷好意。

她忍不住往晉王那裡看了眼，就見坐在椅子上的晉王臉上什麼表情都沒有。

慧娘見他這副樣子，心裡就更緊張了，她遲疑了下才走上前去，小心解釋道：「王爺，今天都是我不好，我本來想看看那個插屏內的玻璃，都說那東西金貴，結果大概是我沒放好，等小雀再去擦的時候，就倒了……不過那東西……並沒怎麼樣……我把東西拿來了，王爺可以親自瞧……」

說完這些話後，慧娘就發現晉王壓根沒任何表示。

從表情上也實在瞧不出他的喜怒，慧娘實在是心裡著急，總不能為件玻璃擺飾就把小雀的命丟了吧！

她索性一咬牙說：「那東西我想了想，覺得我大概……能做出來玻璃……」

反正這世界的沙子多得是，只要把工序弄好了，做出玻璃還不是小意思嘛！

晉王卻沒說什麼，對他來說，不管是什麼插屏還是什麼玻璃，都是不值一提的事兒，對他來說，最重要的、最值得他去琢磨考慮的就只有桌子上的這張東西。

過了好半天，他才從桌子上抬起眼來，淡淡道：「你們都下去。」

這下房內伺候的那些人都退了出去，就連衛嬤嬤都一臉肅靜地走了出去。

等那些人出去後，慧娘就覺著自己的心跳加速，腳都有些發軟，也不知道晉王會是個什麼態度？

倒是晉王的目光在她臉上細細看著，然後他忽然勾了下手指。

慧娘不明白他是什麼意思，不敢遲疑，忙走了過去，然後就覺得自己的臉頰疼了下，晉王正在捏她的臉頰。

直到這個時候，晉王終於是露出了一絲淺笑。

他拍拍自己的腿，示意她坐上去。

慧娘心裡奇怪，不知道他唱的是哪齣，現在不光是小雀還在外面跪著哭呢，就連衛嬤嬤都是一副氣勢洶洶的樣子，他怎麼一點都不往心裡去？

等她坐上去後，他從背後環抱著她，壓根不提剛才的事兒，只說道：「妳來看看這個設計圖怎麼樣？」

他指給她看桌上的圖，慧娘當下就欸了一聲。

她有些意外地看著那東西，開始還有點不明白，可到了最後，她才終於想起來，這不就是典型的水塔嗎？

這是做什麼用的，下面的那些是竹子嗎？用來引水的，然後這個……

她不明白地指著那個噴頭似的東西問他：「這是什麼？」

「妳說的噴頭。」晉王一隻手環著她的腰，一隻手指給她看分解圖，「全部都是用竹板做的，那天晚上，妳不是同我說過這個，我就一直想著這究竟該是個什麼東西？」

慧娘頓時都不知道該說什麼好了，因為每天都要伺候晉王，所以她每晚都要勞師動眾地沐浴。

可這個地方的沐浴都是在大木盆裡，每次都要有五六個丫鬟伺候著洗，被人眾目睽睽地盯著洗澡，她覺得很不適應，每次洗澡都跟打仗似的，她心有所想，在晚上睡覺的時候，下意識地嘀咕了幾句，她以為他正在自己身上忙著呢，應該沒有聽到。

卻沒想到他不僅是聽到了，還能舉一反三地畫出這麼個東西來。

她的表情就有點不自然。

她沒想到他會在意，哪怕是她隨口說的幾句話，他都這麼往心裡去。

倒是外面的衛嬤嬤還在等著裡面晉王的吩咐，小雀更是哭得眼睛都腫了。

眾人都不敢吭聲，知道這是王府裡的大事兒。

現如今就看王爺會偏向著哪一方，是要嚴懲這個小雀，還是給林側妃一個面子，稍微罰一罰，息事寧人……

眾人一直這麼等著，也不知道裡面說了些什麼，那位林側妃是在撒潑還是在使嬌，所有的人耳朵都支著，隱約聽見裡面似乎在說些什麼容量太大啊，這樣水壓不夠的話。

那些話簡直跟天方夜譚一般，等過了好久，晉王再出來的時候，眾人就見晉王是牽著林側妃的手走出來的。

到了外面，晉王壓根沒理這些事兒、這些人，直接低頭吩咐了林側妃一句話就走了。

到了這個時候，慧娘望了望周圍的人，又看了看那個已經一臉菜色的衛嬤嬤。

她再傻也知道，晉王自始至終都沒有問過一句，四兩撥千斤地就把王府裡的許可權都交給了她。

她能感覺到那些落在她身上的目光有許多疑惑，儘量語氣平和地吩咐著：「王府裡有事兒是要賞罰分明的，小雀，雖然妳不是故意的，可按規矩，還是要罰，從今天起就扣妳三個月的月錢。」

說完她又看向衛嬤嬤，就見衛嬤嬤臉色越發難看。

衛嬤嬤到現在終於明白那些人說的話都是對的，現如今晉王寵這位林側妃，寵得都不知道該怎麼辦了。

她之前還氣勢洶洶，現在卻跟鬥敗了的公雞一樣，一聲沒吭，忙帶了身邊伺候的丫鬟就繼續「養病」去了。

這種事兒傳得很快，等到了晚上，慧娘再喝避子湯的時候，王嬤嬤過來了。

這位王嬤嬤現下已經肯定自己算是押對寶了，這位林側妃前途不可限量啊！

此時見慧娘問也不問地就喝那避子湯。

為了示好，王嬤嬤有些不該說的，但為了顯示自己是林側妃的自己人，她也悄聲地說了：「林側妃，妳可知道這避子湯為什麼給得這麼勤？」

慧娘哪裡知道，只知道差不多兩三天就有一大碗苦苦的湯水要喝，不過喝就喝吧，總比莫名其妙給人生孩子好。

可王嬤嬤說得這麼正經，她也就裝作很有興趣的樣子，回了一句：「為什麼？」

王嬤嬤一臉神祕道：「一則是咱們王爺還沒娶王妃呢，二來……」她壓低了聲音：「現如今聖上都登基好些年了，可到現在還沒有一男半女，咱們晉王爺也是因為這個才特意吩咐，不管是誰，別說是避子湯了，就算真不小心有了，都要一律去掉！也因為這一則，皇太后也從沒催過咱們王爺娶王妃……」

慧娘倒是知道晉王跟永康帝是同一個媽生的孩子。

她聽得也是一知半解的，因為哥哥還沒孩子，所以當弟弟的也不能有，不然下面的大臣會嘀咕？還是會讓這個當哥哥的覺得丟臉？

不過她很快就想到，永康帝正值壯年，就憑晉王這個夜夜笙歌的德行，沒道理永康帝不能生吧？

自從知道自己救的是那位永康帝後，她就一直對永康帝挺好奇的，忍不住問道：「那皇上為什麼一直沒孩子？沒有太醫過問嗎？」

「還能為的什麼。」王嬤嬤壓低了聲音，她家有親戚在宮裡當差，多少知道點內幕，現在趕緊著顯擺了出來，「現如今都知道關睢宮裡的那位把咱們聖上的魂都勾走了，剛登大寶的時候，皇太后就給聖上選了三位妃子，都是天姿國色的美人，不說別的，單說皇后也是萬裡挑一的賢淑貴女，母儀天下的人，性子又好，可都入不了聖上的眼，咱們聖上夜夜都要守著關睢宮裡的那位。」

慧娘不知道怎麼地就打了個寒顫，心裡像有什麼東西在撓她似的，忽然想起她已經不是第一次聽到那個名字了，李大夫曾說過為了那個人，名貴的藥材都不知道費了多少……

王嬤嬤此時倒是想起什麼來，又趕緊說：「對了，林側妃還有一件要緊的事兒，再過半個月便是聖上的誕日了，到時候您肯定要隨咱們王爺進宮的，這是頭次進宮，您一定要提前準備好了。」

【第九章】

原來是你

慧娘看著推著腳踏車繞場走一圈的晉王，簡直就驚呆了！這不正是她才剛買沒多久，就跟著她一起穿越來的腳踏車嘛！

看見晉王一副要跟她一起探討這是什麼東西的樣子，慧娘心裡發虛，遲疑了一下，才摸著坐墊說：

「我也不知道這個東西結不結實，不過要能坐上去試試的話……也許也挺好的……」

不然總這麼推著車子走，也太腦殘了啊！

慧娘沒想到這麼快就要進宮，等王嬤嬤退下，她這裡收拾妥當，再進去伺候晉王時，小巧、紅梅她們忙伺候著她換了衣服，衣服的材質很舒服，她起初也不知道是什麼，倒是後來紅梅提到這是很貴重的三梭布。

慧娘也不明白這個名貴在哪裡，不過穿著倒是很舒服。

等換好衣服，慧娘深吸口氣，就見晉王並沒有在床上等她。

平常一般這個時候晉王都是在床上等著她，今天倒是少有地在看書。

慧娘走過去後，便低頭鋪床。

只是她鋪床的工夫，晉王已經把書放下，他很快走過來環住她的腰，把她壓在床上親她的脖頸。

慧娘雖然習慣了，可還是想有些心理準備，她掙扎了下，忙打岔問晉王：「王爺……我剛聽人說聖上的生辰要到了，你想過要送什麼賀禮嗎？」

她平時睡覺前都要跟晉王說幾句話做個緩衝，因為知道他是個需索無度的人，所以每次她都努力找個話題，跟他胡扯幾句，好讓自己做做心理建設。

晉王卻不知道她這層心思，他喜歡溫香暖帳內同慧娘款款私語。

而且每到這個時候慧娘就會低著頭，手指攪在一起，那副含羞帶怯的樣子，他哪裡會知道這是慧娘在做心理建設呢，每次看到這樣的慧娘，他就覺著特別喜歡，總想把她抱在懷裡好好親上一會兒。

現在見她問了一句，晉王卻並不在意，他每年都是差不多找一樣禮物遞過去就算了，便隨口答道：「有下面的人會幫著置辦。」

不過望著慧娘的面孔，他倒是又想起什麼一般，忽然點著她的鼻尖道：「對了，之前妳說會做玻璃，趕明兒妳做一件，我送到宮裡去。」

他想起之前哥哥給的那個同心球了，想著既然哥哥都送了他禮物，不如趁這個機會，讓慧娘也表現表現，回送他哥哥一份賀禮。

慧娘卻是吃了一驚，沒想到自己之前說的話他還當真了。

她遲疑了下，玻璃應該不難做吧？她想了片刻才點點頭道：「我試試看，可要是做得不好，您可千萬別生我的氣。」

晉王都不知道她為什麼一直這麼小心翼翼，他把她扯到懷裡，輕吻著她的手指說：「妳只管做，本王生妳的氣做什麼。」

等到了第二天，慧娘因為有了這件任務，早早就起來了，她很快做出計劃表來，現在時間緊迫，她也不知道能不能在時間內做出合格的產品。

她忙找人過來跟著一起做，東西都是現成的，王府裡的人她可以隨便調派。

唯一的問題就是她不知道怎麼組合石英砂、純鹼，再來溫度跟數量配比她也拿不準。

不過好在東西都好找，有那麼多人可以調用，慢慢摸索總是能摸索出來。

這麼嘗試了幾天，還真讓她摸出了規律，只是玻璃不好弄，她開始總是掌握不了大小。

到了後來雖然能夠掌握住了，可是邊角還是不夠均勻。

再來她也不知道該做多大的，不過一次一次的失敗後，那些人製作的工藝倒是越來越熟練了，做出來的東西越來越平整，樣子也越大。

到了最後做出了一個類長方形的玻璃，只是周圍不怎麼規則，可是跟之前比較起來已經很不錯了。

小雀跟紅梅捧著給她看的時候，她都覺著面積不算小了，比之前桌子上擺的插屏大了好幾圈呢。

只是看見這樣的玻璃後，慧娘又為難起來，光這麼個玻璃擺起來也太難看了。

本來這種東西做成插屏還好，拿件特別的藝術品往裡一裝，做個布景，起碼像模像樣的。可是這麼大塊玻璃，怎麼想都覺著不合適，再者下一塊未必就還能做成這樣的大小，要是插屏的話怎麼也需要兩塊一樣大小的玻璃。

她正想著呢，就靈機一動，立刻想起高中化學時學的銀鏡反應[8]了。

她忙笑著拍掌，「我可真傻，居然忘了這個！」

可是等她冷靜下來一想，很快又否決了，在現代隨便買點東西就可以做的實驗，在古代卻是要啥沒啥，她仔細琢磨，覺得還是別管銀鏡反應了，那東西太複雜，而且弄不好可是有爆炸危險的。

看林慧娘的表情一會兒輕鬆、一會兒嚴肅，身邊的小丫鬟們都不敢出聲，大家都眼巴巴地瞅著她。

想了好一會兒後，慧娘終於想起個辦法，她也不知道行不行得通，反正就當做實驗了。

這個時代應該有水銀跟錫箔，她連忙讓人找了一些過來。

她記得在西方有這種用汞在玻璃上貼附錫箔的錫汞齊法。

這種方法倒是好操作多了，她小心演練了一會兒，用之前做出來的廢玻璃試驗了幾次後，終於是把大塊的做了出來。

只是等那東西一做出來，身邊的小雀她們早都驚得目瞪口呆，簡直不敢想像林側妃怎麼能做出這樣的東西來！

之前還能透光的玻璃，怎麼忽然間就變得可以照見人影了，而且照得那麼清楚，簡直就跟人在裡面似的！

王嬤嬤更是直喊道：「我的老天爺，林側妃，光說王爺寵妳，就憑妳這樣的聰慧，有哪個男人不愛的。」

慧娘笑了笑，連忙又找人去量了邊緣，準備做個好看的鏡框。

在等鏡框的時候，小巧她們簡直都不會眨眼了，每一個都在鏡子面前扭著身體看自己。

這樣的東西比銅鏡清楚多了。

慧娘看到熟悉的鏡子，心裡也有些感慨，同小巧她們說：「這種鏡子是清楚，以前的那個銅鏡只能看到個大概，偶爾有個頭髮絲之類的都瞧不清楚，妳看這個照得多清楚，趕明兒有空了我也做一塊給妳們用。」

只是在說話的時候，王嬤嬤倒是想起了什麼，趕緊提醒道：「我的林側妃，您可真沒多少閒時間了，現如今妳給聖上的禮物算是做好了，怎麼獨獨忘了最該上心的那個？」

慧娘還真反應不過來、難道皇帝過生日，還需要給皇后送禮嗎？還是皇太后？

注釋

8—銀鏡反應：銀化合物的溶液被還原為金屬銀的化學反應，由於生成的金屬銀附著在容器內壁上，光亮如鏡，故稱為銀鏡反應（silver mirror reaction）。

見她一副不開竅的樣子，王嬤嬤都不知道該說什麼好了，這林側妃是怎麼討得王爺喜歡的，一點體貼討好王爺的樣子都沒有，她趕緊告訴林慧娘道：「還能是誰，自然是咱們晉王爺了，雖然王爺挨著聖上沒有一起，可妳做側妃的怎麼能沒個表示。」

林慧娘欸了一聲，為難地說：「可是嬤嬤，現如今我在王府裡每樣都是王爺給的，我怎麼好拿王爺的東西再送給他？」

王嬤嬤都無語了，心說這位林側妃還真是個棒槌，一點都不知道變通，她哪裡知道林慧娘壓根就沒長那個心。

不過自從王嬤嬤提醒了她之後，慧娘就發現不光是王嬤嬤，就連她身邊的小巧、紅梅也都跟著提醒她，簡直比她還要著急似的，紛紛勸說：「林側妃，妳光準備了聖上的禮物，雖然這是王爺讓妳準備的，可是王爺的您也要惦記著……」

慧娘沒辦法，就又吩咐那些下人去另外做一塊玻璃，她心裡想著反正又不費事，就當賣一送一算了。

等都弄好了，她又找了木匠，吩咐著要什麼樣的，兩個都用一樣的框架。

這樣終於都做好了，鏡子也都裝裱了起來，然後慧娘就隨便指了一塊送給永康帝，另一塊則留給了晉王。

時間過得很快，轉眼間半個月過去了，等到了皇上生辰那天，王爺早早就起來了，倒是慧娘睡得昏沉沉的。

晉王推了推她，摸著她身上的肌膚，他笑著用新生出來的鬍碴去逗她，貼過去蹭她的臉頰。慧娘在睡夢中又刺又癢的，忙避了開。

知道是晉王在折騰自己，她翻了個身，不樂意地揉了揉眼睛。

這個時候門被人從外面推開，小巧她們依次進來，還有那些伺候晉王的內侍們也都魚貫進來。

此時可不比之前，穿的都是朝服。

慧娘還是頭次見王爺穿這麼正式，他頭上戴著遠遊冠，身上的衣服看上去比以往都要寬大很多，袖子更是寬大，衣服上面繡著四爪的坐蟒，顯得整個人都玉樹臨風。

她也穿了專門的服飾，花冠裙襖大袖圓領，整個人都顯得累贅了不少，不過就算不習慣也要適應著，因為這種服裝都代表著各自的身分，哪怕是鞋子上的繡花都有講究。

原本慧娘還沒這麼緊張，現在衣服穿在身上，就跟套上要工作的制服一般，心裡就有些忐忑。

畢竟是頭次去深宮內院，也不知道裡面會是什麼情景，進宮後，王爺會去勤政殿面見聖上，她則要去長樂宮拜見皇后。

一想到自己在宮裡誰都不認識，卻要去那種地方給人恭賀生日，慧娘就覺著頭疼。

這次大概是離得近，晉王騎了一匹黑色的馬，而慧娘則坐王府的轎子。

他在前面，慧娘則乘著轎子跟在後面。

中間還有不少護衛、內侍、丫鬟一路護送著。

晉王府離皇城近，沒走多久就到了。

按祖制應由東門入，門外有一塊顯眼的下馬石立著。

只是這些都是給外人看的，晉王是皇帝的親弟弟，誰敢攔他。

那些御林軍直接退讓開，裡面早有永康帝派過來的太監在候著，老遠見了晉王過來，連忙跑到跟前，一路引著晉王一行往前走。

可林側妃是女眷，不得直接面聖。

此時便有宮女在門口候著，見她進來，也一路領了過去。

依例慧娘這樣的側妃是不能坐轎入內，沿路難免碰到有些步行往內走的誥命夫人，遠遠就看見一頂小轎被宮女引著。

那些人只瞧了兩眼，便有人悄聲說：「這是晉王府內的林側妃。」

那說話的人口吻都帶上了深意，果然旁邊的誥命夫人就扯著嘴角笑了下，誰不知道前段時間晉王納了個賣胭脂家的女兒當側妃，據說是天仙一樣的人，哄得殺人如麻的晉王跟小綿羊一般，簡直是言聽計從的。

這些人都是正室身分，如今見一個側妃還沒怎麼樣呢，就敢如此張狂，居然進宮的時候還敢乘轎子，這不明著是要打正妃的臉嘛，那些人便都是一副諱莫如深的樣子。

大家都忍不住想，也不知將來這位晉王會娶哪一位貴女當王妃？只怕還有得那位王妃鬧心的呢。

慧娘坐在轎子裡，因為頭次來這種地方，心裡光想著一會兒面見皇后時的規矩，壓根就沒注意到自己已經算是違制了。

她還沒到長樂宮，那邊晉王倒是到得早，他的馬快，沒多久就到了勤政殿。此時的永康帝還在批閱奏章。

晉王也不同自家兄長客氣，直接把馬繩扔給身邊的人，就往勤政殿內走去。殿外的太監護衛都認得這位晉王爺，老遠就在行禮。

門外的太監一面通稟著，晉王已經大步流星走了進去。

永康帝這才從桌案上抬起頭來，見弟弟進來，他忙笑著招手讓晉王過去。

晉王卻是一看見御案上擺的奏章，立刻就停下腳步，很快找了個地方隨意一坐，顯然是讓永康帝先忙著。

永康帝的貼身太監吳德榮，便親自奉了茶過來。

晉王也不去接，這位大內總管知道，晉王爺自小就是這樣唯我獨尊的性子，他臉都要笑出花一般，忙放下茶盞，一路又退回到永康帝身邊。

雖然外面都說這位晉王喜怒無常殺人無數，可是對永康帝身邊的人來說，晉王其實是個頂好伺候的人，他有什麼都會直接擺出來，當下哪裡不高興了，直接賞你一腳都是有的。

倒是上面坐的那位聖上，那可是少有的聖明君主，可也因為這個，天威難測，底下的人誰敢有絲毫的馬虎，再來一般人不管伺候多久總能琢磨出一二來，唯獨這位聖上，不管是軍機大事還是宮內的瑣事，他們這些伺候的人，都沒見過聖上露過分毫的情緒，壓根就猜不出他在想什麼。

倒是御座上的永康帝見晉王沒過來，也不說什麼，繼續低頭批閱著奏摺。

不管是不是自己的誕辰，他這個做君主的都沒有一刻清閒。

終於批閱得差不多了，他才從桌上抬起頭來。

然後永康帝就看見晉王正在打量他放在一邊的銅鏡。

那鏡子放在那裡，是他用來偶爾正正衣冠用的，而且擺了都不知道多久了，沒想到晉王像是剛注意到似的。

永康帝便笑著說：「你今天是怎麼了？」

「陛下不想換面鏡子嗎？」晉王轉過頭來，他跟永康帝可是一個肚子裡爬出來的，不管其他皇親宗室大臣是怎麼看待當今聖上，對他來說，永康帝不過就是他的哥哥。

他在這裡指派別人，也從沒覺著有什麼不妥當，晉王當下直接就招呼外面的太監，「把我的賀禮抬進來。」

永康帝有些納悶，他們兄弟從沒那麼客氣的，再者兩人的誕辰都是同一個日子，也用不著彼此客氣。

他這次提早過來，還要親自把賀禮送上就有些古怪了。

賀禮很快就抬了進來，正擺在那面銅鏡前，擋著禮物的綢布被撤了去，露出了禮物的真容。這下就連總管吳德榮都驚了一下。

忍不住想，這樣的東西居然也能被晉王找到！

永康帝也是少有地失了下神，因為沒想到會在鏡中看到如此清晰的自己。

他伸出手指點了點那玻璃鏡面，覺得東西涼涼的。

晉王見唬住了哥哥，便笑著說：「這樣東西，是我府內的林側妃敬獻的。」

永康帝一下就明白過來，他淺笑了下，雖然不是迎娶正妃，可如今弟弟完全就是一副新婚燕爾的樣子，這是拿這位林側妃在他面前炫耀呢！

見弟弟這麼開心，他也跟著開心。

他坐回去後，眼睛倒是一直看著鏡中的自己。

過了片刻永康帝才道：「阿奕，咱們長得還真像。」他又想起件事來，「上次的酒，也是你那位側妃送的吧？」

他其實早對那位聰慧的林側妃有了好奇，只是宮中有規定，再來那是弟弟的房內人，他不便見。

倒是說話間，有人過來，彎腰啟稟道：「萬歲爺，張道人求見。」

永康帝聽後就頓了下，他知道晉王這個做弟弟的自小就討厭這些術士，當日晉王生辰的時候，宮中喜氣洋洋，可後來不知道怎麼搞的，偏偏來了個道士，非要說阿奕是妖星轉世。

才十一歲的阿奕哪裡聽得了這個，直接拿了寶劍便送那老道見了閻王，只是這下更是印證了道人所說的，嗜血成性、暴虐無端八個字。

為此父皇罰阿奕去君山面壁，也是從那時候起，父皇包括母后如同防賊一樣防著阿奕。

現如今他為了關雎宮內的人，養了這麼一位張道士，晉王那麼討厭術士的，現在也只是礙著他的面子才不理會罷了。

永康帝聽了啟稟，便淡淡道：「讓他晚些再來。」

那太監趕緊退了下去，到了殿外跟那張道人一說。

張道人立刻就知道今天來錯了，他早就領教過那位滅佛毀道的晉王的厲害，要不是關雎宮裡實在是缺他這樣的人，沒永康帝維護著，這位晉王不知道早拿了什麼法子讓自己去見閻王了。

張道人嚇得立刻回去了。

在兄弟倆閒聊的時候，御膳房的人已把壽麵預備出來。

按慣例吳德榮親自端來了壽麵。

這都是多少年的慣例了，以往在永康帝還是太子的時候，年年便是這樣過的，晉王每次都是先到太子這裡吃壽麵。

永康帝在晉王面前也不拘什麼君臣之禮，直接坐到晉王身邊，兩個兄弟像兒時一般，並排坐在軟榻上，彼此吃著那一小碗壽麵。

這壽麵雖然不多，可吃起來很講究，長長的一根要從頭吃到尾。

就在兄弟兩個閒聊吃壽麵的時候，慧娘也沒閒著，這個時候她已經到皇后所在的長樂宮外了。

之前雖然是坐轎進來的，可到了後宮，那個領路的宮女便讓轎子停了下來，把林側妃從轎內請了出來。

按宮規，慧娘這樣的品階，進來即便是坐轎都是不合常理，要是再坐著轎子在後宮內行走，就更是壞了規矩。

慧娘等出了轎子後，才發現原來大部分的貴婦誥命都是由丫鬟攙扶著走進來的。

她心裡就是一個咯噔……

她另外不知道的是，按慣例來說女眷都不得走東門的，偏偏她今天還就是跟著晉王一起走東門。

她被宮女、丫鬟一路領路攙扶著往內走，路上倒是遇到了一些一同過來的誥命夫人。只是那些誥命夫人自恃身分，都沒有同她一個側妃親近的意思。

即便是看到了，也都是當看不見一般，這麼一路同行著，終於來到長樂宮外。

永康帝是個清心寡慾的皇帝，後宮人員非常簡單，除了正宮的劉皇后外，只有貴德淑賢四位妃子，永康帝又是個勤勉的君主，很早就上早朝，晚上更是要忙到很晚。

百姓交口稱讚，稱他為聖明勤勉的君主，可是宮裡的女人卻是苦啊，都是如花似玉的年齡，卻個個都跟打入冷宮一般，任她們天姿國色，還是聰慧過人，還是賢淑溫柔，永康帝全都是不聞不問。

所以慧娘一進到長樂宮就感覺出來，這裡的氣氛一點長樂的感覺都沒有。

明明人那麼多，丫鬟、太監都不少，可到了宮門內，卻覺得裡面的氣氛很壓抑，簡直就跟到了尼姑庵一般。

長樂宮內，劉皇后正同淑妃閒聊。

她們是一同進宮的，這些年都守著活寡，所以漸漸也都有了些共同語言，平時沒事喜歡聚在一起喝茶說話解悶。

往那兒一看就知道，永康帝的後宮還真是發自內心的和睦。

這些后妃都是孟太后當初千挑萬選選出來的，只是這劉皇后的皇后之位來得有些特別。

原本后位不該是這位劉皇后的，眾人皆知當日給永康帝定的乃是皇太后的娘家姪女，可是太后娘家弟弟糊塗，不知道怎麼就參與了齊王的叛亂。

等晉王回京平亂的時候，不管是不是親娘舅，直接就把孟府用火燒了個乾淨。

聽聞自己娘家遭此橫禍，皇太后直接就暈了過去，可巧那時候本該是新皇后的孟秀珠正在宮中陪著太后，因此躲過一劫。

等永康帝登基後，皇太后想起娘家僅餘下這麼一位孤女，又想起早些日子自己那糊塗弟弟同自己說的話，最後就哭著同永康帝說心疼姪女孟秀珠，意思是讓永康帝還是按以前的說法把孟秀珠納入宮內。

只是皇帝還沒作聲呢，倒是晉王爺大馬金刀地走進來，據說晉王甲冑上的血跡還未乾，一臉的煞氣，直接俯身拜倒在地，就跟皇太后槓上了，說他早就屬意孟秀珠，讓皇太后把孟秀珠給自己。

孟太后見這個兒子，簡直跟見了活閻王一般。

當下臉就綠了，那位躲在屏風後的孟姑娘更是嚇得暈了過去。

誰也不知道這位晉王是真要人還是假要人，不過孟秀珠是斷斷不敢嫁給這位火燒她全家的閻王。

世上沒有不透風的牆，下面的人很快就都知道這件事，孟太后要讓姪女給永康帝當妃子，偏偏晉王橫刀奪愛。

最後孟姑娘絕了嫁人的念頭，直接跟著皇太后在廟裡靜修。

於是這個后位在幾位重臣跟孟太后的一番挑選下，最後便落到劉皇后身上。

在那之後孟太后又為永康帝擇了幾位妃子，永康帝是個孝子，也不違抗母命，一併收入了後宮。

至此四海昇平，國泰民安，永康帝當上了他的太平天子。

劉皇后既然有了這樣的機遇，所以到了宮內，受到永康帝的冷落也不覺著什麼，反正各安天命罷了。

其他的四妃因為沒有爭寵的嫌隙，自然也都和和睦睦，只是沒有宮鬥來解悶子，一時間整個後宮也難免顯得枯燥，所以宮內開始流行各樣遊戲，什麼抹骨牌啊、撲蝶啊，就連皇后私下沒事都踢過幾腳毽子。

如今劉皇后跟淑妃正聊著，就有宮人稟告已經有外命婦到了。

皇后忙宣了那些人進來。

待外命婦到了之後，宮內女官領著眾人向正中央坐著的皇后、貴妃等人行禮。

等行完禮，進宮的外命婦們才款款坐下。

慧娘學著周圍的人，別人怎麼做她也怎麼做，反正有樣學樣，總歸是不會出差錯。

接著奉茶寒暄過了一陣子，因慧娘品級不高，所以也輪不到她在前面答話。

這麼坐了片刻，到了吉時便有女官過來催請。

皇后這才從座位上站起來，其他的貴婦早已經垂首等著了。

一時間鴉雀無聲，只有窸窸窣窣的腳步跟衣料的摩擦聲。

按慣例，皇帝誕辰要宴請百官，百官再獻各色壽禮的。

只是永康帝天生節儉不喜鋪張，自從登基後修葺過院子，都以天下百姓為先，力倡節儉，推崇樸素。

所以慶典就簡單得多。

她們這些內外命婦們到了吉時，由皇后帶領著。

前面皇后乘著鳳輦，其他的各妃也按品階有專門的步輦。

只有慧娘她們這些品階不到的在後面隨行，幸好路很近，而且步速很慢，等到的時候，那頭早已經鼓樂喧天。

遠遠可以看到一個搭建的臺子上，有很多穿粉帶綠的童男，長袖寬衫，戴玉冠，裹巾頭，舞劍器，執錦仗，捧寶盤，跨雕箭，場面熱鬧壯觀。

道路兩旁燃著無數宮燈，照得恍如白晝。

到了殿前，眾女眷都停了下來。

兩邊都有薄紗作帳，隔開外臣的視線，只是照舊可以透過紗帳看到影影綽綽的身影。

慧娘心裡好奇，忍不住偷偷打量身邊的人，發現眾人的表情都很嚴肅，她也連帶著有點緊張。

不過現在的主角是前面的皇后，跟太和殿內的皇帝。慧娘估計周圍的人大概不會注意到自己。

等她們這些內外命婦站到了太和殿前，皇后被宮女攙扶著從鳳輦內出來，隨後尋階走了上去，一直走到太和殿內，邁過門檻，她才盈盈拜到永康帝面前，所有內外命婦們也都跪下，齊聲喊著萬壽無疆的吉利話。

慧娘止不住地好奇，在跪下的時候，偷偷往殿內掃了眼，遠遠望去，卻壓根兒瞧不清當今天子的模樣。

她終於明白為什麼古代的人對皇帝是那樣的崇敬了，實在是離得太遙遠，真的有一種遠在天邊的感覺。

倒是殿內的永康帝在禮畢後，便命皇后坐到他身側，此時帝后坐在一起，跟兩尊菩薩一般。只是永康帝這次略微有些不同，他一般不會去刻意看下面的人，可此時他的視線卻是少有地往下看了看。

可內外命婦們人數太多了，他看不清楚，以前他不會刻意去看這些內外命婦的，現在只是好奇那位林側妃長什麼模樣？

可隨後自己都忍不住覺得好笑，林側妃多半是品階太低、離得太遠，就算想看也看不清楚，再來他哪裡認得這些人的相貌。

就算林側妃站在他面前，多半也認不出來。

他心有所感，連忙往晉王的方向看了一眼，旁人都在外面，此時殿內卻單有一個座位是留給晉王的。

果然他就看見這個弟弟正在往人群裡找林側妃呢。

永康帝少有的露出一絲笑意，心裡知道弟弟是真心喜歡這位林側妃的。

才離開一會兒都要眼巴巴地瞧著。

下面的慧娘卻是不知道這些內情，而且她也不知道晉王在哪裡。只能跟著大部隊不斷走著，隨時候聽著口號，不是跪啊就是口裡喊著萬壽無疆的話。

等做完這些後，慧娘終於可以跟著眾人往後宮移動，那裡有單給女眷另設的宴席。

基本的儀式就算結束了，下面就是吃好喝好，聯絡感情。只是慧娘心裡明白，她一個初來乍到的，誰會跟她聯絡感情啊！

到了後宮處，宴席早準備得差不多了。

排場很大，熱菜冷菜、湯菜小菜等等，滿滿擺了好多，還有另外一桌專門設了鮮果四品，蜜餞二十八品，點心、糕餅等各色麵食二十九品。

慧娘也不知道男賓客那裡是什麼樣的，她在這種地方沒什麼胃口，就想湊合著吃點東西，把這個差事應酬過去。

只是她剛吃了兩口菜，就有小太監偷偷走過來，踮著腳尖同她說：「林側妃，晉王正在等妳呢。」

慧娘心裡奇怪，她忙左右看了看，就發現壓根沒人留意到她這裡，她坐的位置既偏又遠，座上的皇后更是遠遠的。

她遲疑了一下，便站起身，小心往外面走去，一邊走還一邊想，宴席才剛開始晉王就要找她嗎？難道是有事兒？

到了外面大概是打過招呼，也沒人攔她。

那太監帶的路有些遠，慧娘知道晉王雖然是皇帝的弟弟，可是後宮這種地方也是要避嫌的。只是按說出去的路應該是前面啊，可是明顯這太監領她去的地方有些偏。

她跟著出去，走了好一段路，才終於走到一座偏殿。

那裡也是燈火通明，只是一眼看去冷清很多。

她走過去時，隱約看到宮門上似乎有個容字。正在納悶的時候，那個帶路的太監已經告訴她了，「林側妃，這是當年晉王在宮內的住處。」

慧娘這才喔了一聲，沒想到晉王是要帶她來這種地方。

等她再往裡走的時候，果然很快就看見晉王。

晉王是臨時起意讓慧娘過來的。

他只在殿內坐了一會兒就覺著無趣，尤其是殿上坐著兩位菩薩，一個當皇帝的、一個當皇后的，簡直就是沉悶跟枯燥配在一起了。

再來他不知道慧娘在做什麼，便跟永康帝說了一聲，提早出來。

等太監把慧娘帶過來後，他便笑了下，勾了勾手指示意她過去。

慧娘這才留意到他居然是要帶她騎馬，連馬都備好了。

她當下就緊張起來，她知道宮廷裡的規矩多著呢，就連座位都要分出三六九等，沒有她這種小側妃跟王爺一同騎馬的道理。

慧娘連忙跟晉王說：「王爺，這樣不妥當吧，我怕壞了規矩……」

晉王見她不樂意，一臉遲疑的樣子，也不為難她，便把馬鞭扔給了下人，道：「既然這樣，妳陪我走走。」

他興致很好，又喝了一些酒，帶著微醺。此時故地重遊，他腦子裡空空的，以往他不喜歡回來這裡，可現在有了林側妃，他倒是願意來這個地方看一看了。

慧娘不明白他的意思，安靜地跟在他身後，覺著他有時候步子好大，有時候步子又很小，似乎是在等她，可是又不大像。她亦步亦趨地跟在晉王身後。

宮燈那麼多，他們走到哪裡都是亮的。

倒是走到一半的時候，慧娘忽然想起什麼，「王爺……關雎宮……在哪個方向？」

晉王側頭看她一眼，隨手指了下身後的位置，「妳問這個作什麼？」

慧娘遲疑了下，總不能說懷疑自己的身體在裡面吧？只好回道：「只是好奇，不知道裡面住著什麼樣的人？」

「誰知道是什麼天仙。」大概是有點心結，晉王直接道：「聖上連我都不讓看，當初那人救了他，不知道他怎麼就跟丟了魂一樣，現如今國本都不顧了。」

不過這個話題一引，晉王倒是想起個奇巧的東西，連忙對慧娘道：「不過有樣東西妳也許會喜歡。」

當初那個同心球她就看了很久，晉王發現送平常女孩會喜歡的珠寶給慧娘，她未必會開心，反而見到這些奇巧少見的東西，她每次都能眉開眼笑。

慧娘發現晉王帶她去了一個戒備特別森嚴的地方。她一路走來，就連皇后的長樂宮都沒看見這麼多守衛，可這裡卻是裡三層、外三層的，被人嚴密保護著，都不知道放著是什麼了不得的寶貝。

所以進去的時候，慧娘很緊張，忍不住猜想會看到什麼呢？皇宮裡這麼寶貝的東西，難道是玉璽嗎？可是不可能啊，玉璽不就是塊玉嘛，能有什麼精巧的？

那會是什麼？有什麼值得皇宮內這麼戒備收藏的東西嗎？

外面燈很亮，可等到了殿內，卻發現裡面的燭光很弱。

影影綽綽的，遠遠看去，她覺著東西似乎很眼熟，可是又覺得應該是自己眼花了。

不可能吧？那樣東西怎麼可能出現在這種地方！

等靠近終於看清楚的時候，她差點脫口驚呼出「靠」這個字！

這不正是她在穿越前才剛買沒多久的越野腳踏車嘛！她望著那個東西，腦子差點沒直接爆開來。

她都不知道該怎麼形容自己的情緒了！甚至不知道該是吐槽還是高興？

她遲疑地望著腳踏車，倒是晉王慎重其事地繞著腳踏車轉了一圈，然後告訴她這樣東西的寶貝之處：「我哥哥放在關雎宮內的仙女用的就是這種東西，也不知道那是什麼人，不過這樣東西倒是奇巧得很，我特意找了工匠來看，都沒人能猜出這是用什麼精鐵打造的……」

這材質至少提前了一千年啊！王爺！

雖然她當時只用了一個月的薪水就買到了……可是這種東西對他們古代人來說絕對是神話中的東西！

她當初因總坐著畫圖紙，頸椎有些不好，然後有朋友說騎自行車既可以鍛煉身體，又可以脫宅，她覺著不錯，就去挑選了一批騎行的裝備，跟幾個朋友出去玩了幾趟後，那天她不知道怎麼的，忽然想去附近的山區騎騎看。

結果不慎摔車，然後就看見了那個半浸在水中的少年……

此時就著殿內的燭光，她掃了掃車身，看得出這些人把這輛腳踏車當成寶貝，車身一塵不染，地面還鋪了軟墊，顯然很怕把車子弄壞了。

只是有些東西卻是不見了，她記得除了這輛車子外，她還有個專門的小背包，裡面有些手電筒、指南針、急救包之類的東西。

她隨後又想起來，別說是那個背包了，她原本的身體還不知道在關雎宮哪裡擺著呢。

她心裡愕然，臉色看上去很凝重。

忍不住想，她的身體被關在關雎宮裡，到底有沒有被……那位臉面都沒照過的永康帝怎麼樣啊？按說一般的人都不會這麼重口吧？可是永康帝跟這位人品負值的晉王爺是雙胞胎！

車子原本平躺著放在地上，可等晉王到了後，他把袍子脫掉，然後把車子立了起來。

慧娘沒想到他居然還挺懂的，只是隨後晉王做的動作，讓慧娘差點沒把下巴掉到地上！

只見這位皇家氣派的王爺，居然推著車子往前快步走了幾步。

然後就跟要測試速度般，晉王還加快了腳步。

由於她個子不太高，所以選的車型也不高，另外她當時特意選了紫色的車，因此眼前詭異的場景簡直讓人不忍直視。

她囧得臉都要皺成包子了，心裡忍不住想：王爺你知道自己有多丟臉不？

等他興致勃勃地把車子推到她面前的時候，慧娘的臉都沒法做出正常的表情，她努力憋著笑，儘量把表情做成一副驚訝的皺眉樣。

只是晉王顯然覺得這樣的寶貝不給慧娘試試的話很可惜，他直接把車子推到她面前，還有模有樣地教著她如何扶著車把，如何保持車子的穩定……

慧娘低著頭想，這是造的什麼孽啊，好好的車子要推著走。

晉王這個時候都有些顯擺的意思，慧娘沒辦法，趕緊裝出一副大驚小怪的樣子，在扶著車把的時候，還努力歪了下，好像握不住一樣。

在晉王炯炯的期待目光中，慧娘不得不學著晉王的樣子推著車子繞場走了一圈，等走回晉王身邊時，慧娘趕緊要把車子還給他。

只是她習慣使然，等站穩後，她很隨意地踢上腳架，把車子往晉王面前一放。

等把車子放好，她才忽然意識到不對。

再往晉王那邊看的時候，晉王已經詫異地看向她，一臉的不可思議，看得慧娘冷汗都要冒出來了。

果然晉王就問了出來：「妳怎麼知道這樣就可以立住這東西？」

「啊？」慧娘都要嚇死了，「我、我……也不知道……我就是試著踢了一下而已……」

她也不知道這個話晉王信不信，不過她在比劃過後，晉王倒是又跟著去學了下，只是他踢的角度不大對，所以踢過去壓根沒把腳架踢回原位。

看他又要用手去掰腳架，慧娘趕緊說：「是用腳這樣的……」她試著踢了一下，給他做示範地說：「我剛才是這麼踢下來的，所以要弄回去的時候，就要順著剛才的位置反向踢回去，你看這樣踢就可以踢上去了。」

晉王在做了幾遍後，很快就掌握到怎麼踢腳架，他忙又抬頭看向她，一副要跟她一起探討的樣子，慧娘心裡直發虛，遲疑了下，才摸著坐墊說：「我也不知道這個東西結實不結實，不過要是能坐上去試試的話……也許也挺好的……」

不然總這麼推著車子走，太腦殘了啊！

說完，她深吸口氣，她的衣服太大了，尤其是裙襬不方便，一不小心就會捲到車輪裡。

她把袖子捲起來，又把裙襬提起來，可是還是太長了，她忍不住吩咐晉王，「幫我扶著衣服。」

她一個箭步就上了車，很快車子就動了起來。

大殿很寬敞，而且地面平坦，這種地方騎車倒是沒問題。

慧娘沒想到自己居然有一天要裝著不會騎車，只是這種東西一旦學會後，很難裝不會。因此在騎了半圈後，她索性一閉眼摔車，摔了才能解釋自己是瞎蒙的！

明明應該車子跟人一起摔到地上的，可慧娘就覺得身體一穩，有人已經連人帶車都抱到了懷裡。

晉王抱著她，重新把她扶正，他扶著車，幫她固定位置。

另一隻手則扶著她，慢慢推著她往前走。

他的腳步很快，漸漸加快了速度。

她已被他不知道抱過多少次，但這次被他抱在懷裡卻覺得怪怪的，渾身不舒服。

她感到特別彆扭，尤其是他落到她身上的目光，有些過於專注炙熱，她甚至都覺著他可能會隨時親下來。

她很快地一把推開他，就好像已經學會騎車一樣，快速騎了起來。

她本來就會騎車的，一圈下來別說扶著了，她騎得又快又穩。

這麼一連騎了好多圈後，她才終於停了下來，把車子重新交還給晉王。

晉王這才再接過車子，明顯也要嘗試，慧娘知道自己不是一下就學會的，晉王倉促間學，肯定會吃虧，她忙扶著說，「你小心點。」

一般正常人學騎車哪這麼容易的，她提醒說：「你小心點啊，握好車把……」

原本想幫他扶著後車架的，可他一上去就騎了出去，慧娘下意識地就抱了下他的後背。

她還是頭次主動抱他，雖然不是故意的，可也算是不小心抱到了，她趕緊鬆開手，腦子裡緊跟著想到，她真是有病，管他摔成什麼樣呢！只要不把她的車子摔壞就行！

晉王卻是回頭看了她一眼，他的嘴角勾出一個漂亮的弧度，那表情甚至有一絲孩子氣。

而且出人意料的，他的平衡感很好，只一下就學會了騎車，一旦知道要怎麼做後，他的表現比慧娘要好很多。

在騎車的空檔，他居然還有時間去撥那個車鈴鐺。

聽見熟悉的車鈴聲響起，慧娘閃神了一下。

恍惚間，那聲音好像把她帶回了以前生活的世界。

她從不敢想以前的事兒，此時一一都被勾了起來，想著沒事的時候，跟夥伴出去吃甜品、看電影，用手機玩遊戲、上網聊天……還有她最愛吃的烤雞翅，每週都會跟父母聚會的場景。

她心裡發酸，止不住地難過。

倒是晉王看到她後，停了下來，他俯身親住她。

慧娘被他吻得直往後退，一直退到柱子邊，實在沒法避開了，她緊緊抱住柱子，他的手則緊緊抱住她。

都不知道過了多久，一直到慧娘覺著累了的時候，晉王才停下來。

等晉王帶著她往外走的時候，慧娘實在是太累了，就算是出去坐上轎子，她仍覺得暈乎乎的，尤其是轎子晃晃悠悠的，她坐得直打瞌睡。

到了府裡更是眼睛都張不開了，昏昏沉沉的，還是小巧她們幫她脫的衣服。

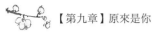

等第二天慧娘醒來時，太陽早升了起來。

小巧、紅梅她們早等著伺候呢，一見床上的林側妃有了動靜，三個小丫鬟趕緊過來，紅梅更是壓低了聲音說：「林側妃，您昨兒個回來得太晚了，一到王府就睡下了，到現在還沒給王爺獻上賀禮……」

昨天那些嬤嬤、管家、長史可都給王爺進獻過賀禮的，她跟小巧等人都要急死了，恨不得代替林側妃送禮。

後來還是王嬤嬤說既然側妃這麼沒精神，就算打著呵欠送上去，王爺也未必會喜歡，不如到了明天再補上。

此時見林側妃醒了，幾個小丫鬟趕緊給她打扮著。

林慧娘這才想起此事。

她早忘記晉王的生日了，揉了揉額頭問小巧她們：「別人都送了什麼？」

「送的可多了，我昨天好像看見有什麼如意啊、盆景啊、漆器、織繡那些，都是有著吉利意思的東西，晉王爺昨天也是倦了，只擺了擺手讓人把這些東西都收了。」

等打扮妥當，慧娘對著銅鏡，忽然想起一件事來，她雖然想給晉王送面鏡子，可是現在一琢磨，似乎又不大妥當。

哪有給兄弟兩人送一樣的禮物，怎麼想都讓人覺得敷衍到家的感覺。

只是現在時間實在太趕，她哪裡來得及再弄第二件禮物。

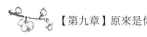

慧娘想了下，「算了，妳們把我準備的鏡子搬去王爺那裡，反正心意到了就行。」

在小巧她們去辦的時候，慧娘正準備吃早膳，倒是小雀從外面走了進來，稟告著：「林側妃，剛有一個姓趙的舞娘要求見您，說當初您救過她一命。」

慧娘連忙讓人請了過來，那位趙舞娘一進到房內便要磕頭，慧娘忙走過去一把扶住她，「妳別跟我客氣。」

她還記得當初自己被關到柴房的時候，正是這個舞娘冒險跑去給自己塞了半塊餅。現在見她過來找自己，慧娘便笑著說：「妳快過來坐。」

趙舞娘哪裡真敢坐過去，忙低頭推託。

最後慧娘沒辦法了，只好另讓人給她拿了小凳子。

即便這樣，舞娘也不敢大剌剌地坐下，如今林側妃的身分與當初可是截然不同了，趙舞娘恭恭敬敬地低著頭說：「林側妃，我這次來，是有事兒求您，我們那些姐妹現如今歲數都大了，容貌也不如早些年……現在知道您在王府裡管事，便想求您能不能發發善心把我們這些人都放出去……」

林慧娘愣住，「妳求我放妳們出府嗎？」

「是的，這事只需要側妃您一句話便是了，求側妃可憐我們。」

慧娘都沒想到自己會有這樣的許可權，她怕自己弄錯了規矩，便先讓趙舞娘回去，她則讓人找了王嬤嬤過來。

王嬤嬤一聽這個就笑道：「林側妃，這事兒您不用跟誰說，您自己做主就行，這些舞娘、歌姬不過就是家裡的東西，就好像這帳子、珠簾一般，覺著老了、舊了就打發出去，換一批新的便是。」

慧娘還是頭次聽到這種說法，「再買一批？」

王嬤嬤以為她是好奇呢，再來林側妃家裡是賣胭脂的，對王府內的情況估計並不清楚，便笑著解釋道：「當然要再買一批伶俐的小丫頭，要模樣出眾聰明的，不然將來怎麼待客，那些女孩在八九歲時採買過來，教以歌舞，等客人來了才好過去伺候。」

慧娘本來想做個好事的，她沒想到送走一批，居然還要進來一批歲數更小的，她心裡就膈應上了，心想這是什麼沒人性的規矩啊！

她遲疑了下，之前還想著要不要探探晉王的口風，現在她倒是更可憐那些舞娘了，估計那些舞娘也都是八九歲便被買過來當宴會工具用的。

她嘆了口氣說：「嬤嬤，我明白該怎麼做了。」

然後慧娘便吩咐小巧：「去把李長史請過來，我有話吩咐。」

沒多久李長史便到了。

慧娘也不多話，直接吩咐他：「你準備一下，趕著最近幾天揀個吉利日子，把王府裡的舞娘都放出去吧，到時候你按各人在府裡待的時間給些賞銀盤纏，不要讓人說咱們王府苛待下人，再來按慣例咱們王府還要再去採買一些女孩子補上，可我想著那些都是老法子了，不如我想些新鮮的待客辦法，採買女孩的事兒你就先放下。」

這位看上去好相處的林側妃，不知道為什麼在說到採買女孩的時候眼色變得有些凌厲，李長史忙點頭應著。

等晉王回來的時候，便看見正埋頭在桌子上皺著眉頭，苦思新鮮待客方法的林慧娘。

林慧娘都要愁死了，說出去的話潑出去的水，她前面誇下海口說要想新鮮的待客法子，可是有什麼法子比那些歌姬、舞姬更能活躍氣氛的？

她想得太投入了，晉王進來時她都沒有聽到。

倒是晉王一進來後，便注意到桌子旁還擺著很多紙片，他走過去想拿起來看。

慧娘這才察覺出動靜，她臉一紅，趕緊撲過去想把東西擋住，只是還是晚了。

「五兩，十兩，這是……」

慧娘怎麼好意思說這是她剛才被憋得要死要活的，才想出來的大富翁，還有她做了好半天才做出來的撲克牌，只是為什麼她想出來的遊樂活動，都是些宅宅才喜歡玩的！她怎麼就不能把遊戲設計得刺激一些啊！

「都是我瞎做的，想著沒事的時候可以解悶，可是……太奇怪了，王爺您別看這些了，這些都是亂做的……」

晉王見她這麼不情願的樣子，倒是來了興趣，他最喜歡逗弄她了。

他故意拿著這些東西，「瞎做的，也要有個想法吧？這怎麼玩？妳教教我。」

慧娘滿臉的不樂意，偏又無可奈何，她低頭講解著。

不知道是晉王真閒得無聊，還是這種新奇的玩法真挺有意思的，反正在她給晉王講解後，晉王明顯覺著不錯，還要跟她一起玩一局。

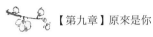

到了秋天，天氣有些乾燥。

當小巧端來茶水給王爺、側妃潤喉，小巧就看見那兩位貴人坐在榻上，靠在一起說著什麼。你一言我一語地說得很有默契，只是晉王的聲量明顯低了一些，他低著頭看向林側妃的樣子，就連眉角都是帶著笑意。

兩個人面前擺了張地圖一樣的東西，然後她就聽見慧娘低聲說著：「啊，我又……不行，王爺，不是這樣的，你這樣……」

小巧過去後，便把茶水小心放在炕桌上。

窗子旁有一個花瓶，花瓶內插著一些最新摘的花。

淡淡的香氣飄過，小巧都覺得眼前的畫面美得好像一幅畫。

小巧趕緊躡手躡腳地走了出去，到了外面紅梅正要端些果子進去，小巧趕緊做了個不用的手勢，悄聲說道：「王爺在裡面呢。」

紅梅立刻就明白了，兩個人趕緊退了兩步，守在外面。

慧娘卻不知道，在她放那些舞娘走的時候，王府裡早有些人恨上她了。

一直盼著王爺過來寵幸自己的群芳樓眾人，自打知道那些舞娘被放出王府的消息後，便炸開了鍋，那些人都是慣會爭風吃醋搞內鬥的，現在一見舞娘都被放了出去，還不准再往裡收人，那些人就覺得這都是林側妃使出來的手段。

私下開始流傳：「這林側妃實在是手腕了得，這才幾天的工夫，就把王府裡的舞娘打發出去，還不准再採買人進來，現如今王爺估計都忘了咱們群芳樓是什麼樣的地方了。」

「可不是，記得當初就是這位林側妃把自己的頭髮散開站在窗邊，妳說咱們當時哪有人有這樣的腦子手腕，中間有段時間這位林側妃失寵，多好的機會，原本王爺找了群芳樓裡的人過去伺候，結果這位林側妃倒好，偏偏從小路上經過，知道王爺在那裡還跑過去，結果轉眼就成了林側妃。」

「所以啊，這位的手段心機，再加上王爺對她的寵愛，我估計咱們姐妹早晚也要被打發出府的……」

眾人七嘴八舌說著，心裡雖然恨，可也沒有辦法，只能想著各自的退路。

這些人倒是還好，唯獨那三位歃血為盟的對林慧娘簡直是不共戴天的仇恨。

她們這些人都是等了足有一年多才盼到見王爺的機會，之前別說陪寢了，就連王爺的邊都沒沾過，好不容易盼來那一次，以為後半生的榮華富貴有譜了，沒想到半路殺出個林小蹄子來，硬是把王爺「截」了去，再那之後林慧娘反倒憑著那一夜的恩寵當了林側妃。

一想到如果當初不是這位林側妃的話，自己興許也早是側妃了，那三個人都恨不得生吞了林慧娘！

只是恨歸恨，卻一點辦法都沒有，她們不過是群芳樓內的玩物，連個正經的身分都沒有，甚至不能隨便在園子裡逛的。

三個人咬牙切齒地忍著。

倒是林慧娘自從把舞娘們送走後，就忙著找各種娛樂活動。

她想的腦袋都要炸開了，終於想起把舞臺做得漂亮點。

她把這個話題一說，晉王就擺出很感興趣的樣子，把那些圖紙拿了過去。

只是這種舞臺不是傳統戲劇的舞臺，慧娘想，這樣的舞臺得配點什麼劇碼呢？

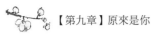

難道還要附帶莎士比亞？而且太現代、太西方的戲劇也不適合給這些人看，慧娘想了想，終於想起特洛伊木馬屠城的故事。

按晉王的審美觀來說，這故事既有美女又有戰爭，應該是討喜的，再來這些舞臺設計都能用上。

慧娘便跟晉王提了下，想著如果是這種劇碼的話，到時候完全可以讓王府裡的丫鬟跟太監兼職當演員，反正只要熱鬧就好。

只是不明白在她跟晉王說完後，事情的走向卻往詭異的方向發展了。

居然從討論劇情，兩人不由自主說到了建造木馬的可行性。

然後兩個人越說越起勁，還對著圖紙畫了起來，熱烈討論著建造超級木馬的辦法。以及要建造多大的木馬才可以。

等小巧她們進來時，就看見林側妃跟王爺越來越合拍了，兩個人可以悶在房裡大半天不出來，簡直有說不完的話。

原本晉王在王府裡是閒著沒事折騰人的，現在因為有了林側妃在，林側妃又總會想出些稀奇古怪的東西給他解悶，他倒是不忙著折騰人了。

這下王府裡的下人日子都好過了許多。

舞臺設計的事，晉王興致不錯，跟慧娘討論過好多次。到最後晉王找了相關的人，大刀闊斧準備好好實踐。

慧娘也覺得挺有趣的，晉王爺每天都會過去看看工程進度。

慧娘偶爾也會到施工現場看看，這種事兒原本用不著他們出面，只是兩個人都喜歡看到自己設計的東西成為實體的感覺。

某天慧娘再晃過去時，便看見晉王爺儼然把施工現場布置得跟舞臺劇一樣了。

他坐在跟舞臺相鄰的鸝音殿內，旁擺著茶水瓜果，身側更有兩個人為他搧著扇子。

慧娘走過去時，看見他正饒有興味地看著工匠們忙著吊裝東西，看到她後，晉王忙揮手讓她過去。

他身邊伺候的人都機靈，見了這位林側妃，連忙給她拿了軟墊靠在身後。

從他們所在的位置看過去，可以看到對面施工中的舞臺全貌。此時殿內門窗都是打開的，視野非常好，可以想像得出一旦舞臺演出時該是什麼樣的效果。

慧娘坐著看著已經弄好的那些，晉王忽然湊到她身側，拉著她的手說：「妳看那個。」

他指著臺子上的一個滑輪般的東西，慧娘的注意力立刻被舞臺吸引，後知後覺才發覺他的動作有些過於親密了。

她一下就彆扭起來，忙把身體轉開，露出尷尬的樣子，小聲說：「王爺，我看這些東西都做得很好，肯定可以按時完成，只是今天天熱，王爺不要總在外面，小心惹了暑氣，還有那些工匠也忙了許久，王爺記得也讓匠人們休息休息，省得中暑反倒耽誤了工期。」

晉王早習慣了她這樣的勸諫，他的母后孟太后因吃齋念佛，口裡也時不時念著天下蒼生，每每總是拿善惡報應來教訓他。

他自小便討厭別人勸諫他這樣那樣的話，可慧娘卻是不同。

她每次都是一副我是為你著想的樣子，嘴裡從不說什麼善惡報應你要做個好人的話，她更是沒有提過自己是什麼善心的人，可卻總是在為身邊的人考慮。

可他卻並不討厭她這樣的善心。

他便笑著點了點頭，臉色少有的溫和，忙吩咐那些匠人去休息。

剩下的時間晉王又同慧娘吃了一些水果，其實王府內的生活很枯燥，他在王府內的時間少，大部分時間都是出外遊玩，他還是頭次這樣長時間待在王府內。

慧娘低著頭，伺候晉王吃水果。

她知道像晉王這人有多鬧騰，就得時不時給他找點好玩有趣的事兒去做，不然的話，他就會使勁折騰身邊的人。

那種感覺簡直就跟面對精力旺盛的貓貓狗狗一樣，為了讓家裡安全，就必須時不時給那些活力四射的小傢伙們補充點貓玩具啊狗玩具的。

在吃點心的時候，她偷偷打量他，其實心裡應該還是害怕的，可不知道是不是在一起的時間久了，她現在不像早先那麼怕他了。

等吃過一些點心水果，慧娘覺得差不多了，再者她也不想總被他動手動腳的，便同王爺說了一聲就先告退了。

因為時間還早，慧娘帶著小巧一邊往回走，一邊看著周圍的景緻。

院子內四季景色不同，初秋桂花已經要開了，在經過樹下的時候，能聞到甜滋滋的味道，院落中種植的菊花有些也已經開了。

慧娘聽著小巧說起吃螃蟹的事兒，小巧其實沒吃過那東西的，卻用手比劃著，「據說是少有的美味，每年都有人送過來，還都是活的呢，不過王爺不太喜歡。」

慧娘欸了一聲，笑著說：「不管喜不喜歡，這個季節了，吃那個挺有趣的，到時候我看看能不能要些給妳跟紅梅她們嘗嘗。」

兩個人正說著，慧娘忽然看見有條小路，她心裡好奇，忍不住順著那條路走了過去。很快就發現路邊還有一條小溪，她這才發現這裡還有個小水池。正好風吹過，在水邊坐著還挺舒服的，她便叫著小巧一起坐下，想休息一會兒。

坐下沒多久，慧娘便看到有些紅色、黃色的錦鯉游了過來。

大概是這地方比較少有人來，所以那些錦鯉個個都是等著餵食的樣子。慧娘以前就總跟小巧她們餵王府裡的魚，現在看見來了這麼一群，她覺著好玩，尤其是那些魚被人餵得少，估計都餓著，嘴巴一拱一拱的，一副很著急的樣子。

慧娘覺著好玩，見狀就對小巧說：「妳去拿點魚食吧，咱們坐在這裡餵一會兒魚。」

小巧趕緊應下，扭頭往小門走去。

等小巧離開後，慧娘繼續低頭逗下面的魚，她折了一枝柳樹條，把柳樹條垂下去，讓那些呆魚咬。

她這正玩著，倒是趕巧了，那些群芳樓裡的人按規矩是不能亂走亂跑的。可因為此處很偏，偶爾群芳樓內的人過來也沒人看到。此時那三位歃血聯盟小組也正巧在此處散心。

遠遠地那三人便看見慧娘正在柳樹邊看魚。

當下三個人眼中都露出瘋狂的神情，往左右一看，小園內安安靜靜的一個外人都沒有，這簡直就是千載難逢的好機會！是上天賜給她們的機遇！

其中一個更是直接撿起一塊石頭，三個人使著眼色，悄悄摸到慧娘的身後。

慧娘原本低著頭，緊挨著水池邊，她忽然覺得自己背後被人用力推了一下，她一點準備都沒有的就掉進池子裡。

那水池並沒有想像中的深，她進去後因為身體是撲進去的，當下就嗆了口水，可是她心裡明白，這水池很淺的，只要站起來就行，再說她會游泳……

她渾身濕漉漉的，頭臉都是水，而且摔進去的那一下她腳手都沾上了池泥。

她掙扎了兩下就要往岸上爬去，只是還沒爬過去，她忽然覺著眼前一暗，不知道那人為什麼要下這樣的狠手，有液體從她的額頭流下來，她隱約知道自己被人砸到腦袋，她還在想著不能掉進水裡，可是身體已經不由自主地倒了下去，她當下唯一的想法就是竟在王府發生這種事也太坑了……

在身體失去知覺後，慧娘只覺得冷，還有死一樣的寂靜，四周黑漆漆的，她已經有過經驗的，知道這種時候不能慌，她努力鎮靜下來，正想著該怎麼辦呢，這次卻跟以前的情況不太一樣，就好像整個人被拋出，一陣巨疼後，她身體跌跌撞撞地好像掉到了什麼地方。

然後她就聽見一個渾厚的嗓音，似乎在她耳邊說著北疆……糧草，賦稅……還有什麼阿奕有了喜歡的人，看他那麼幸福……怎麼辦……這樣妥不妥當……

慧娘正難受著，大概因為頭受了傷，這些話語雖然都是用平常的聲調說的，可是聲音傳到她這種受傷的腦袋裡，簡直就跟有人拿著擴音器對著她的耳朵吼叫一樣，她的頭跟著一抽一抽地疼。

那人說起話來還沒完沒了的，她疼得受不了了，心裡止不住地來氣，她動了動嘴巴，很想說：喂，大哥我不是你的心理醫生好嗎！

可是她身體動不了，體內的血液就好像都被凝住了一般。

她想用力呼吸都很難，迷迷糊糊間，那聲音就好像巨型大蚊子似的，不斷用聲波騷擾刺激她。

她被那聲音煩得要死要活的，明明身體不舒服，可偏偏還要受魔音穿腦之苦。

不過身體動不了的時候，她的嗅覺倒是敏銳了不少。她很快就聞到一種熟悉的味道，她好像在哪裡聞過一次……

她的腦子已經麻木，想了好久才想起來，前段日子在皇后的長樂宮中，她似乎有聞到類似的味道。

不知道過了多久，那「巨型蚊子」終於走了，慧娘心中長吁口氣，她剛才都要被那些話震暈了。

她身體很虛弱，迷迷糊糊地像要睡過去。

可很快又有了腳步聲向她走來，她又聽見那位話嘮開口了。

雖然那聲音很渾厚好聽，只是每次都是擴音器的效果，慧娘難受得直想打滾堵住耳朵。

不過聽得出那人的語調非常溫柔，在她耳邊已經在儘量小聲說著：「新換了一樣，妳嘗嘗味道。」

她不知道他說的是什麼東西。

可顯然他正在親手給她嘗著什麼，他拿了個軟軟的東西潤了潤她的嘴唇，那東西涼涼的……從嘴唇處順著一直流進嘴裡，原本沒什麼感覺的，可一到了嘴巴裡，慧娘頓時就感覺到了一股清香在自己嘴裡瀰漫開來，整個人舒服了不少。

只是剛舒服了沒一分鐘，那位話嘮哥便又開始不斷說起朝廷啊賦稅啊，還有宮裡亂七八糟的事兒。

慧娘又被他說得頭疼欲裂，簡直想抱著頭大叫饒命，而且她完全不能理解他說的內容，那些東西聽著就覺著複雜。

這麼過了片刻，慧娘忽然聽見一個熟悉的詞。

「阿奕的林側妃，現在還昏迷不醒，太醫院的御醫都派了過去……朕把妳的仙藥也一併讓那些人捎了去，希望那位側妃可以度過這一關……」

慧娘整個人都激靈了下，就跟遮住視線的幕布被一下扯開一般，之前還模模糊糊的腦子，瞬間就清明了起來。

她恍然間明白了什麼，可是又有些不敢置信，她腦子裡一片空白！

可是鼻間聞到的味道，還有這個人的聲音……所有的一切都似乎在昭示著這個明白的事實——關雎宮！永康帝！還有她的自行車！

此時的她應該是又回到了以前的身體裡……正在關雎宮內！而那個一直嘮嘮叨叨的話嘮是晉王的哥哥，永康帝！

慧娘頓時有種要瘋掉的感覺。

不知道是太過緊張，還是剛才潤唇的東西起了效果，之前沒有任何感覺的手指，此時竟然有了觸感。

她努力動了動手指。

終於睜開了眼睛，嗓子卻乾得厲害，她拚命扭過頭去，到了此時才看到那張臉，雖然早

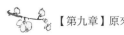

有心理準備，可在看到的瞬間她還是愣了一下，震驚地眨巴了眼睛。

她在睜開眼睛的瞬間，還以為自己看到的是晉王呢！只是王爺在王府內是不穿這種衣服的，他頭上戴的冠子她也是頭次看到。

而且晉王也不會有這樣的表情……

那近在咫尺的人，顯然也發現了她的變化，他的表情有瞬間的錯愕。

慧娘在他還沒反應過來前，便熱淚盈眶，嚥了口口水道：「你能閉……嘴嗎？」

她頭都要疼死了，他再這麼說下去，她就要被他說得去見閻王了。

只是「嘴」跟「嗎」字還沒說出來呢，慧娘就覺得自己的人中巨疼了一下，就像有什麼東西在抓著她，一股巨大的力量把她吸了去。

她就像在一個巨大的黑色桶中翻滾般，跌跌撞撞的，頭跟爆開一般地疼了起來。

在一片黑暗後，她覺得自己好像又到了一個有光線的地方。而且這個地方沒有好聞的味道，房間裡更是亂糟糟的，有很多腳步聲跟低聲商量的聲音……

她還聞到了很濃烈的酒精味，有人正在用酒精擦她頭上的傷，她疼得直皺眉。

隨後還有人在低聲問著：「人中扎得如何？」

回答的人聲音都在發顫：「回稟王爺，我看側妃的情況似乎有在好轉，您再等等，之前側妃還不能動呢，現在手指都能動了……」

有人在用力握著她的手，慧娘能感覺到，那人的手心上都是汗。

她不舒服地動了下，雖然頭很疼，不過這次的感覺倒是舒服了很多，她的身體不再那麼僵直，血脈也都是通的，她能感覺到身體的觸感是正常的。

她的嘴裡更是甜滋滋的，有一股淡淡的薄荷糖味道，可真讓人懷念啊。

她休息了片刻，才慢慢睜開眼睛，眼前的場景變得熟悉起來，是她每晚都會睡的床，還有那些擺設也都是熟悉的樣子。

她又往遠處看了看，就看見紅梅跟小雀正在不遠處偷偷抹眼淚呢。

她長吁口氣，知道自己又回到慧娘的身體內了。

她體力消耗太大，都來不及看清她面前的晉王，她很快就又閉上了眼睛……她唯一的想法就是，她終於可以好好休息了……

身體好像在燒一樣，慧娘昏昏沉沉地睡下。

中間她醒過兩次，可每次時間都不長，她就又昏睡過去，來回反覆了幾次後，她才漸漸呼吸平穩，身體也不再那麼燙了。

等她再睜開眼睛的時候，精神也回來了。

她身邊的紅梅、小雀早就留心著她的情況，一見她這次是徹底醒了，兩個人都高興得又哭又笑。

然後她就聽見紅梅眼睛紅紅地說：「林側妃，您可算是徹底醒過來了！我們都要被您嚇死了！」

慧娘一張口才發現自己的嗓子好乾，還沒說話，小雀已經把水遞到了她面前。

慧娘接過去潤了潤唇，試圖在床上半坐起來，可坐起來的瞬間，她的頭就跟炸開了一樣。她想起昏迷之前的事，趕緊問紅梅她們：「對了，我是被人推下水池的，那些人不光推我，還用東西砸我的頭，你們抓到那些人了嗎？」

紅梅當下就激動了起來，「林側妃，您別提了，當時小巧剛回去，就遇到了那幾位要害您的賤人，小巧跑過去跟她們廝打了起來，後來還是有幾位內侍路過才抓住了那些人，然後連夜地審她們為何害您，原來只是因為她們嫉妒您得寵……」

小雀在旁邊添油加醋地說：「王爺知道後震怒，當下就要讓人把群芳樓裡的人都杖斃了……不過您那時候正昏迷不醒，有人說，怕府裡死人太多衝撞了您，最後王爺也就只把那些害您的人杖斃，其他群芳樓裡的人都發到莊子上配人……」

話是這麼說，可當時的場景卻是把王府裡的人都驚到了，群芳樓裡都是女人，當護衛內侍過去的時候，不管三七二十一的就是一通收拾。

那些平時只知道描眉畫眼的女人，當下都嚇癱了，有些更是哭爹喊娘得直喊饒命，又聽說要被杖斃了，更有幾個直接就嚇暈了過去。

然後又是掐人中又是折騰的，到最後改成發到莊內配人。

直接害人的那幾個雖說是被杖斃，可敢害側妃的人，這種犯上的奴才，早已經在被審的時候就吃夠了苦頭。

等拉出去杖斃的時候，更是扒光了衣服直接打得皮開肉綻，那些行刑的人並不把人一下打死，中間暈過去又用涼水潑……潑醒了繼續打……

只是這些血淋淋的話是不能跟林側妃講的。

小雀卻覺著挺解氣的：「那些人真是可惡，吃了熊心豹子膽了，居然敢害您，幸好她們也都遭了報應，只是小巧因為這個事兒，也被關到了柴房內……」

慧娘納悶地欸了一聲，不明白小巧怎麼會被關進去。

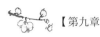

紅梅忙拍了小雀的頭一下，「這丫頭不是讓妳先別說嘛。」她知道林側妃是個心善的人，不會平白無故遷怒人，她忙寬慰著林慧娘，「王爺當時的情況無人敢勸，再者也的確是小巧沒伺候好您，才出了這樣的岔子，所以小巧被關柴房也是應該的。不過我們姐妹都偷偷找人照應小巧了，請林側妃放心，而且要不是這樣，就小巧那副失心瘋的樣子，估計都要跳河贖罪了呢。」

慧娘趕緊說：「好好的贖什麼罪啊！我已經沒事了，再說小巧也不想的，妳們快去柴房接她過來吧。」

紅梅忙笑著去接小巧了，這個時候又有御醫過來把脈問診了一番。

那御醫的神情明顯都鬆了口氣，在問診後便退了出去，準備開新的藥單。

沒多會小巧便被領了回來，一看小巧的樣子，慧娘就知道這倒楣孩子肯定受了委屈，臉上都是黑漆漆的。

明明那麼狼狽，可小巧一看見林慧娘反倒先笑了出來，高興地說：「謝天謝地，我在柴房裡一直在求菩薩保佑側妃，幸好老天有眼沒讓您出意外，不然我死了都不安心。」

紅梅為人穩重，知道慧娘才剛好沒多久，忙過去勸了小巧幾句，又讓人把小巧送出去。

剩下的時間裡，紅梅跟著小雀在慧娘身邊小心伺候著。

一時間房間裡鴉雀無聲，慧娘知道自己生病時，晉王爺一直都在身邊陪著她的，她中間幾次醒過來，都是晉王爺在旁邊握著她的手。

每次只要一睜開眼睛都能看到晉王，這個時候她都沒事了，怎麼反倒見不著晉王爺了？慧娘便問了旁邊的紅梅一句。

紅梅忙道：「林側妃，您不知道，原本王爺一直都在您身邊的，可是宮裡出了急事，咱們王爺被聖上急召進宮了。」

一聽見進宮兩個字，慧娘的臉騰地就綠了。

紅梅卻是弄錯了慧娘的意思，她還以為慧娘在擔心晉王呢，她連忙小聲地告訴慧娘：「林側妃，您別擔心，不是什麼大事的，甚至跟咱們王府都沒有關係，我聽那些人議論，說好像是宮裡出了什麼事兒……似乎是關睢宮裡的誰醒了過來，皇帝心裡既高興又不高興的，唯有咱們王爺能進言……」

慧娘嚇得心都要跳出來了。

不知道怎麼搞的，耳邊頓時就想起那位話癆哥的聲音，她緊抓住薄被，後背都被虛汗浸透了。

紅梅跟小雀原本見她好好的還覺得沒事了，此時見她臉色大變，臉色很不好的樣子。

小雀趕緊過來扶著她躺下，她跟紅梅都後悔地直說：「都怪我們，看您好了，就在您面前話多了起來，林側妃您還是好好休息吧……那些御醫說您這次傷了元氣，怎麼也要將養一段時間。」

說著便伺候著她蓋好被子。

慧娘在床上不安地翻了個身，忍不住想起在關睢宮裡的事兒，那感覺像在夢裡似的，那麼晦暗不明，可又像一顆石子被投到了平靜的湖面。

慧娘心裡忐忑不安，努力想壓下腦子裡的那些記憶，可是那些聲音不知道怎麼的又反覆被想了起來。

之前還覺得那些聲音震得腦袋疼呢，可現在大概是靜了下來，頭不那麼疼了，她忽然發現那聲音渾厚，雖然很話嘮，可是說的話，思維邏輯都很清晰……

還有最後她對上的那雙眼睛……那雙跟晉王截然相反的一雙眼睛……

她迷迷糊糊地睡不安穩，一直等到天黑了，晉王才從宮內回來。

晉王進到寢室內的時候，慧娘已經被伺候著從床上半坐起來喝粥。

晉王回房時，因她是半躺在床上的，她便由下而上望向他，晉王則俯身看著她。

紅梅跟小雀都沒出聲，連忙小心退了出去，一時間寢室內只剩下兩人。

晉王沒說什麼，室內燭光不是很亮，最近為了讓她好好安眠，寢室內的寢具擺設都有些變化。

他一臉平靜地坐到床邊，目光並沒有多麼激動熱烈，他早已經過了激動熱烈的時候，此時的他只是安靜地看著她的面孔。

他之前還覺著不可思議，為什麼哥哥要用那麼多珍貴的藥材，不計代價去換回那個躺在關雎宮內的女人，可他現在隱隱有些明白了。

慧娘有事想問他，卻發現自己現在有點無法直視晉王的面孔，只要看到他，立刻就會聯想到那位一國之尊的話嘮哥……

那詭異的不協調感，還有那詭異的只有天知地知她知話嘮哥知的窘迫情況。

作為一個苦逼的情緒垃圾桶，慧娘都不知道自己該問些什麼。

沉默了片刻後，她才問道：「晉王……您剛才因為什麼事兒被召到宮裡的？」

晉王雖然忙了好久，可對那些事兒還是很不在意，他自小就討厭那些鬼神之說，對關雎宮內的什麼天仙更是沒好感，便無所謂地道：「沒什麼大事，不過是關睢宮內的人清醒了一下，我哥哥這才召我入宮……我出宮的時候，已經有大批術士在宮內作法了。」

慧娘心虛得一個字都不敢說，她低著頭。

她原本是想問晉王，那位話癆哥有沒有生氣，畢竟她對人說的第一句話就是你閉嘴……可看這個樣子，好像永康帝不僅沒有不高興，還想讓她徹底甦醒過來。

那麼英明神武的一個人，不知道為什麼唯獨在關睢宮的事兒上糊塗成這樣？晉王明顯是想吐槽他的親哥哥，「他還要大赦天下祈福，最後被我攔住。」

他對那些事兒不怎麼感興趣，他正坐在床邊，到了這個時候便掀開被子，坐得更靠裡了些，從身側摟住慧娘的身體，知道慧娘身體還虛著，他便只抱著她，輕聲說著：「不過我有點明白他為什麼那麼做了，只是……」他沒把話說全，可慧娘是聰明人，立刻就明白了他的言外之意，她也是剛死裡逃生的……

他這個話怎麼聽都有些像是在暗示她，他當時為了她能好起來也是這樣的心境。

只是做王爺的可以胡鬧，當皇帝的卻是不可以，尤其是為了一個女人胡來……

慧娘卻是彆扭得很，她不知道該說什麼。

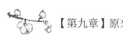

這位閻王如今這麼溫柔體貼，她都有點不適應，那位至尊又把她當天下地下絕無僅有的超級情緒垃圾桶般地寶貝她……

不過好在她身體虛，最近有得是時間讓她休息養病。慧娘便趁機兩耳不聞窗外事，一心一意躲在寢室內養病。

倒是出事後，她身邊的丫鬟多了不少，之前只有小巧及紅梅她們，現在還外有四個二等丫鬟供她使喚。房內伺候的小巧她們現在成了王府裡的一等丫鬟。

慧娘在王府裡安靜養病的時候，林府的人早都躍躍欲動。她在生死之間徘徊的時候，林府雖然得到了消息，可是誰敢跑到晉王來添亂啊，林老爺為這個女兒擔心得茶飯不思、夜不能寐，王姨娘等人也都是唉聲嘆氣，到手的富貴榮華竟轉眼就沒了。等知道慧娘好轉的消息後，林老爺便想進王府裡看看女兒。

王姨娘也想同往，不過被林老爺攔住，臨出門的時候，林老爺倒是想起家裡的芸娘來，他單獨把芸娘帶了過去。

林芸娘是家裡的老么，跟慧娘是一母所生的親姐妹，兩個人長得也像，就跟大小版的兩人一般。

只是相差的歲數太大，再加上慧娘從小身體不好，這位林芸娘又是個冷淡寡情的性子，所以兩姐妹並不是多親厚。

因為要到王府裡去，林芸娘便特意換了一身衣服。

自從她姐姐慧娘當了側妃後，王爺愛屋及烏，沒少給他們林府賞賜東西。

再來林老爺膝下就這麼一子一女了，自然對女兒也是寵愛有加。

更何況誰不知道慧娘是晉王的側妃，現如今林府的人出去，就算是縣太爺見了都要客客氣氣的，所以芸娘也有點傲氣了起來。

芸娘穿了最好的衣服，把頭髮梳得漂漂亮亮的前往王府。

等到了王府，芸娘早不算是頭次來了，他們林府一家人都曾經被扣在王府裡生活過一段日子。

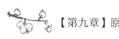

只是當時被關在偏院，她還是頭次跟著父親進到王府後花園處。那些假山水池，亭臺樓閣，芸娘看得人都呆了。

等到了王爺房內的時候，芸娘更是開了眼界。

他們林府再厲害也不過是個賣胭脂的，雖然最近有姐姐的庇護，他們富貴了起來，可一進到這種地方，她立刻就有矮下去一頭的感覺。

那些在林慧娘身邊伺候的丫鬟，雖然對他們都很恭敬客氣，可是在王府這種地方，又是伺候著王爺側妃的，就算是丫鬟也都有種說不出的神韻，那身上的衣服也跟旁人不太一樣，一看就不是普通人家能穿得起的，饒是林府有錢，可吃穿用度都還停留在暴發戶的階段。

芸娘生怕那些丫鬟會輕看了她，她忙自恃著身分，規規矩矩坐著，擺出一副林府小姐的勁頭。

慧娘哪裡知道芸娘的那點小心思，在她眼裡，這個林芸娘還是個不懂事的孩子，按現代的歲數來說，頂多是個上初中的年紀。

慧娘見了娘家人心裡高興，早有丫鬟端來了待客的果品。只是慧娘身體還虛著呢，她便半依在床上躺著。

林老爺上下打量了慧娘的臉色，她頭上的傷已經好了很多，只是臉色很白，一副氣血不足的樣子。

林老爺便叮囑著：「慧娘啊，王府裡雖說是什麼都有，可妳也要看顧著自己的身體，該吃的補藥就要吃……不要嫌辛苦。」

「我知道的，父親。」慧娘應答著。

林老爺卻有些躊躇，他雖然是來探病的，可也有一件心事想同慧娘商量商量，見慧娘精神尚好，林老爺便說道：「慧娘啊，最近為父有件心事一直都在惦記著，咱們林家當初還有妳這個嫡女商量，現如今家裡就只有王姨娘那個不靠譜的……我最近一直在想妳芸娘妹妹的親事……她如今也到了歲數……」

慧娘很是意外，忍不住往芸娘的方向看了看，果然是驃悍的古代啊，這麼小就要開始準備找婆家的事兒。

她沒搭腔，倒是林老爺繼續道：「我也拿不定主意，妳見的人多，若有合適的對象可以幫妳妹妹看著些。」

林老爺也是無奈之舉，林家兩個女兒都出嫁得這麼神奇，既然現在慧娘熬到了側妃的位置，他也就想著讓芸娘嫁給詩書人家改改門楣，再來也提攜他的獨苗林俊生。

正在這時，忽然就聽見外面有了動靜。

芸娘很快就發現周圍的丫鬟都變得輕手輕腳的了。

隨後有人從外面走進來，那人個子很高，樣子說不出的俊俏，一派的風流倜儻。

林老爺一眼就認出這是晉王爺，他唬了一跳，忙要躲閃可已經來不及，見了晉王，林老爺嚇得就要跪下磕頭。

幸好晉王身邊的人反應快，忙代晉王扶住了林老爺子。

晉王愛屋及烏，一認出這是慧娘的娘家人，臉上少有地帶出了笑意，對著林老爺和顏悅色地問了一句：「家裡人可還好？」

「謝謝您惦記，家裡人都好……」林老爺汗都要流下來了。

慧娘看著彆扭，試圖從床上起來，只是還沒下地，晉王倒是走了過去，握著她的手，「妳好好的起來做什麼？」

他語氣不自覺地柔軟起來，甚至還親自扶著她躺回去。

這一幕落到林老爺眼裡都被驚呆了，那眼珠差點沒瞪得飛出去。

他做夢都沒想到他家慧娘會把王爺迷成這樣！

簡直百煉剛都化為繞指柔了。

芸娘年紀雖小，卻是個有心眼的，在旁一眨不眨地看著晉王。

晉王是世間少有的美男子，芸娘一看到眼睛就有點收不回來。

等林老爺告辭回去的時候，便發現自己家的三女兒明顯心不在焉。

待回到林府，林芸娘平時裡是不同王姨娘親近的，這個時候倒是想起什麼般的，難得找到王姨娘，和顏悅色地同王姨娘說道：「姨娘，我跟爹進到王府裡看了，我瞧著慧娘姐姐的身體還是不太好，臉色白白的，一看就是缺少調理……只怕……」她沉吟了下，家裡誰不知道王姨娘是個沒腦子的貨，果然王姨娘就上當了，前段時間慧娘一生病，王姨娘簡直就跟懷裡能下金蛋的大金鵝要飛了般，現在聽說林慧娘身體不好，王姨娘又擔心了起來，生怕到手的富貴又給跑了。

芸娘假意道：「我看著姐姐的精神不太像是能伺候王爺的……想來王府裡的美姬丫鬟都虎視眈眈的，我很怕姐姐……會被人趁虛而入……」

看著王姨娘臉色都變了，芸娘一臉為難，又糾結地道：「我歲數還小，按理是不該說這樣的話，可是我跟慧娘都是同母所生，她進到那種地方，我也時常惦記她……我便想著要不要我也進到王府裡去幫姐姐……」

王姨娘原本還擔心著呢，現在一聽見這個，當下就一拍大腿，「可不是這個道理，與其妳在外面找人嫁，還不如進到王府裡幫著妳姐姐，妳們自家姐妹也有照應……」

為了讓王姨娘能上鉤，芸娘還特意補充了句：「這個自然，還是自家人能相互照應，而且這樣一來，我二姐在長史府裡也能過得舒服些。」

王姨娘是個沒城府的，她是越想越覺得這件事靠譜，也不管自己的身分，就辭了林芸娘，跑到林老爺面前急急道：「老爺，我最近一直在愁慧娘的事兒，現如今她身體不太好，我便想著她一個人王府裡連個幫手都沒有，太可憐了，這次差點就被人害死……要是咱們林府有個人能進去幫她就好了……老爺你不是一直在想芸娘的婚事嗎？我就想啊，何不把芸娘也送進去……到時候兩個姐妹……」

王姨娘的話還沒說完，一向老實厚道的林老爺直接就給她甩了個大耳光。

抽得王姨娘眼冒金星的，捂著臉都傻了。

她進到林府裡來這麼久，不管幹出什麼荒唐事兒都沒見過林老爺發這麼大的火，王姨娘眼淚立刻掉了下來，一屁股坐到地上，拍著地哭喊：「我做什麼了，老爺要如此對我，我還不是為了咱們林家著想，家裡就算有潑天的富貴又跟我有何關係，現如今我是人老珠黃，老爺也便不愛見我，我多說兩句還要給我耳光……」

林老爺氣得臉都紫了，見她這副樣子，指著她的鼻子罵道：「妳這個敗家的女人、找事兒的娘們，慧娘熬到如今容易嗎？那晉王爺是一般人巴結得起的嗎？我一個女兒已經搭進去了，妳還要我再搭進去一個，快把妳的混帳話都給我收起來！以後休要再提！」

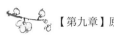

一時間房間裡只剩下王姨娘撒潑打滾的聲音。

林芸娘正在門外偷聽消息，聽見這個，臉色就陰沉了下來，知道自己進王府的事兒多半不成，她心裡不高興。

可是一向寬厚的爹都氣得動手打人了，芸娘也知道，她自己就算想要去王府裡，也會被攔下的。

她年紀小還沒有修煉成，也只得憤憤然地回到閨房生悶氣。

這邊林府裡烏煙瘴氣的，那頭林慧娘的身體倒是一天比一天好了起來。

天氣漸漸轉涼，中秋將至。

慧娘被調養得很好，沒多久就能起床散步了，早有人送來活螃蟹，只是慧娘身體還虛著不能吃，都賞給了身邊的小巧她們。

中間王嬤嬤提過一次進宮的事兒，只是大家都沒想到慧娘會再跟著進宮，以往中秋的時候，都是晉王同永康帝單獨過的，就連宮裡的劉皇后都只是過去跟皇帝請個安就走。

沒想到這次晉王卻提前跟慧娘說了一聲，等中秋的時候要帶她一起進宮。

不管慧娘怎麼求、怎麼想辦法，都沒法躲過去。

主要是晉王這次打定主意要帶她去見見哥哥的。

上次是永康帝的誕日，顧不上多照顧她，這次進宮卻是不同，乃是中秋賞月各家團圓的日子，以往都是他跟哥哥聚會，那些宮裡的皇后妃嬪都免了的。

可今年是他同慧娘過的第一個中秋，不想拋下她，索性就帶她一起進宮，正好也讓慧娘同他哥哥見一面。

慧娘都要嚇死了，心說那人怎麼能見啊。

可是不管多麼害怕緊張，到了日子，她還是按部就班地穿衣打扮準備去見人。

這次跟上次進宮完全不一樣，她一路都緊跟著晉王。

她還想提前去皇后面前請安的，這樣的話至少可以躲在一眾女眷的後邊，不用跟皇帝打照面，結果哪有那麼好的事兒，因為以往皇后沒有跟皇帝同過中秋，這次大概是永康帝覺得弟弟既然帶了女眷過來，他總不好一個人，便召了劉皇后跟一眾妃嬪。

所以等晉王他們到的時候，那些興奮的妃嬪早都到了文泰殿內。

文泰殿的位置不很顯眼，只是四周的太監宮女明顯多了很多，大家都表情肅穆。

再往裡走就能看到殿內的人，不管是真高興還是假高興，個個都帶著笑意。

文泰殿內的空間很大，早布置了宴席。

晉王的位置挨著永康帝的御座很近，他們到的時候，永康帝還沒有過來。

這次完全是家宴，規矩也沒之前多，布置也都是以和氣圓滿為主。

進到殿內後，晉王領著慧娘向皇后請了安。

劉皇后是個賢淑安靜的人，坐在那裡就跟一尊雕像似的，她身後的四位妃子卻是個個花枝招展，頭上珠翠鳳釵好不漂亮。

慧娘心裡特別忐忑，可又覺著自己沒必要這麼緊張，那個人未必會認出自己，她人都變

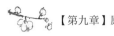

成這副樣子了，他能認出來才怪。

另外他跟她又不熟，總共不過是她救過他一次，她都不明白這人如此對待自己原本的身體要幹麼……

正在胡思亂想之際，有人宣了一聲：「皇上駕到。」

這話很像是戲文裡的，可是在這樣寂靜的殿內響起，再配著眾人的表情動作，慧娘也跟著肅穆起來。

眾人都從座椅上恭恭敬敬地站了起來。

慧娘心裡一緊，知道那位話癆哥就要盛大登場了。

她心跳得厲害。奇怪的是，明明是天子之尊，可永康帝的儀仗卻很簡單，衣著更是隨意，頭上只戴著通天冠，面目和善。

劉皇后帶著四妃跪拜在地，慧娘不明白裡面的規矩，也跟著跪了下去。

永康帝坐到主桌的御座內，劉皇后等人這才起身。

殿內的眾人，永康帝都見過的，他只特別留意了晉王身邊的那位林側妃。

他見過多少國色天香的美人，對這位林側妃並沒什麼太多的感覺，只是好奇他弟弟喜歡的是什麼樣的人。

只是林側妃一直低著頭，做天子、做大哥的沒理由盯著弟弟的女人亂瞧，見瞧不真切，永康帝便收回了視線。

他跟那些少年天子不太一樣，不會為了皇家威儀特意苛待身邊的人，相反地他一直都很謙和，又是在中秋這樣的節日，他更像是一家之長。

此時殿內大門敞開著，有月色從外面透進來，正圓的月亮映襯著今日的宴席。這還是劉皇后進宮來後，頭次同永康帝一起過中秋。幾位妃子也都興高采烈、花枝招展，遠遠就能聞到沁人心扉的香氣。

只是每個妃子身上的香氣都不太一樣，混在一起，簡直就像走到了賣香水的地方。

按說慧娘只是個側妃，晉王身邊的位置，她是不能大大方方坐上去的，可一是還沒有晉王妃，再來晉王這麼寵她，誰會計較這些，慧娘便坐在晉王身側。

專有上菜的內侍，依次上菜伺候著。

一時間殿內只有細微的用膳聲響，雖然往來伺候的人多，殿內的人也多，可就連腳步聲都聽不到。

慧娘不敢抬頭，只能低著頭望著自己桌子前的東西。不過偶爾還是要舉杯恭賀皇帝千秋啊、什麼謝主隆恩的客套。

慧娘就發現了一件很奇怪的事，膳桌上晉王還有劉皇后、四妃都是有酒的，唯獨永康帝那桌沒有，是以茶代酒。

她正感納悶時，晉王已經淺笑著同她道：「聖上是不飲酒的，只妳上次做的那罈酒，他才破例喝了一杯。」

慧娘心裡奇怪，不明白堂堂天子為何不飲酒，可她沒再繼續打聽，她有種預感，關於這位永康帝的事兒，她知道得越少越好。

尤其是這位聖上，在這麼多人面前一點話嘮的跡象都沒有，別說話不多了，簡直就是惜字如金。

聖上不說話，劉皇后跟那四位妃子也不好說什麼，一時間大家都默默進膳。聖上跟劉皇后等人更是擺出一副道德標兵的樣子。

雖然大家都努力擺出我好高興的樣子，其實每一個人都各有心事，慧娘看著整個殿內只有晉王是發自內心地開心。

只是很快的晉王也不太能發自內心的高興了，宴會剛開始沒多久就有人過來稟報，孟太后特遣人送了些月餅獻給聖上。

慧娘忽然發覺不對勁，她忙看了一眼旁邊的晉王，晉王的表情倒是無所謂。

那些月餅看著很精美，可明顯永康帝也有些忌諱，只讓身邊的太監收了起來。

慧娘又不傻，很快就想到，孟太后就只有兩個兒子啊，怎麼只給大兒子送中秋月餅，小兒子就沒有呢？

雖然晉王不是缺月餅的人，可是……當娘的應該知道這兩兄弟每年中秋都會在一起過節的吧？

正在胡思亂想的時候，燭光熄掉一些，明顯是有助興的節目演出，很快地款款進來一批穿著異族服飾的少女。

慧娘還是頭次見到這些服飾，跟之前的明地不同，明地是番邦附屬地，而眼前這些少女的服飾明顯粗曠很多，比較像是游牧民族。

晉王知道她是頭次看到，再來宴會實在是出乎意料地沉悶，他便耐著性子跟她講：「這是狄億女子，早些年我朝與狄億一族不知道打過多少仗，當年把京城定在這裡，便是為表現天子與中原共存亡的決心，不過前幾年賀將軍把狄億打敗了，到如今又有韓將軍把守邊關，這些都成了舊事。」

慧娘沒想到還有這樣的過往，她點了點頭，也不敢多嘴。

那些舞女的舞姿很漂亮灑脫，尤其唱起歌來更是嗓音遼闊，沒有那種扭捏溫柔的小女人姿態。

慧娘沒想到居然會是這樣的歌舞在宮裡受歡迎。

她安靜看著，她身邊的晉王似乎在同永康帝閒聊著什麼。

一問一答間，都不是什麼要緊的事兒，而且晉王的話很少，永康帝的話也不多。

只是忽然有個什麼詞，慧娘聽著特別耳熟，隱約好像聽過的……

她剛一想，很快就帶出了之前的一些記憶，雖然當時她腦袋被震得發疼，可是現在一想起來，卻是另外一番意思。

好像當時她在昏迷中時，永康帝也說到了什麼狩獵祭祀的事兒……

而且在她昏迷的時候，上面端坐的這位話癆哥還曾經用一副哀傷憂愁的口吻跟她說過，阿奕不再跟自己親近……

慧娘忍不住轉過頭，往永康帝的方向看了一眼。

她以為偷偷看一眼對方不會發現的，不料卻對上了永康帝的目光，永康帝的目光絲毫不見閃避。

他目光柔和，衝她淺淺笑了笑，那表情眼神就好像一個長輩在看著晚輩，讓人有如沐春風般。

林慧娘沒想到，除了話癆哥外，這位皇帝還會是這樣一位謙和溫婉的人，更神奇的是，他居然還跟晉王有著相似的臉孔……

只是見過他話嘮的那面後，慧娘有點不敢直視這張面孔。再一想到自己的身體每天都要被這位話癆哥摸來摸去的……

她心虛得都不敢抬頭，天下第一人天天對著自己的「前」身體吐槽外帶話嘮……她還得在他面前裝作若無其事的樣子……

更狗血的是這位話癆哥還是這麼一副周正莊嚴的樣子……實在是刺激太大，她趕緊低下頭，裝著給晉王布菜。

不過腦子一時間也停不下來了。

再配合這兩兄弟在她身邊表演什麼叫兄弟隔閡……聽得出這兩兄弟感情很好，可是對話裡又有些生疏的意思。

再結合之前話癆哥跟自己嘀咕的內容，以及孟太后送月餅，竟然只送給一個兒子這樣的極品事兒……

慧娘也就有了些感觸，立刻聯想到，她跟在晉王身邊那麼久了，從來都是皇帝召了晉王進宮，她還沒見過晉王主動進宮的時候。

然後再看這位永康帝跟他的妻妾相處方式，再一想他那九五至尊的位置，慧娘忽然就有點納悶了。

這位看似寡言的永康帝，該不會是一直找不到傾訴的對象，才會化身成那位唐僧版話癆哥吧？

所以他才會對自己的身體那麼好？因為那是全天下他唯一可以傾訴心事的人？哪怕那都

不能算成是一個正常的人……

慧娘想到這裡立刻起了雞皮疙瘩，她趕緊打住，再繼續想下去，這位天下至尊簡直都要成小白菜了，有這樣的小白菜嗎？不過這位皇帝肯定心理不健全。

等宴會舉辦完畢，回程時，慧娘想著自己還是幫永康帝找個健康正常的傾訴方式吧。永康帝那麼好的一位皇帝，總這麼不正常地找植物人傾訴，萬一憋久了憋成了變態，倒楣的還不是老百姓嘛。

這麼一想慧娘便也打定了主意。

她在馬車內，偷偷打量晉王的表情，見他表情柔和，看著還算開心，就同他說道：「殿下，我今天看聖上雖然挺開心的，可我想他一個人在宮裡，估計也不太容易找到人閒聊，你們兄弟關係這麼好，你可以經常進宮陪陪你哥哥的……」

慧娘說的時候也沒多想，沒想到晉王的表情卻是寒了一下，直接道：「妳逾矩了。」

慧娘嚇了一跳，她都不知道自己說錯了什麼話，連忙低頭不再吭聲。

馬車繼續前行，中間車軲轆壓在地上的聲音，與馬蹄的聲音交織著。

街道兩邊很多地方都掛了燈籠，那些燈籠糊著不同顏色的紙，照出來的光也是五顏六色的。

慧娘覺得馬車內的氣氛太過沉悶，掀開車簾往外看了看。

大概是之前的中秋廟會才剛散去，街上竟然有些蕭索。她正在凝神看著，忽然覺得身體一歪，就被緊緊抱在晉王的懷裡。

他的手臂搭在她的腰腹處，從他掌心傳來的熱度，讓她的身體有些不自在。

「別動。」他挨著她的臉頰，聞著她身上發散出來的淡淡香氣，以前下人會把他喜歡的服飾拿去給慧娘穿，她沐浴的時候也會用上他喜歡的香料。

最近不知道怎麼的，慧娘不如早些時候乖巧了，她自作主張了很多事兒，他最喜歡聞的味道她也不用了，衣服更是只穿她自己喜歡的那些。

他不知道是她恃寵而驕，還是故意用這個來吸引他。

他的確是不管她用什麼、穿什麼，都能立刻喜歡上。

可要說她是故意拿喬，慧娘又不是那樣的脾氣秉性，不管他怎麼寵著她，她都很守本分，之前散亂的王府更是被她打理得清清楚楚。

明明挺聰明的一個人，可又怎麼會在這種事兒上口無遮掩，就像只是在勸諫平民家的兄弟要友好一般。

這社稷江山是多少屍骨填出來的。

從他明白事理的那一天起，就沒有人敢對他說這樣的話。

所有的人都在告訴他、提醒他，包括父皇母后都是時時訓誡這是你哥哥的江山，你不要有非分之想，你不可以跟太子太親近，不可以參政……不可以統軍……在外開了府就不要常進宮……

要說例外，也只有當年造反的齊王沒那麼說過，暗地裡拉攏他道：「明明你也是皇后所出的嫡子，怎麼這江山就都是他的，更何況在皇后肚子裡的時候，還是你上他下呢，這江山怎麼看也該是你的……」

想起那些前塵往事，他嘆了口氣，不知道是聽多了還是看多了，他都懷疑自己體內是不是真住了一隻野心勃勃的怪獸，隨時會衝破牢籠，衝著他最親近的哥哥咬上一口……

因被人猜忌太多，以致於他在亶地親自創立的火炮營，都沒有帶回京城，就是怕引起大臣們的忌憚。

而且因那些舊事兒，他跟哥哥關係雖然親近，卻是不太來往……他總是刻意拉開些距離……每次都是哥哥召他，他才進宮……

這些事兒他都懂，他悶悶的，用手戳了戳她軟軟的肚子，小聲道：「妳這女人，妳以為我們自家兄弟跟妳家一樣是開胭脂鋪的……」

慧娘這次不敢亂說話了，她想了好一會兒，才小心回道：「晉王，我爹是賣胭脂的……我也不懂什麼朝廷大義，可我知道上陣親兄弟，全天下再沒有你和聖上更親的關係了，再說只是閒話家常而已，要是連您都不同皇帝多來往，聖上真就跟孤家寡人一般……而且要是換個位置想的話……」

慧娘話一出口就知道自己犯了大忌，她嚇得身體都僵硬了。她不敢動，腦子更是嚇呆了，都不知道該怎麼解釋下去，舌頭更是直打結。

在沉默了好一會兒後，也不知道晉王有沒有生氣。

他終於是開了口，如同耳語般：「這混帳話，殺妳全家都不冤……」

她明顯在他懷裡哆嗦了一下。

晉王沒理她，直接把手伸到她的衣服內，揉捏著她的小腹，「越來越沒規矩了，回去把婦言好好抄一遍，」

他親了親她的鬢角，又如呢喃細語般：「這話不是妳該講的。」

「那月餅呢……」慧娘低著，都不知道自己的膽子怎麼又大了起來，被他親過的地方癢癢的，她掙扎了下躲了開，「我其實還想問問您月餅的事兒……」

就跟知道晉王會不高興般，她口吻趕緊軟了起來，哄著他：「我看皇太后只給聖上月餅沒給您的時候，我就猜著您不高興了，所以在宴會上的時候，我一直在想怎麼讓您開心，我回府後，給您做一樣東西賠罪怎麼樣？我保證您是全天下第一個吃到的人。」

【第十章】

與他再患難

看著隨永康帝秋獵的淑妃，不斷花枝招展地想要親近永康帝，有幾次連慧娘都不忍直視了。

倒是晉王看著有趣，還回頭對她說：「這麼一比，我的林側妃簡直就是個木頭。」他拍了拍自己的腿，摟著慧娘的腰說：「趕明兒妳也學學。」

慧娘心想：讓她學這個還不如給她個痛快呢！

慧娘以為只要是這個世界沒有的東西，晉王就會喜歡。

她小心翼翼地在牛奶裡加入糖，她別的也不會做，就這個牛奶布丁還簡單點，再者，她覺得這東西晉王應該是沒吃過的，怎麼也算是個稀罕物。

她做得很認真，等做好後還熱著呢，慧娘就把這碗新鮮出爐的布丁端給晉王。

早等了一會兒的晉王，就看見慧娘端了這麼一碗東西。他有些遲疑，可想到慧娘那些稀奇古怪的想法，便覺著這東西雖然賣相一般，味道應該是不錯的。

哪裡想到只吃了一口，晉王就把勺子放了下去。

他心道這也只有慧娘敢拿這種東西給他，換了別人非殺她全家不可。

慧娘見他臉色昏暗不明，整個心都提起來了，她趕緊拿起勺子嘗了口，味道很對啊！

她皺著眉頭一臉委屈地瞅著他，心說這位的嘴巴也太刁了些吧？

晉王卻是一看見她這副樣子，忽然就笑了出來，他忙攬住她的腰，雖然這東西的味道他不喜歡，可還是一邊抱著慧娘，一邊一口口吃完了。

等吃完兩個人就寢的時候，晉王很是糟踐了他的這位林側妃。

第二天天剛亮，王爺就去了宮裡。

等慧娘起身時，就知道這位晉王還是把自己的話聽到了耳朵裡。

只是再等晉王回來的時候，慧娘便發現自己居然挽了個繩套給自己套。

這次晉王難得想跟永康帝敘敘兄弟情義，只是他們這種人續起手足之情時，居然是要一起去秋獵。

其實這個老早就有規定的。

每年到了這個時節，聖上就會帶著一批寵臣到塞外去做圍獵。

一方面是慶祝五穀豐登，另一方面是顯示國威，當初跟狄億打了幾十年的仗，到如今，四海昇平，自然就要巡視一下國界。

再來做皇帝的一年四季都守在皇城內，難得出去一趟，為這個半私半公的活動，前任皇帝還特意建造了一座蕭城作為休息落腳的地方。

只是慧娘沒想到，這次兄弟聯誼居然還要她跟著一起去。

因為要去塞外，慧娘沒把小雀帶上，讓小雀在王府裡好好看著，她只帶了紅梅跟小巧兩個沿途伺候。

王嬤嬤李長史都如臨大敵般，忙得腳不沾地，從衣服到沿路的各種物件，一一備著。

再來雖然有御醫跟著，可王府裡還是帶了大夫及點心師傅過去。

王爺也在調兵遣將，找了一些打獵的好手。

永康帝的排場更是驚人，除御林軍外，還有隨行的五千兵士，一行人浩浩蕩蕩的。

只是以往出巡，永康帝是不帶後宮的，可宮裡面有位淑妃不是一般人，趁著這個機會託了門路，找了那位隱居在深山修行的孟太后。

孟太后也是為了國本考慮，知道皇后太過矜持，不如讓這位主動請纓的淑妃沿路伺候皇帝，要是能伺候出個一男半女的，也算是國本有望了。

於是孟太后下了口諭，永康帝便也把這位淑妃捎了上。

各人各懷著心事按部就班地準備著。

等到了出行的吉時，鼓號齊響，隊伍浩浩蕩蕩地出發了。

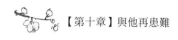

出京的時候，早有前行的人把街道淨空，此時看到路兩邊結著彩帶，只是門窗都緊閉著，平常的百姓是不能往外看的。

在路上的時候，因為不是在宮內，沒那麼多講究，晉王又是少有地同哥哥一起出遊，兩個人時常會聚在一起吃飯。

慧娘兩次在宮內吃飯都有禮樂伴奏，還以為這是喜慶日子特意安排的，可後來跟著這位永康帝用膳的次數多了，她才發現，只要是天子吃飯的時候，就要有禮樂伴奏。

吃飯的時候，往往那位淑妃也在，淑妃長得非常嬌俏美豔，嘴巴更是甜如蜜一般，眼梢都含著春色。

一出了宮，淑妃就退去了矜持，不斷花枝招展地想要親近永康帝，有幾次連慧娘都不忍直視了。

倒是晉王看著有趣，還回頭對她說：「這麼一比，我的林側妃簡直就是個木頭。」他拍了拍自己的腿，摟著她的腰說：「趕明兒妳也學學。」

慧娘心說讓她學這個還不如給她個痛快呢，她趕緊轉移話題道：「不過王爺，聖上每次吃飯都有那些樂聲嗎？怎麼咱們王府裡沒有？」

晉王笑她，「怎麼沒有，我嫌煩，讓人撤了，妳若喜歡等回府再讓人加上，天寒時聽秋月喝酒很是愜意。」

慧娘心說自己果然家裡是個賣胭脂的……跟這種超級富二代、官二代簡直沒法溝通。

他們這一行並不急著趕路，所以路上並不覺著辛苦。

沿途的路走得很順，在到蕭城前，更是少有地要宿在一處村莊。

那些村民早已經等候多時，此時都跪在路邊。

這些人很多都是當年開疆闢土的將士後人，此時星羅遍布在這大漠上，形成一個又一個的村莊。

永康帝是個仁義的君主，每到這種地方都儘量不多做叨擾，即便有，也都是給出賞賜。

他難得還請了幾位年長的人過去閒聊。

慧娘能感覺到，要是古代也有選舉的話，永康帝肯定是那種能高票當選連任的。

只是一路上慧娘也發現了，當初本朝與狄億那仗打得有多慘烈，很多地方到現在還有戰場遺跡，怪不得每年都要安排這個遊獵活動，估計也是想讓天子警醒吧。

晉王倒像是個頑童般，一等到了村莊，立刻就命人找了幾位獵戶過來打聽。

這種村莊可跟內地的村莊截然不同，反而像是莊子，裡面人員並不多，可占地很大。

當天子的哥哥是出來公務的，這位晉王卻是純粹出來遊玩加打獵的。

在等著那些獵戶的時候，晉王有點像是過動症患者，手裡還轉著一個小茶杯。

他們住的地方看得出是一戶村裡條件很好的人家，只是還是比不上王府裡隨便的一間房子，尤其是塞外風大，房子都矮小。

所以一進到房間就有種脫鞋上炕的感覺。

雖然還沒到冬天，可為了禦寒，早有人在裡面燃了火盆。

房間被烘得暖和和的。

等慧娘把外面的事兒都布置妥當，又看了看王爺明天要換的衣服後，進到房內，便看見這位閒不住的王爺正在轉杯子，她忙走過去，把他手裡的茶杯拿走，好好地放在一邊。

晉王正等得不耐煩，他抬起眼皮瞟她一眼，有點不滿意她把他手裡的杯子收走了。

慧娘沒理他，簡直跟伺候小孩子般，又忙著給他身上撒了一些據說可以驅蟲的藥，塞外這種地方，多用毛皮禦寒，又是住在農家，保不準會有些跳蚤啊之類的蟲子。

因被人拿走杯子，晉王便握著慧娘的手，正要跟慧娘說幾句話，正好那些獵戶已經被叫了過來，有人在門外回稟著：「晉王，您要的人已經找到了。」

晉王回了一句，那些獵人不敢進屋，跪在院子外。

晉王這才把視線調過去，對著門外的那些人道：「你們都是打獵的人，不知道此處都有什麼稀罕物？」

他一路上遇到過幾次狼，打了幾隻後便覺著無趣，此時實在是想找些刺激有趣的東西。

那些獵戶不比平民，大概是刀口上討生活的，在回答的時候，口齒都很清楚。

有個上歲數的很有眼力，知他身分不凡，尋常的東西打動不了他，便緩聲道：「估計別的也入不了貴人的眼，倒是有種火狐，是世間少有的稀罕之物，我如今六十有三了，也不過只見人獵到過兩隻，那毛色漂亮得只要見過一眼就不會忘。」

晉王略一想便想了起來，「我好像記得有過這樣的兩件東西，當初做了毛領子，一件獻給齊王妃，另一件則給了孟太后。」

那獵人忙笑道：「正是那樣的東西，有人說那靈物在西山方向看到過，不過那東西都是邪乎，一般人真是抓不著牠……」

晉王待那些人走後，又像有了心事兒。

慧娘以為他是動了要去捕殺珍稀動物的想法，止不住地一邊鋪床，一邊在旁邊勸說：「那種東西你過去也未必能夠打到，再說現在天氣一天比一天冷……」

原本房裡都有人伺候的，可是最近晉王不喜歡有人在他們身邊待著，就連吃飯的時候都要把人攆出去，只留著她在旁邊。

慧娘簡直就跟回到解放前一般，只要是晉王身邊的事兒就都要事必躬親。

晉王卻是沒想那些狩獵的事兒，他是被剛才的話勾起了心事兒，那都是些陳年往事了，在他還小的時候，他去過齊王府邸做客，溫柔的齊王妃，還有那位沉默內斂的齊王……

若說性格的話，其實齊王倒更像是現在的永康帝，永遠是那麼寡淡的樣子，誰能想到先帝駕崩之際，立即反了的會是這位齊王……

慧娘還在那邊勸他呢：「這些日子你跑來跑去的都亂了，也不知道安靜安靜，明天要是順利的話，差不多午飯的時候就可以到蕭城了，你可別亂跑了……」

晉王沒理她的話，只笑著握著她的手道：「等把妳安頓好，我就過去看看，要是能打到，冬天也給妳補件狐裘。」

慧娘無可奈何，知道這位壓根就是越勸越來勁的。

果然等第二天趕到蕭城後，剛一進了城內，晉王就迫不及待地吩咐那些親兵跟他去獵火狐的事兒。

聽他的吩咐，慧娘就知道他是打算徹夜不歸了啊。

在等著那些親兵內侍收拾東西的時候，晉王才轉身跟她進到屋內，對她道：「妳在城裡乖乖等我。」

慧娘喔了一聲，他忙著準備打獵，她也沒閒著，她正在指揮小巧她們把房間布置好。

蕭城比不得京城，當年建造的時候肯定想的是既可以當天子落腳的地方，又可以當做一個打仗的前線，所以建築物看上去都很厚重粗狂。

城內最高的建築是座文樓，此時永康帝便住在那個地方。

她跟晉王則住在一處大宅子，地方大是大，可也太簡陋了些。

慧娘進去後，便指揮著小巧她們把熏爐軟墊都擺放好。

此時等那些親兵過來回稟時，慧娘知道晉王心意已決，便起身過去送他。一連送到門口，她才嘆口氣地想：這晉王啊，怎麼出了京城，就跟摘了鏈子的狗似地鬧騰……

倒是晉王興致勃勃，只是臨要上馬的時候，又跟想起什麼一般，忙從馬上下來，幾步走到慧娘面前，一把將她抱起來，慧娘還以為他是有什麼事兒呢，結果晉王真的就只是抱抱她而已，很快就放下她，然後上馬走了。

慧娘莫名其妙，心想這人是怎麼了？

連日來奔波，她早有些倦了，再回去的時候，她累得眼皮直打架，連午飯都顧不上吃，就趕緊歇了一下。

等睡得迷迷糊糊的，慧娘忽然就聽見好像悶雷一般的聲音。

她揉了揉眼睛，正在納悶怎麼好好的打雷了呢？她就聽見外面傳來吵雜的聲音。

迷糊之間，小巧早已經臉色刷白地跑到她的寢室內，嘴裡大叫著：「林側妃，大事不好了！不知道為什麼城下來了很多狄億的人！那些人正要攻城，有人說看守要塞的王將軍把那些狄億人放了進來，現如今足有十萬人在城下圍著呢……」

慧娘嚇得一個骨碌就從床上坐了起來，她眨巴了眼睛，還以為自己是在做夢。她使勁掐了下自己，立刻就覺出疼來。

小巧的嘴唇都刷白了，跑進來後，直接就癱軟在慧娘的床邊，手抓著慧娘的袖子，急急道：「林側妃，怎麼辦啊？咱們王爺還在外面呢！而且現在城裡不知道有沒有內奸，此時兵荒馬亂的，怎麼辦啊？林側妃！」

慧娘也有點傻眼，不過她很快就鎮定下來，她先是側耳聽了聽外面的動靜，明顯有喊殺聲，那聲音聽著很遠，可動靜卻是很大。

她心裡一緊，連忙從床上站起來，手指哆嗦著去摸衣服穿。小巧也反應了過來，趕忙幫她穿戴著。

慧娘很快便穿戴整齊，只是頭髮來不及好好梳理，只隨便攏了攏，她隨後就召喚外面的人，吩咐那些人趕緊備馬車。

只是院子裡早已經亂成了一團，那些內侍明顯反應都要慢半拍，說要去找馬夫、牽馬車，卻都跟無頭蒼蠅般亂轉。

院子裡的燈居然有的還熄滅了，院內更是不知道誰先哭了出來，頓時整個院子內都是一片哭聲。

慧娘心中鬱悶，真是將熊熊一窩[9]，這晉王平日裡沒個正經的時候，身邊的人都是一個賽一個的廢物！

她正要捲起袖子親自去找馬車與車夫，卻很快就有永康帝身邊的大太監吳德榮親自帶了馬車過來。

吳德榮是永康帝身邊的大內總管，此時特被派來接林側妃。

一等進到院內，吳德榮也不耽誤，直接省了那些繁文縟節，直接走到慧娘身邊，在這樣人心惶惶的時刻，這位永康帝身邊的大太監的表情卻是絲毫不見慌亂。

不光是表情，就連吳德榮帶來的護衛，甚至駕車的車夫都是表情鎮定，衣服紋絲不亂。

反觀慧娘這邊，且不說她起來的時候手忙腳亂地都忘了披披風。

她身邊的小巧更是鞋子都跑掉了一隻，那副樣子真是要多狼狽就有多狼狽。

院內再亂也仍是有限，等吳德榮進來後，慧娘就聽到街上早已經亂成了一團，不時有人在喊叫。

吳德榮顯然也聽見了聲響，表情不自覺露出鄙視的樣子，他轉過頭來，緩緩道：「林側妃，請跟咱家來。」

慧娘也沒遲疑，在眾人都找不到北的時候，來這麼一隊靠譜的人，她肯定是要跟著這些靠譜的人走。

由這些人領路，不管內城亂成什麼樣的，慧娘發現他們的馬車所到之處，街上的人都會停下來，先避讓著讓他們過去。

等到了地方，慧娘早已經在夜色中看到那四層樓高的文樓。

說是木屋其實也不全都是木頭建造的，尤其是第一層用了不少石料。

慧娘進去的時候，就看見一樓早已聚集了一些大臣。

她臨出門的時候，趕緊叫小巧把她的披風取了過來，此時她把披風拉下來擋住自己的臉，上樓梯時，她才發現，一路上的見聞，早已經嚇得她腳都發軟了。

她腦子裡更是不斷想著，蕭城怎麼會忽然間就被圍了呢？一定是小巧弄錯了，是不是哪裡產生誤會了，再說哪來的那麼多軍隊……要有的話，怎麼會一點消息都沒有？

等上了四樓，四樓的窗戶大概為了通風，是開著的，慧娘只往外瞟了一眼，差點就跌坐到地上。

她所在的地方離城牆很近，遠遠已經瞟見圍在城牆下面的人海，黑壓壓的好像沒有邊際一般。

這情勢再明白不過，這些亂兵一定是衝著永康帝來的。

塞外的風很大，恍惚間一陣急風吹過，吹得慧娘的頭髮都亂了。

倒是那位吳大太監見狀，便命令守衛把窗戶關上，他則在前面繼續領路。

片刻間，他們兩人便抵達永康帝所在的地方。

此處同外界的忙亂慌張截然不同，永康帝穿著素色的服飾，面色既沒凝重，也沒有慌亂，在她進去的時候，他還在低頭看著手邊的奏章。

哪怕是在塞外遊獵，可每夜這個時刻他都會批閱奏章，一直到很晚的時候，再快馬加急

注釋——

9　將熊熊一窩：出自俚語兵熊熊一個，將熊熊一窩。「熊」是指窩囊、沒本事。意思是小兵無能只是一個人不行，但領兵的將領無能，就會影響整個部隊。

送到地方各處。

吳德榮把林側妃帶到後，沒有立即出聲，而是等著永康帝把手裡的奏章批奏完，他才輕聲稟告：「聖上，林側妃帶到了。」

永康帝聞言從御案上抬起頭來，他目光平靜，沒有一絲波瀾，那副樣子，就像十萬大軍的圍困與他毫不相干一般，只淡淡道：「林側妃受驚了，朕聽聞晉王是從西門出去的，林側妃可知他現在在哪處狩獵？」

慧娘這才想起行禮的事兒，趕緊跪在地上，緊張得牙關都在打顫，明明這位永康帝語氣平緩，表情安詳，可她卻被他周身散發的氣場壓得喘不過氣來，顫聲回道：「晉、晉王說他要去西山。」

說完，生怕自己說得不夠清楚，又伸手指了指方向，「晉王聽說那裡有火狐，非要過去狩獵，估計現在晉王已經知道這裡被圍困的事兒了……」

永康帝循著她的手往那處望了望。

那處地平線跟這裡截然不同，黑漆漆的一點動靜都沒有。

此時蕭城附近都是人山人海，火把都要連成了一片了。

早有攻城的聲音響了起來，一聲一聲的，不知道對方是用什麼攻城工具，慧娘猜著應該是投石機之類的東西，有些投進來的零星碎塊，都砸到了旁邊的民居上。

下面很快傳來一片哭喊聲。

永康帝表情未變，情勢如此緊迫，他臉上卻一絲慌亂都沒有，最後只淡淡道：「這次是朕思慮不周，林側妃妳且下去休息，待平了叛賊，朕再讓妳同晉王團聚。」

語畢，永康帝也不提什麼圍困叛軍的事兒，又拿起一份奏摺繼續批奏著，那副淡然處之的氣度，就如他肩挑的日月圖騰一般，從容強大到讓人心悸。

慧娘被吳德榮親自領到淑妃的住所，淑妃在三層樓內住著。

雖然地方很大，但慧娘過去時，就見裡面的宮女、太監正手忙腳亂勸著淑妃娘娘，「淑妃娘娘，小心鳳體……淑妃娘娘，您別這麼總捂著頭……您小心憋著……」

吳德榮見狀連忙停下腳步，露出尷尬的笑容，不過很快就又淡定道：「林側妃請在這裡好好休息，有什麼需要的隨時吩咐我便是。」

等這位吳大太監走後，慧娘再往淑妃的住所走近，就見裡面鬧騰得比外面還熱鬧。

慧娘原本還覺得自己驚慌失措很丟人，此時見了這位，她才知道什麼叫嚇破膽了。

不過隨即她就想明白了，這位淑妃住的位置高，雖然看不清楚外面黑壓壓的全貌，可是外面兵荒馬亂的聲音，再加上那些攻城的聲勢，此時窗戶外還能隱約看到那些砍殺的場景，火光把城牆照得那麼亮，一般人都要嚇壞了。

淑妃早已經嚇得腳軟手軟，她哪裡見過刀子砍人的樣子。剛鬧起來的時候，還有埋伏在城內的內奸要衝上文樓刺殺聖上，虧得有禁衛軍的人親自把那些賊人拿下了，只是那些血糊糊的場面，還是給她嚇得魂都丟了。

此時淑妃哭得妝都花了，把頭蒙在被子裡更是不肯出來。她這麼一鬧，原本就心神不寧的宮女及太監也都跟沒了魂一樣。

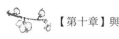

有幾個抱著彼此跟著哭。

等慧娘進去後，原本還亂哄哄的地方，因她的進入，明顯安靜了一下，大家都往她這個

方向看，有些認識林側妃的人，立刻就停下手裡的動作，不知道為什麼林側妃會過來

慧娘臉上也有點尷尬，她嗓子有點乾，忙輕咳一聲，道：「你們傻站在這幹什麼？這裡用不著那麼多燈，熄滅幾盞。」

城裡亂糟糟的，大家可能都沒意識到，看這個態勢，圍城的天數只怕不會少了，因此水啊食物啊，就連禦寒的東西都是好的，物資一定要清點清楚，一定要限量使用。

慧娘早已經過了手腳發軟的時候，一冷靜下來，她就想做點力所能及的事兒。

忙吩咐著那些下人去清點文樓內的用品，以防有人趁亂順手牽羊，又趕緊找人去看了看御膳房裡的食品。

她知道按自己的品階是不能做這些吩咐的，等下人把具體數目清點好告訴她後，慧娘便走到淑妃床前，生怕會嚇到淑妃般，輕聲說著：「淑妃娘娘，我是晉王的林側妃，聖上讓我過來跟您作伴，我剛讓人清點了庫內的東西，為了以備日後之需，娘娘咱們要不要變動一下每日的膳食單子？消減用度……」

慧娘等了許久都沒等到回應，慧娘無奈，不得不親自伸手扯了扯身下的被子，淑妃從被子裡探出頭來，臉上哭得胭脂都花了，一看到林側妃後，更是止不住直哭，「林側妃啊，咱們怎麼辦啊？」

「淑妃……」慧娘真有點意外，她想起在宮內見過的劉皇后，還有宮裡其他的幾位妃子，每個人看上去都那麼穩重，此時再看到這張帶著淚痕的臉，慧娘才忽然意識到，古代的人成親比較早，這位淑妃只怕才十七、八歲吧？深宅大院裡養出來的貴女，別說沒經歷過什麼事兒，估計在宮內的時候，也只是每天吃喝玩樂。

慧娘不自覺地嘆了口氣，她怎麼也是熬過高考、畢業找過工作的人，慧娘便坐到淑妃的床邊，握著她的手，安慰她說：「淑妃娘娘，您放心，那些賊人是進不來的，咱們蕭城雖小，可是有一個好處，城牆上能站的人有限，不管外面多少人馬，能上到這城牆上的人卻不會多到哪兒去，咱們城內又有那麼多守備，不可能讓他們攻進來的。」

慧娘又往外望了望，像是想起什麼一樣，那些投石機明顯不太有用，便很快說道：「這些人是連夜突擊過來的，所以都是輕裝上陣，投石機多半是拆了零件臨時組裝的，只怕那些攻城的雲梯現在還沒運到呢，只等京城知道消息，很快就會有援軍來救咱們了，淑妃娘娘放心，咱們一定會平平安安的。」

淑妃聽到她這一番話後，終於收住了哭聲。

淑妃是被突變嚇懵了，此時也察覺出自己的失禮，只是淑妃心跳得厲害，也實在是主不了事兒，便反握著慧娘的手說：「林側妃，本宮身體不適，不如妳幫我看顧一下。」

慧娘聽到這個，忙找了兩個宮女守著淑妃，她則又趕緊到外面，外面的事自然是大臣將士去做，可是皇帝身邊有些事兒卻不是一般人能處理得了的。在把淑妃身邊的人都認了一遍後，慧娘便開始讓人整理記錄衣服還有糧食存量。

皇帝身邊帶的御廚很多，就算是天家也要清點清楚，以防有人趁亂順手牽羊，或者往裡投毒。

這些事情做好後，天色已經矇矇亮了。

只是還需要更多的物資，慧娘想著，比如戰馬也都要注意，還有城內肯定有些大戶人家，那種人家肯定有糧倉，必須統一管理。

這種圍城一旦時間長了，城內這些人的消耗就夠嗆了，必須精打細算，她心裡也是一團亂麻，可是不能真亂，她得依次理順了。

她正在想著呢，忽然就發現樓梯處點的燈很奇怪，既不是蠟燭也不是火把，到了這個時候天已經方亮了，有專門的太監過來要熄滅那些東西。

慧娘卻是覺得有什麼在她腦子裡動了下。

她趕緊走過去，雖然早有心理準備，可在看到後都驚呆了，愕然地看著那燈壺裡的東西，眼睛都不敢眨一下，簡直怕稍微一眨就會把那種東西看沒了！她緊張得都無法呼吸，她這副樣子把身邊的丫鬟都嚇了一跳。

那些丫鬟正在猶豫著要不要問她的時候，慧娘已經開口問看燈人：「等等，這燈裡面的是什麼東西，這黑漆漆的？」

那看燈人明顯有些意外，不明白貴人問這個幹麼，可還是恭敬回道：「回稟林側妃，這是黑油，樓內風大，一般的油不好燃，城裡有這樣的東西就取來用。」

慧娘心裡一動，連忙讓人把吳德榮找了過來。

她激動地想著，如果城內有石油的話，可就太好了，可以往下潑油做防守啊！

只是她把這個想法一說，吳德榮卻是嘆息一聲道：「這是城裡儲備的黑油，都是附近的黑井弄出來的，燃燒起來氣味不好，所以用的人少，只是因為不容易熄滅才單獨拿來做外面的火把油燈，所以城內壓根就沒有多少桶這種東西，要是用來防備攻城的話，只怕都撐不了多久就用完了……」

慧娘卻是沉思了起來，心裡想著，這麼寶貝的東西，就算不能那麼用，一定還有別的用處，她需要做的就是想出怎麼更有效率地利用這種東西的辦法！

能有什麼辦法呢？

她想了好一會兒，才靈光乍現，腦子閃過一個念頭，「其實還可以……」

她想起昨晚一直在不斷攻擊城牆的那些投石機，昨晚那麼倉促，那些叛賊組裝出來的一定是小型投石機，而且又是趁黑攻擊的，準頭不行，可是現在天已經亮了，只怕還會有更多的投石機被組裝出來。

那種東西，她也不知道有多大。

慧娘忙往窗外看了看，地平線那一頭，恰好就看到有叛軍在往城牆推東西。投石機算是組裝起來了，龐大得不得了，簡直就跟三四輛馬車一般大！

只是這個計劃太大膽了，慧娘也不知道能不能做成，城裡應該有牛皮、羊皮的，而且據說很厚的布也可以，然後大籃子可以找人現做，另外燃料的話，黑油就可以。

這麼一想，她在腦子裡又把想法仔細完善了一遍，才對吳德榮道：「你帶我去見聖上，我有個想法，不知道能不能行，我得請聖上示下！」

吳德榮見她表情嚴肅，他也聽聞過一些關於林側妃的傳聞，都說這位林側妃跟晉王一樣，常有奇思妙想，這個時候興許還真能想出些辦法來。

吳德榮也不推諉，點頭應道：「請側妃隨我上樓。」

文樓雖然只有一棟，可畢竟是聖駕的住所，當日特意建造得很大，只是樓梯卻只有一個。上到四樓後有個作為等候區域的房間。

在這個房間，有四名小太監、四名宮女在外面隨時聽候裡面的吩咐。

慧娘正準備進去，忽然聽見裡面傳出討論的聲音，顯然那些武將正在爭辯著什麼。

有人慷慨陳詞：「養兵千日用於一時，陛下，我們與城同在，一定誓死保駕！」

「聖上，如今死守此城已成困局，不如末將帶人馬保護聖上突圍……」

「聖體是何等的尊貴，豈能如此涉險……」

慧娘沒想到經歷了昨晚那一夜，面對外面的千軍萬馬，那些將士卻是越戰越勇。

只是不知道裡面是怎麼了，原本很熱烈的場景，很快就肅靜了起來，只聽見一個清冷的聲音淡淡道：「都退下吧。」

等門打開後，那些殺氣騰騰的將領陸續走了出來。

他們身上大部分人都披著甲冑，踩在木樓上，發出很響的聲音，隨著走動，那些甲冑碰在一起，更是帶出了粗狂蕭狂之感。

外面的空間很大，慧娘忙轉過身去遮住自己的臉。

待那些人離開後，慧娘才要進去面聖。

吳德榮此時已經進去稟告了，慧娘發現即使經過一夜混亂後，永康帝還是那副淡定從容的樣子。

他手邊有一杯已經涼掉的茶，此時的永康帝正望著一張地圖出神。

慧娘走過去時，永康帝並沒有抬頭。

慧娘也沒出聲，吳德榮有些意外，他以為這位林側妃見了永康帝時，一定會迫不及待把自己的計劃和盤托出，卻沒想到這位林側妃，跟昨天相比簡直像換了個人似的。

昨晚連披風都忘記披的林側妃，此時卻是安靜跪拜在永康帝面前。

其實不是慧娘膽子變大了，實在是有這樣的君主在，總覺得在這樣的氣場下、在這樣的人身邊，就連膽怯都變成了可恥的事兒。

她昨晚一夜沒睡，可不知道為什麼卻一點倦意都沒有，反倒整個人都是亢奮的。

她不知道這位永康帝休息過沒有，她往外看了一眼，此時四樓的窗子是開著的，從她的角度可以隱隱看到城牆上的情形。

遺落在城牆內的屍體，被直接從城牆上扔了出去。

這一夜鏖戰下來，城內已經出現了很多帶傷的士兵。

慧娘不知道這位永康帝是不是在跟自己想著同樣的問題，如果只是那些叛逆士兵攻城的話還好一些，至少他們可以堅守一段時間，可現在對方卻是鳴金收兵，暫時撤了回去。

這麼一想，就覺著對方絕對不會簡單撤退的，只怕是另有打算。

如果他們這一方不立刻做出反應，只怕等到天黑就晚了。慧娘想完這些後，才從地上站了起來。

恍若被這位強大且平靜的帝王所感染一般。

她在晉王身邊那麼久，一直很害怕晉王，害怕晉王的殘虐狂暴，可是這位永康帝卻是全然相反的人，他平靜強大，讓人心裡不由折服。

昨夜她緊張得都忘記了晉王的安危，此時腦子裡一閃而過的人，讓她忽然茫然了一下……可隨即慧娘就想，都這種時候了，她幹麼要想那個人呢，這種時候不過是大家各自努力活命罷了。

慧娘很快對永康帝道：「聖上，其實我有個想法，只是不知道有沒有用……」

她也顧不上那些禮儀了，索性往前湊了幾步，直接用手沾著他御用茶杯內的茶水，在桌子上畫了一個大概的輪廓，因為沒做過具體的東西，她也說不準這樣東西能飛多高，最主要的是這種東西能不能回來還是個問題。

她在腦子裡演算過幾次的，只是不知道這位永康帝的領悟力強不強，要是晉王的話，估計她只要一說，對方立刻就能領會。

慧娘只能盡力說明：「其實這個原理就跟咱們的孔明燈一樣，陛下應該知道那種東西，一旦有熱氣的話就可以升空，我在想，如果咱們做出特大號的孔明燈，我再用螺旋槳，不，怎麼說呢，就是用那種大的扇葉來控制方向調節高度的話，咱們也許可以飛到敵軍中央，去燒掉那些投石機……」

在她講解的時候，慧娘一直在偷偷打量永康帝的表情。可是不管她怎麼琢磨，都瞧不出他的絲毫情緒。

她也不知道自己說的話，他到底聽懂了沒有？慧娘只是很驚訝，這位寡言到近乎沉默的男人，真的就是曾經摸著自己臉的話撈哥嗎？他怎麼做到如此不動如山、惜字如金……

其實她擔心永康帝不明白這些理論完全是她想多了，對永康帝來說，不管理論是什麼，對他來說只有可行、不可行兩條路。

在停頓片刻後，永康帝的口吻已經不像是面對弟弟的側妃了，而是跟面對臣子一般，他口吻平緩地吩咐道：「妳即刻去辦，天黑前務必做好這個。」

慧娘一聽，汗都要下來了，她是想過要趕緊做，可是絕對不敢想這樣的東西能在晚上前做出來！

時間太緊張了，她忙解釋道：「晚上就要用嗎？可是聖上，這種東西不是那麼簡單就能做出來的，而且我沒把握一次就能做好，怎麼也要試驗……」

慧娘在說完這些話後，才發現永康帝壓根眼皮都沒有再抬一下。

這位永康帝跟晉王不一樣，如果是晉王的話，一定直接就瞪眼了，可此時的永康帝卻是連理都不理會，甚至這種不理會反倒是給她面子。

到了這個時候，吳德榮已經走上前，臉上掛著笑地跟林慧娘道：「林側妃，時間已經不早了，請您趕緊去籌備吧，不管您要做什麼，只管吩咐我便是。」

林慧娘還是頭次這麼趕鴨子上架地做事兒。

而且還是做熱氣球這種不能出任何差錯的東西。

但她心裡清楚，時間緊張成這樣，壓根沒有太多試驗的機會，在調節方向上，她索性就選用最簡單粗暴的腳踏方式，直接用皮帶腳踏的方式來控制螺旋槳。

而螺旋槳的扇葉也不管是什麼材質的了，統一叫城裡的匠人去做，管它木頭的、銅的、鐵的，只要能做出來就行！

其他的還有氣囊跟用來做燃料的東西，黑油雖然不多，但是也差不多夠用了。

氣囊則是最難做的，不能有一絲的漏氣，不然就前功盡棄了，她原本想用牛皮或羊皮，只是這種熱氣球不是只做一兩個，工程量太大，城裡一時間也找不到那麼多皮子。

可用別的東西又沒有合適的替代品，這個時候的布都很粗糙，稍微一用力就會扯破。

就在慧娘苦思冥想想不出好的替代品時，吳德榮走了過來，見她眉頭緊鎖，忙問她：

「林側妃是遇到了什麼難事嗎？」

林慧娘鬱悶地說：「我在想有沒有什麼扯不破的布料，可以撐住大風又不會輕易裂開的……」

「那有什麼難的。」這下吳德榮都要笑了，「這種東西咱們軍中便有，中軍大帳更是很大的一塊，都浸過桐油的，別說不容易裂開，下雨的時候都不會輕易被打濕的。」

慧娘拍了下自己的額頭，簡直想跳起來抱著這個吳德榮，她高興得手臂揮舞了兩下，忙就說道：「那太好了，麻煩你把這種帳子有多少拿多少來，越大的越好！這樣的話不光有了材料，還省下了縫製的時間！」

在他們做這些的時候，另一邊也在配合慧娘做別的工作。

那些裝燃料的鐵桶也都被找了過來，還有一些因為沒合適的，只好臨時改造。

等到了傍晚時分，由帳篷縫製的氣囊也都做好了，下面則是藤子編造的大籃子。有些則是直接從老百姓家裡徵用過來的。

早有十幾位神射手被調了過來，這些人夜間視力極好。

慧娘趕緊跟這些神射手說明注意事項：「別的都還好，燃料的話應該是夠用的……只是一定要注意這種油，這油很危險的，千萬不能往裡直接倒，要用這種木柄的勺子往裡舀進去，這樣才能安全些，而且要小心那些飛濺的火星，一旦落到了黑油裡，你們在空中可就沒有任何活路了！還有這個螺旋，它們是用來控制方向的，時間太緊，我沒辦法做得太精緻，這種皮帶子我也沒試驗過，不知道能用多久，所以你們踩的時候，力氣一定要儘量平均，不要太用力……」

在她說話的時候，天色早已經暗了下來。

她身邊的小巧跟紅梅，一個拿著水，一個端著點心，只要她沒在說話、沒在做事，那兩個機靈的小丫鬟就趕緊勸慧娘多少吃點及喝點東西。

慧娘覺得這事太過倉促緊張，只是壓根沒有多餘的時間，她還沒說完那些注意事項，那些巨大的投石機已經開始攻城了！

到了這個時候，慧娘的心口都在打鼓。

第一個點火的熱氣球並不怎麼順利，甚至在升起的時候下面的吊籃都是歪的。

慧娘又趕緊讓人及時把那熱氣球拉住，找人重新綁了吊籃的位置。

然後慧娘讓人把四個角都捆住，她則在上面為那些人講解怎麼操控這種東西，此時的風向正好。

吳德榮也在旁邊道：「現在的風向正是衝著那邊的，你們一定要眼疾手快，到了上面就把這個黑油用力潑灑出去，只要沾到了，燒掉的部分就是你們的大功勞！」

慧娘不放心，在吳德榮訓完話後，又讓那些士兵上去跟著她試驗了幾次怎麼操控。

只是這種操控都在很挨近地面的地方做的，慧娘也不知道一旦這種熱氣球升空，他們還能不能做好。

她從沒這麼沒有把握過，可是沒辦法，不光是永康帝的命令，而是留給他們的時間真的不多了。

等那些熱氣球都被放了出去後，慧娘緊張得幾乎忘了呼吸，她不知道在上面的人會是什麼感覺。

那得是多大的膽子才能在上面拿著箭不晃。

他們是在城內放出這些熱氣球，可是在那些人騰空飛起的時候，城牆上的人也都陸續看到了這種東西。

整個場面頓時都安靜了下來，那感覺就好像在這一刻世界盃被按了暫停鍵一般。所有的注意力都集中在天上的那幾個點，大家都望著這些從沒見過的東西。

慧娘也不知道自己設計得怎麼樣，她緊張得緊握拳頭，心裡明白這是在用那些士兵的生命去做試驗。

白天早有人把那些投石機的位置看好了，下面的軍營內又有火把照亮著。

只是不知道為什麼那些熱氣球到達敵陣中央的時間比她預想的還要長，而且那些點的移動速度很慢。

慧娘的心都揪成了一團。

她原本還只是想了一個主意而已，可此時看著那些投石機的攻擊力，慧娘才猛然發現，自己的這個設計一旦失敗的話，他們真就危險了……

蕭城是抵擋不住投石機這樣不間斷的攻擊，現在所有的希望都押在天上的那幾個點上。

她已經不是單純地緊張，而是覺得自己的呼吸急促，就像犯了心臟病一樣。

在漫長地等待後，不知道是哪裡先開始的，就好像一團巨大被點燃的火炬一般。

原本還在不斷攻擊城池、不斷向城內投擲石頭的投石機，很快的一個個都變成了火炬。

那些熱氣球終於在城被攻破前趕到了，在上空的位置，嘗試向下面傾倒那些黑油，不是一下就可以傾倒上的，慧娘離得遠，看不太清楚，她知道在那些人往下傾倒的時候，敵陣中的人正努力往上射箭。

所有人的心都懸了起來，不知道那些人能不能做到，因為沒有經過練習，她只是告訴那些人原理而已。

然後有射手直接用帶火的木箭去射擊，投石機瞬間燃成了一團。

很快火光四起，視力好的人早已經瞧見了。

吳德榮平時跟在聖駕身邊，向來是喜怒不形於色，此時他的臉上也動了容。

那些飄浮在空中的東西，恍若天降神兵，頓時下面的營地變成了一撮一撮的火點，那些白天還耀武揚威的投石機，挨個地被點燃了……

有些雖然開始只是小火，可在陸續潑灑黑油後，那些火點越來越大，漸漸好像一個巨大的火焰。

一直在房內看書的永康帝，聽到外面的歡呼聲，才抬起頭來，他黝黑的眼睛只淡淡瞟了一眼，隨即吩咐身邊的吳德榮：「把窗關上吧。」

吳德榮趕緊過去把那扇正對著城牆的窗子關上。

【番外】

初識

吳曉曉頓時愣住了，直到這個時候她才反應過來，嘴裡更是驚訝地喊了一句：「這不是拍戲？」

看著眼前被人追殺的少年，她拉起那名少年，

「快、快上我的車子！」

〔初識〕

吳曉曉剛剛還騎著腳踏車呢，忽然覺得天旋地轉好像地震似的，顛簸得很厲害。

隨後她便發現周圍的景色都有些不同了，她很納悶，不由得往左右看看，最讓她驚訝的是這裡的空氣十分清新。

竟然呼吸到肺裡的時候，都覺得空氣是甜滋滋的，而且她有些口渴，跟之前看到的小溪流不同，此時出現她面前的河面很寬，水也有些湍急。

她心裡正感納悶，忽然聽見遠方斷斷續續傳來喊殺聲。就跟拍武俠片似的，難道附近有人在拍攝古裝劇？

她放眼望去，看到不遠處有幾個穿著古裝的男子正在打鬥。

她忍不住往附近尋找攝影機，可是居然都沒有。

這種古裝劇難道不需要導演、場記、攝影師嗎？

正在納悶的時候，忽然看到其中一個男人像是在護著一名少年，而且那人肩膀被人刺了一劍，鮮血淋漓的，嘴裡喊著：「陛下快走！」

那少年看起來年紀很輕，可是跑起來速度很快，像是會輕功一般，吳曉曉不由得想看看他是不是有吊著鋼絲，可是好像沒有欸？

她正感納悶時，便見那個肩膀有傷的男人忽然被人一劍刺穿身體。

這一幕的動作太過真實，那男人鮮血飛濺的樣子，一點都不像是拍戲拍出來的特效。

吳曉曉頓時愣住了，直到這個時候她才反應過來，嘴裡更是驚訝地喊了一句：「這不是拍戲？」

說話間，那名少年已經慌不擇路地往她這邊跑，吳曉曉只看到許多人正揮舞著武器殺過來，那些人的目標顯然是這名少年！

吳曉曉腦子什麼都沒想，完全是身體的本能反應，她拉起那名少年，說了一句：「快、快上我的車子！」

她的車子是帶變速器的越野腳踏車，一旦騎起來很快的，而且來的路上有一段下坡路，只要她騎過去，隨著車子的慣性便可以跑出去很遠！

也不知道那少年是被逼無奈，還是天然地信任她，真的就照她所說的那樣坐上她的車子。

吳曉曉顧不得許多，把車子騎得飛快。

很快騎到下坡的地方，隨著慣性，那車子兩輪飛馳，很快便帶著他們往下坡處衝了過去。

只是車速太快，又載著人，吳曉曉沒有握好龍頭，車子衝到下面的時候，居然沒有剎住，又直接衝到河裡去了。

河水十分湍急，車子飛馳摔進水裡，吳曉曉才驚覺壞了，她水性再好，可猛地掉進水裡還是慌亂了一下，倒是車上的少年竟然在入水後沒有慌亂，反而拉了她一把。

吳曉曉這才鎮定下來，隨著少年往不遠的岸邊游去。

倒是這樣一來，那些追殺他們的人，沒法立即追過來，而是氣急敗壞地在對岸叫罵著什麼。

吳曉曉渾身濕淋淋的，一等上到岸上就劇烈咳嗽了幾聲說道：「天啊，這是怎麼了，你怎麼會被人追殺？不對，我要問的是你怎麼會穿這樣的衣服？」

在她問話的時候，那少年正在目光沉沉地看著她。

看似只有十幾歲的模樣，可這個少年穩重老成，目光更是像刀子一般銳利的凌厲。

吳曉曉長這麼大，還是頭次遇到這樣的少年。

她開始感到有些緊張，之前還咄咄逼人地問話，這個時候不知不覺緩和了些，小心翼翼地說道：「你幹麼這麼看我？我可沒想傷害你，我只是想知道你怎麼了，為什麼會被那麼多人追殺？」

說完吳曉曉忽然注意到了什麼，這個少年好像肩膀上沾了血，雖然車子掉了，好在她自己的後背包還在，而且因為是防水的背包，裡面的東西竟然都還安然無恙。

她趕緊把包包打開，找了繃帶，正要為他包紮，可隨後她發現這個少年額頭燙燙的，又趕緊摸了一片退燒消炎的藥餵他，「把這個吃了吧，你放心，我不會害你的，吃了這個藥你的身體才會好。」

說完又想起什麼，她忍不住打量了他兩下，「不過好奇怪啊，你才多大就

有這樣的目光，雖然人在小的時候叛逆些也沒什麼，可是你這樣會讓人覺得你警覺心太強了，而且世上哪有那麼多壞人，也不是到處都是危機的。」

她寬慰地說著：「來，小心待著，如果疼也請稍微忍耐一下，很快就能包紮好了。」

這個少年很沉默，她說了半天也不見他說一句話。

吳曉曉只能繼續照顧他，而且她有種很微妙的感覺，總覺著這個少年似乎很習慣被人伺候，難道他還是背景顯赫的富家少爺嗎？

她也不知道自己為什麼要救他，不過救都救了，就好人做到底，而且他沉默寡言也沒關係，大不了她多說一些話吧。

她便笑呵呵地樂觀說了些鼓勵他的話，等休息夠了，她便想著帶他找到人多的地方，雖然她還不明白現在是什麼樣的情況，可如果能遇到別人的話，怎麼也比兩個人在荒郊野外安全。

只是世事難料。

她剛同少年往外走，便看到之前還在對岸追殺他們的人，不知道怎麼地竟然從草叢中蹦了出來，吳曉曉嚇壞了。

她下意識地便扭頭對那少年喊了一句：「快跑！」

可話音才剛落，她整個人便摔倒在地上，後面追過來的人像是拿石頭打中了她的腿窩。

而且因為倒地太快，正好河床邊有塊突起的石頭，吳曉曉覺得整個頭疼了下，隨後便陷入了昏迷……

不知道過了多久，等雨過天晴的時候，已經熬過最難時刻的少年，臉上卻並無喜色。

他輕輕抱著一息尚存的軀體，沉默不語。

此時，這名年輕人並不知道，懷中的女人將會帶給他前所未有的期待失落，還有永遠抹不去的憂傷……

（完）

綺思館
晴空新書預報
戀愛吧！一切的不可理喻都好可愛
舞青蘇
夜貓公子愛捉鼠
◆清楓聆心／著
卷一
光棍節之宅男穿越遇到愛！
夜貓子神探VS.小老鼠騙子，
在夜色中畫出撲朔迷離、動人心弦的戀愛繪卷！
《掌事》《御宅》人氣作者清楓聆心，
費時一年精心打造的全新作品，實體書獨家首發！
晴空
更多精彩書介與活動請上
「晴空萬里」部落格：http;//sky.ryefield.com.tw

綺思館025

鳳歸：王妃躲貓貓〔卷一〕

國家圖書館出版品預行編目資料

鳳歸：王妃躲貓貓/ 金大著. -- 臺北市 ：晴空出版
: 家庭傳媒城邦分公司發行,
2015.11
冊； 公分. --（綺思館025）
ISBN 978-986-92184-2-9（2冊：平裝）

857.7 104019208

城邦讀書花園
www.cite.com.tw

作者 金大
封面繪圖 MOON
文字校對 劉綺文
責任編輯 高章敏
國際版權 吳玲緯
行銷 艾青荷 蘇莞婷
業務 李再星 陳玫潾 陳美燕 枡幸君
副總編輯 林秀梅
副總經理 陳瀅如
編輯總監 劉麗真
總經理 陳逸瑛
發行人 凃玉雲
出版 晴空
城邦文化事業股份有限公司
104台北市中山區民生東路二段141號5樓
電話：（886）2-2500-7696 傳真：（886）2-2500-1967
E-mail：bwps.service@cite.com.tw
發行 英屬蓋曼群島商家庭傳媒股份有限公司城邦分公司
104台北市中山區民生東路二段141號2樓
書虫客服服務專線：(886)2-2500-7718；2500-7719
24小時傳真服務：(886)2-2500-1990；2500-1991
服務時間：週一至週五09:30-12:00；13:30-17:00
郵撥帳號：19863813 戶名：書虫股份有限公司
讀者服務信箱E-mail：service@readingclub.com.tw
晴空部落格 http://sky.ryefield.com.tw
香港發行所 城邦（香港）出版集團有限公司
香港灣仔駱克道193號東超商業中心1樓
電話：852-2508-6231 傳真：852-2578-9337
E-mail：hkcite@biznetvigator.com
馬新發行所 城邦（馬新）出版集團【Cite(M)Sdn. Bhd.(45832U)】
411, Jalan 30D/146, Desa Tasik,Sungai Besi, 57000 Kuala Lumpur, Malaysia.
電話：(603) 9056-3833 傳真：(603) 9056-2833

美術設計 陳涵柔
內頁排版 洸譜創意設計股份有限公司
印刷 沐春行銷創意有限公司
初版一刷 2015年11月
定價 260元
ISBN 978-986-92184-2-9